钓梦师

呢喃的火花
NI NAN DE
HUO HUA / 著

北京联合出版公司
Beijing United Publishing Co.,Ltd.

目录
CONTENTS

在这个星球上，存在一个伟大的真理：

不论你是谁，不论你做什么，当你渴望得到某种东西时，最终一定能够得到，因为这愿望来自宇宙的灵魂。那就是你在世间的使命。

——（巴西）保罗·柯艾略《牧羊少年奇幻之旅》

1. 逃离马戏团

"你好，Z！"

提线木偶师 Z 结束演出回到自己的住处刚打开灯就听到了这个声音。他没有回答，环视自己的房间——一盏吊灯、一张床、一个柜子，没有发现其他人。只有一只飞蛾在绕着那盏灯飞旋。

那个声音有点沙哑。Z 原地转了一圈，还是没发现那个声音的来源，他抬起头看那只飞蛾，它正飞向灯泡，扑腾了几下，停在上面不再动弹了。房间一下子安静得可怕。Z 的手里紧紧攥着那把钥匙，像攥着一把匕首，只要那个声音再响起来，他就会用力划过去，割破它。

在这种沉默中坚持了很久，那只飞蛾飞离了那个灯泡，继续围绕着它飞旋。

"你太紧张了。"那个声音又响了起来。Z 没有用那把钥匙向它划去，他迅速地跨出一大步来到衣柜前，拉开柜门，里面只有他的一些衣物，他再次抬头去看那只飞蛾，不敢确定是不是它在和自己说话。

"放心，我没有什么恶意。"那个声音轻声笑着，"你别以为我是那只飞蛾，那也太愚蠢了。我在这里，你的正对面。"

Z 看自己的正对面，那是一堵白墙，上面只有自己的影子，然后他很惊讶地发现，自己的影子在动，确切地说，它在扭动脑袋，而 Z 自己并没有做出任何的动作。

"你的身体太僵硬了，就像是一个木偶。"那个声音说。

"是你在跟我说话？我的影子？"Z终于开了口，他还是不敢肯定，毕竟他的影子跟他共同生活了这么多年，从来没有什么异常。

"我不是你的影子。"Z的影子做了几下扩胸运动，"我只是暂时借你的影子用一下，这么说吧，我是一个独立的影子，你可以叫我I。我可以隐藏在任何物体的影子里，树，猫，椅子……但我不会借助飞蛾的影子，它太愚蠢了，一直那么绕着飞，会让我头晕的。而且，它很快就会被那灯泡烤死，我还不想死呢。"

Z的影子耸了耸肩，可能觉得自己说的话很好笑，得意地笑了几声，发现Z正盯着它看，没有任何表情，它觉得有点尴尬，挠了挠头。"很抱歉，没有经过你的允许就借助了你的影子，我只是觉得这样跟你聊天比较合适，毕竟，你会对着自己的影子说话，也不会对着椅子的影子说话吧。"

"你找我有什么事吗？"Z问它。

"也没什么事，就是刚看完了你的演出，想和你聊聊天，就跟你过来了。"Z的影子从墙壁上走开，在椅子上坐了下来，Z很不安地发现，它这么做的时候，他的身体被它控制了，不由自主跟着走了几步。

"我刚才看了你的演出，我喜欢你的演出。"Z的影子伸出手动了几下手指，"你轻易就操控了他们的情绪，可比我厉害多了，我很想知道，你是怎么办到的？"

"我不知道，这是我的工作，这些都是我应该做到的。"Z说。

"工作？"影子歪着脑袋想了一下，"不是你的兴趣，不是你为理想而做的努力，甚至不是你的恶作剧？只是因为这是你的工作？"

"是的，我的工作，我只会做这么一件事，而且我必须依赖这个活下去。"Z说，"跟你一样，我也不想死。"

"那你喜不喜欢这份工作？"影子I问。

"我不知道，我没想过这个问题，"Z强调说，"我已经很习惯这份工作了。"

"不做这份工作你会死？"

Z想了想，皱起眉头："我也不知道，但我不做这份工作的话，马戏团里其他的人都会死。"

"你真的这么觉得，你不做这份工作的话，他们会死？"

"我不知道，我们团长说的，"Z回答，"而且，他们也这么和我说，他们总是感谢我。"

"不管你做不做这份工作，他们会不会死，我只知道，他们都不喜欢你。"影子I说。

正如影子所说的，马戏团里其他的演员都不喜欢木偶师Z。

Z是这个马戏团里最有名的明星。Z的演出海报一直挂在这个剧院入口处的显眼位置——一个低着头坐在地上的提线木偶。木偶紧紧闭着眼睛，说不上是年轻还是苍老，甚至分不清是男是女。认真盯着这张海报看上一会儿的人都会被它吸引，那种感觉就像是自己的灵魂跑到那木偶里面去了，好像被一个看不见的人操控着一般。

有人猜测，那个海报上的木偶就是Z本人。虽然有这样的猜测，但却没有观众认为自己已经见过他，他们和Z的中间永远隔着一块布幕。Z不会像其他的表演者那样谢幕，回应观众的掌声和喝彩。Z的剧场是这个大马戏团里最安静的一个剧场，他的演出永远没有掌声和喝彩，甚至在整个演出过程中，整个剧场里都没有一点儿声响，Z不会用演出来影响观众的情绪，Z 的演出更像是他把每个观众都变成了一具木偶，在他的操控下，各自演绎着自己的悲欢离合。

每次在他演出完毕之后，剧场里所有的灯都会暗掉。之后是布幕后面亮起灯，剧台上的木偶离开，观众们从观看表演的兴致中将自己抽离出来。Z 留给观众的唯一印象永远是他的影子，一个生活在充满光芒的空间里的影子。

对于他的演出，观众的感觉像是做了一场记忆深刻的梦，刚从梦中醒来的他们，恍恍惚惚，心中空空荡荡，光落在他们的脸上，如同太阳初升。此时的 Z 像是这个世界上最无所不知、无所不能的人。

Z 从未离开过这个马戏团，从记事起就一直生活在这个马戏团里，Z 对马戏团之外的世界一无所知。Z 不知道自己是个富有神秘感的明星，他知道自己只是马戏团里众多表演者中的一个，他沉默、孤独。Z 是整个马戏团有名的怪人之一，他和其他人在一起的时候，简直就像是一具木偶，一动不动，不说任何的话。本来这样沉默寡言的人可以说是不适合待在马戏团里，可马戏团里曾经的老提线木偶师发现了 Z 的天赋，他发现 Z 在操控木偶的时候，好像那个木偶就是他本人一样，有人的灵魂的感觉。老提线木偶师开始悉心培养他。在老提线木偶师去世后，Z 顺利地成为了他的接班人，而且 Z 吸引了越来越多的观众，为此，马戏团还特意给 Z 安排了一个单独的房间。

Z 在那段充当活体木偶的时间里因晒过太久的日光，他开始怀疑自己患有日光恐惧症。除了剧场的演出，他就待在自己的房间。那段时间他总是在白天睡觉，只要一进入睡眠，他就像是变成了一具木偶，那些客人在操控他的时候，他完全没有感觉和记忆。Z 在深夜睡不着的时候，就操控自己在灯光下的影子表演木偶戏。他的操控能力也是这样慢慢培养起来的。

　　Z 成为了马戏团的大明星。马戏团的团长希望所有的演员都能够像 Z 一样，成为大明星，可是他们的表现让团长感到失望。后来团长想到了一个办法，既然 Z 有这么好的操控能力，为什么不让 Z 来操控这些演员进行演出呢。正如他所设想的那样，在 Z 的操控下，每个演员的表演都很卖力，也更加精彩，马戏团表演的节目越来越受观众的喜爱。那些演员不用再担心失业的问题，他们活得更好了，但是又感觉太累了。有一个舞女曾向 Z 抱怨："我们觉得我们都是被你操控的木偶，全部被你操控着去演出，不管是睡着还是醒着，我们好像都是活在梦里，应该说，我们以为自己在做梦，其实只是被你操控着演出后留在身体里的一些记忆，所以每天我们醒来要伸伸懒腰，是因为身体被束缚太久的缘故，每天睡觉都会感到精疲力尽，是因为精神被束缚太久的缘故。"

　　但这一切对 Z 来说，只是他的工作，除此之外，他没有想过太多。

　　"既然他们都不喜欢你，你有没有想过离开这里？" Z 的影子站起来，在房间里来回走了几下，Z 跟在他的后面走，"其实你想离开，还挺方便简单的，你看，你几乎什么都没有。"

　　Z 打量着自己的房间，他从未想过自己拥有过什么。

　　"离开这里我能去哪里呢？我从小就在这里生活，对外面的世界一无所知。" Z 有点犹豫，同时他也有些心动了，因为这让他觉得好像要去冒险一样。"在此之前，我还从未离开过这个马戏团一步。"

　　"你哪里都能去。" Z 的影子停了下来，指指头顶，"你不觉得自己现在很像那只飞蛾吗？一直绕着那个灯泡飞，多愚蠢。"

Z抬头看看那只飞蛾，他觉得影子Ⅰ的话有点不可信，可又说不出问题出在哪里，或者，对飞蛾来说，它就喜欢这样绕着灯泡飞？Z的注意力开始放在那灯泡上，灯光越来越亮，刺得他眼睛有点疼。Z低下头，眨了眨眼睛。

"去你想去的地方，找到你喜欢的人，喜欢你的人。"影子Ⅰ谆谆劝说。

"想去的地方。"Z重复影子Ⅰ的话，喃喃自语。

"你一定有想去的地方吧？"影子Ⅰ追问。

Z闭上眼睛，那明亮的灯光变成一个光斑在黑暗中飘浮不定，像影子Ⅰ的声音。他突然想到自己前段时间遇到的那个小丑。小丑不是他们这个马戏团的演员，按照小丑的话说，他是一个自由的流浪艺人。他之所以来到这个马戏团，是因为有一天他遇上了这个马戏团里的一个舞女，并且爱上了她，那个舞女也爱他，所以就经常以观众的身份溜到这个马戏团来。Z喜欢这个小丑，觉得他跟这个马戏团里的其他演员都不一样。他跟Z说了很多事，他去过的地方，以及他和那个舞女之间的爱情。他说自己去过那么多的地方，从未见过像Z这么好的演出。Z喜欢小丑对他的夸奖，喜欢听小丑说的故事，这些对他来说是那么新奇。Z喜欢小丑天真自然的笑和画在脸上的虚假的哭，小丑是个很好的表演者，比他操控的那些表演者都要好。小丑很信任Z，跟Z说了他正准备和舞女私奔的事，他不想变成这个马戏团里的一个木偶，他想带着舞女去过自由自在的生活。

而让Z印象最深刻的，是小丑跟他说过的海边的日出。虽然现在回想起来，Z的脑袋完全一片空白，根本没办法根据小丑的描述想象出具体的场景，正是因为这样，他特别想去海边看看日出。

"我想去海边看日出。"Z说。

"那就行了，只要有一个想去的地方就行。"Z的影子举起手来想要打一个响指，却发不出声音，"海边的日出啊，确实很美，我也很想再次去看一看呢。"

"我真的就这么离开吗？"Z还在犹豫。

"你还有其他比这更想做的事吗，在这个马戏团里？"影子 I 问他。

Z摇摇头。

"那你还在犹豫什么？"影子 I 说，"是害怕吗？你真的害怕离开这里后，活不下去？"

Z继续摇头："不，不是害怕活不活得下去的问题。我说不出来，我以前从来没有想我会离开这里。不知道是不是舍不得，而且，我离开后，这个马戏团怎么办，他们怎么办，团长不会同意我离开的。"

"你想离开，谁都挡不住，"影子 I 停顿了一下，操控着 Z 的影子迎面向 Z 走来，把 Z 逼到墙壁前，"你关心他们，你觉得他们关心你吗？"

Z皱起眉头。

"你想不想去海边看日出？"

"想。"

影子 I 不再说话，他知道这个时候需要让 Z 自己去考虑。

"我要怎么偷偷离开这里，要带些什么东西走？"Z在考虑了很久后问，可是影子 I 没有回答他。

他再问了一遍，影子 I 还是没有回答。他以为影子 I 睡着了，想去推一推它，他发现，影子又变成了自己的影子，完全由他自己控制。

那个跟他说话的影子 I 已经离开了。

这个晚上，他躺在床上对着天花板发呆，他已经完全控制不住想要去海边看日出的念头。他站到墙壁前，想像往常那样控制自己的影子练习表演，可是他发现，他连自己的影子都无法操控了，他已经没办法集中精力。

不离开都不行，他已经没办法继续工作下去。Z 不知道自己该感谢那个影子 I 还是恨那个影子 I。它给予他一个新的念头，却又让他丧失了一种能力。

第二天，在还没有演出之前，他找到那个小丑，跟他说自己打算离开这个马戏团的事，小丑为他感到开心，他也支持 Z 离开这里，去过自由自在的生活。

"可是我还完全没准备好。" Z 跟小丑说。可他还是没有跟小丑说自己已经丧失了操控木偶的能力，即将开始的演出让他感到从未有过的恐惧。"我该怎么逃离这里呢？"

小丑指着马戏团的大门："你就这样走出去。"

"就这样走出去就行了？" Z 表示怀疑。

"就这么走出去。"小丑很肯定。

Z 惶惶不安地向马戏团的大门口走去，他感觉到所有人都在盯着他看。他的脚步变得很沉重，可是并没有他所想象的那样，有人出来阻挡他。

在紧张中，他已经走出了马戏团，走进了繁华的街道，人群将他淹没了。

"原来逃离真的就这么简单，" Z 回头看了看马戏团，紧握的双拳慢慢放松，他有点不好意思地笑了，"也是，我又不是活在监狱里，我又不是一个被束缚住的木偶。"他抬头看看太阳，再看看前方的远方，深呼吸了一下，放开脚步向前走去。

Z 没看到，他身后一棵树的影子很突兀地晃了晃。

"你不能相信任何人，但你必须相信任何人。你不能相信自己，但你必须相信自己，"影子低声说，就像一阵风吹过一样，"让一切开始，让一切结束吧。"

2. 迷路

Z 在人群中走。

不知道是不是由于工作习惯的缘故，他总觉得从身边走过的那些人像是一个个木偶，被不同的提线木偶师操控着的木偶。他边走边环顾四周，想着能不能把那些木偶师找出来，在离开马戏团之前，他没有遇见过其他的木偶师。

不过 Z 还是放弃了这种寻找，他发现那些木偶师的操控水平很低劣，那些人要么表情麻木，动作僵硬，要么就只有虚伪不真诚的情感。他第一次发现，这个世界上的木偶太多了，他们化着各种各样的小丑妆，衣冠鲜丽，却没有个性，行为统一单调。Z 意识到为什么观众会喜欢看他的演出，那是因为他把他们潜藏在内心的最真实的情感给调动出来，对于他们来说，那一场释放情感的演出就像是生命里昙花一现的精彩。而那些木偶师，他们把精力都放在如何隐藏在幕后不被人发现，试图让人们忽略他们的存在，不仅要让那些观众觉得那些木偶是真实鲜活的人，还要让那些木偶觉得自己就是真真正正的人。只是这些木偶师都失败了，木偶永远只是木偶，或者说，他们也成功了，在他们的操控下不管是木偶还是真实的人都已经不在意自己究竟是真实的人还是木偶，它们都已经完全依赖于木偶师们，反而害怕那些木偶师不再操控它们。它们会忘记该如何继续生活下去，失去了生命，被彻底遗忘，蒙上灰尘，或者直接被扔进垃圾箱里就此消亡。

　　Z 想到他的这次逃离，会不会也只是自己生命里昙花一现的精彩呢？Z 站在一个十字路口，看着红绿灯、熙熙攘攘的人，突然感到一种莫名的恐惧，好像他的身上被绑上很多看不见的丝线，它们在牵扯着他，要把他拉回到已经习惯的麻木生活里去。

　　他不知道，自己究竟是一个提线木偶师，还是一个木偶。

　　Z 不敢继续停留下去，他害怕自己最终会被那个不停威胁他关于未知如何可怕的声音说服和控制。他很清楚，虽然这只是他的第一次逃离，但如果他这么轻易就放弃的话，他永远不会再给自己离开的机会和勇气。他最终只会沦落成一个木偶。

　　他现在只能用不停地行走来摆脱这个试图阻挡他往远处走的声音，用尽力气去挣断那牵扯着他的看不见的丝线。

　　如果说，原本是因为好奇和向往让 Z 逃离了马戏团，现在让他想要继续逃离的则是恐惧。

　　这个时候有太阳，Z 看到每个人都带着一个影子在走路，Z 甚至觉得，那些人本身就只是一个个模糊不清、毫无区别的影子。他想到那个鼓动他离开马戏团的影子 I，不知道它现在正依附在哪里，是否正偷偷尾随着他，观察着他。Z 在走出马戏团的时候原本以为它会出现，和他结伴而行。它劝他离开马戏团，肯定多少和它自己有点关系。Z 在这个时刻开始觉得那个影子 I 有能够操控他的能力，或许它才是一个真正的提线木偶师，而这个世界上所有的东西都是木偶，它通过这些东西的影子在操控着他们。

　　这个诡异的想法把 Z 吓了一跳，在他的面前好像多出了重重的迷雾。虽然他已经逃离了马戏团，逃离了习惯的束缚，但却感觉有另外一股看不见的力量在牵扯着他，要他去做某些未知的事情。

Z站在玻璃橱窗前，里面有自己模糊的影子，他想知道，那个影子I是不是一直潜藏在自己的影子里。Z一直盯着它看，却看不出任何端倪。Z闭上眼睛，决定不再看它，他在心里和自己默默地说："我是Z，我是提线木偶师Z，我不是木偶，也不是一个影子。"仿佛这样才能让他确定自己的真实存在。可是在他紧闭的双眼里却有一个飘浮不定的光斑，像是那个影子钻了进来，他晃了晃自己的脑袋，怎么也摆脱不掉。

Z深呼吸，让自己平静下来，他看着黑暗中的那个光斑："无论如何你也只是我的一个影子，只是一个过去的我，那个依靠习惯而活着不敢做出任何尝试的我。你就这样一直留在黑暗中吧。我会继续向前走去，去海边看日出。"

Z转身，不再看那个玻璃橱窗。他抬头看了看太阳所在的位置，朝那个方向走去。他没有看见在他走过那橱窗的时候，那一缕模糊的影子穿过玻璃，落在墙面上，继续尾随着他。

"我真不知道应该说他什么好，他朝着太阳所在的方向走，却不知道那里是太阳升起的方向，还是太阳落下的方向。"一个幽幽的声音在Z的身后飘荡，"究竟他是不是那个人呢？可是我找了这么久，再也没有比他更优秀的提线木偶师了。"

Z听不到这个声音。他孤身走在这个四处反光的城市里。他的影子遗落在那些镜子里。每一辆开过的汽车都带走了他的影子。这样孤独的行走很快就开始让他感觉到疲惫，太阳一直在他的前方，像是永远无法抵达。Z不可避免会看到自己的那些影子，他想尽量排斥影子对他的影响，可是他又不可抑制地觉得自己只是一缕影子，被遗忘的、被抽离的影子，漫无目的地行走在这座由镜子搭盖而成的城市里。

夜幕降临，Z 感到很无助。此刻他正站在一个车站前，汽车开过，他再次从车窗上看到自己的影子被抽离。他看着它，就好像看到一个被遗留在某块时光碎片里的自己，不知道会被带往何处。

Z 决定坐上汽车离开这座城市。在车上，他看着自己的影子，站在站台上，那么无助，被人群埋没。他克制住想要跳下去拥抱它的欲望，这么多年来，它是他唯一的伙伴，他在每一个睡不着的夜里，操控着它跟自己玩耍。他一直以为它是唯一的存在，而现在，它被隔离在窗外，看上去跟其他影子没有什么区别。

车开动的时候天开始下雨，像他们的眼泪。影子跟着车一起奔跑，Z 努力扭过头，不去看它，这算是真正的告别和离开吧。

Z 不明白自己这个时候为什么会突然想起一个木偶，那是他拥有过的唯一的玩具。那个木偶是他在老提线木偶师道具库的一个角落里看到的，他第一眼就喜欢上了那个木偶，他觉得它跟其他的木偶都不同，又说不清楚到底哪里不同。他曾问过那个老提线木偶师，那个木偶是从哪里来的，老木偶师说他也不知道，Z 不问他的话，他甚至都没注意到它的存在。老提线木偶师也不知道 Z 是什么时候来到这个马戏团的，他只是在不开心拿 Z 出气的时候会骂他简直跟那个木偶一模一样，让人看了就讨厌。

在那个木偶面前，Z 觉得自己很安心，因为它永远沉默，坦然接受一切。

此刻，车厢里的灯已经关掉了。Z 想回头再看一眼自己的影子，可是他只看到雨水落在车窗上溅起的水花，窗外一闪而过的灯光，像是流火一样，拉得很长。他的影子还是没能追赶上这辆汽车。可能，它跑着跑着就摔倒了，跟着雨水一起流到下水道里去了。

Z慢慢闭上了眼睛，他终于要离开这座城市。

不知道过了多长时间，这是他第一次在夜里睡着。

Z醒来的时候，已经来到了另一个城市。他站在街口，分不清生活了多年的马戏团是在哪个方向，即使他现在想回去，比到海边去看日出，还要困难吧！

天气阴沉，街上的路灯亮着，他低头看到自己的影子还在，但却让他感到陌生。

Z看到不远处有一个坐在栏杆上的摇摇晃晃的流浪汉。Z走过去向流浪汉打听最近的可以看日出的海边在哪里，流浪汉抬起手为Z指了一个方向。

离开的时候，Z听到他在背后说："我又得到了一个笑话。一个迷路的人向另一个迷路的人打听方向。"

"人们总喜欢向别人打听方向，按照他人的指引向前走。"流浪汉的影子的声音藏在流浪汉的痴笑声中。

3. 一个叫作梦的女孩

Z继续一路向前走去。他相信那个流浪汉，沿着流浪汉指的方向一直走下去，一定会到达海边。

他相信那个影子I，相信那个小丑。

Z没有再抬头去看太阳所在的位置。这么多年，他习惯低着头工作了。他不知道自己走了多久，走累了他就在某一个地方坐下来，没有人发现Z的存在，他像是一直带着一块可以让他隐形的布幕。Z有时候会穿过一片花园，走过一条长长的走廊，走进别人的房间，走进各种各样的酒吧咖啡馆，他按照流浪汉给他指明的方向一直走。

Z看到每个人都在忙碌，互相交谈。他想到自己在未离开马戏团之前，每天也都在忙碌，现在除了不停地向前走，不知道自己还能干点什么。一路上，他还在回想和影子I的聊天，关于表演提线木偶是他的工作还是他的爱好或者理想，他越来越弄不清楚了，除了表演提线木偶，他还会做什么。

一路上，他都把手插在裤兜里，手指在口袋里不停地动着，时常有想要去操控别人的冲动——看到哭的人想让他笑，看到两个孤单的人想让他们走到一块……他在无人小巷的路灯下试图操控自己的影子，却发现已经没办法做到了。他既要克制自己不轻易去操控他人，又恐惧自己就此失去了这种能力。

渐渐地，在他坐着休息的时候，他不再观察他人，而是把自己的双手从裤兜里掏出来。他通常坐得很直，两条腿并在一起，把两个手平摊在大腿上，对着它们发呆。Z 的眼睫毛很长、很密，像是两块黑绸质感的窗帘垂在那里，谁也看不到他的眼神。他的手指实在是太完美了，他自己也不得不为此感叹。风吹过，树叶的影子在上面晃动都会让人觉得这是梦里才有的美好景象。Z 看着自己的手，不知道自己不表演提线木偶了还能做什么。

Z 发现自己好像是彻底迷路了。

他走进了一座茂密的森林，几乎看不到路。Z 小心翼翼地走着，他发现他的隐身能力消失了，不管是在草丛中，还是躲在大树的后面，那些动物都在用好奇的眼神打量着他。这些动物和他在马戏团里看到的那些动物都不一样——马戏团里的动物只有在表演的时候才有活力，平时都懒洋洋的，连眼皮都不会睁开一下；这里的动物眼神清澈，无时无刻不充满活力。这让 Z 觉得，马戏团里的一切都是假的，假的布幕背景，假的动物，假的悲伤快乐。

它们开始主动和他进行沟通，用歌唱或者其他示好的行为，Z 不知道怎么回应它们，可他又不想让它们感到失望。他从裤兜里掏出了自己的手，站在它们的面前，向它们表演那些看不见的木偶剧。他相信，那些动物是可以看到他在心中所能看到的——叶子掉落、花朵盛开、孔雀开屏、小鸟歌唱、鱼儿游动……那些动物就站在他的四周，和他如此亲近。不知不觉中，他表演提线木偶的能力又回来了，他可以站在阳光下提着自己的影子和那些动物玩，在岸边提着自己的影子和那些鱼儿游玩，在月光下提着自己的影子模仿萤火虫的飘浮轨迹。

他发现自己从未这么充实地活过，也从未拥有过这些快乐。

Z 终于发现，自己是真的喜欢表演提线木偶的。通过这个，他和很多的动物成为了真正的朋友。他也开始慢慢淡忘了那个马戏团，不再为他们担心，因为那些人都不是他的朋友，他的离开对他们来说，可能并不像他想的那么严重。对他们来说，只是少了一个很能吸引观众的表演者，开始的时候可能会有点不适应，但是很快会有其他的人来替代他。这么想，Z 虽然有点难过，但却因此让自己心安。

Z 不知道自己在森林里待了多久，这里几乎没有时间的感觉。白天和黑夜也没办法分得那么清楚，要不是想起去海边看日出的事，他都舍不得离开这里。

终于有一天，Z 抵达了大海。Z 在岸边坐了很久后才知道，这并不是一片大海，这只是一条很大的江。

告诉他这些的，是一个女人。女人很年轻，但是给人感觉好像她很疲惫。

走出森林后，他最先看到的是一座建在沙地上的城市，这座城市很繁华，不知道是不是因为在森林里待久了的缘故，Z 开始对很多东西感到新鲜好奇——拉着气球的小孩、放风筝的老人、划起船桨的渔夫、结网的妇女……不过 Z 还不懂得如何去跟这些人打招呼，他们跟那些动物不一样，他们没发现他的存在。

在沙地里走，开始的时候感觉很轻松，可是走着走着就会觉得越来越沉重。Z 开始感觉到某些不适应和空虚，就好像是掉进鞋子里的沙子一样，怎么倒也倒不尽。他走到一河边，在岸上坐着。他在看别人钓鱼，那长长细细的线甩出去，沉到清澈的水里，明明看不到鱼，可是他们却总能钓上一条活蹦乱跳的鱼。Z不知道自己在这里坐了多久，钓鱼的人换了一拨又一拨，好像这世界上永远都不缺爱钓鱼的人。水里的鱼被钓起了一条又一条，好像永远也钓不完。Z想到那些鱼被钓起来后就会被杀掉，为此感到伤心。他伤心的时候就看自己的手，他不知道，自己会不会用这双手去钓鱼。

Z看着自己的手睡着了，醒来后，他看到一个年轻的女人抱着一条很小的狗坐在他的旁边。

他看她的时候，她也在看他。他们的眼睛都很亮。她在轻轻地抚摸那只小狗。她的手也很美。

她摸着那只狗的时候，Z觉得她就像是摸在自己身上一样，软绵绵的。Z不知道这种感觉从何而来。

她笑了一下。她说："我叫小梦。你叫什么呢？"

Z愣了一下。不知道为什么，他突然想起了那个影子I，他都以为自己已经忘掉它了。它跟她一样，主动和Z打招呼。

看到Z正在发愣，那个叫作小梦的女人轻轻笑了一下，她低下头继续抚摸着趴在自己大腿上的那条小狗，小狗也好奇地看着Z。"不知道为什么，看到你我觉得很亲切。"她低声说。

Z觉得自己的喉咙有点干，好像之前一路走来，嘴巴也变成了沙漠。他吞咽了下口水，用舌头舔了舔自己的嘴唇，那条小狗也在舔小梦的手。Z的声音有点沙哑："莫名其妙地？"

"嗯，莫名其妙地。"小梦侧过脸来看着Z，她的眼睛里闪过一道光，像水波。

"我叫Z。"Z说。他不好意思盯着她看，不知道为什么，这个女人让他有一种心动的感觉，好像他以前在哪里见过，并一直无法忘记，她像一道光一样照着他，并缓缓散开。Z 感觉很舒服。Z 想起在马戏团的时候，那个小丑跟自己说的他和舞女的事。

"爱。"Z 用右手捂住胸口，五个手指在心脏的位置轻轻动了几下，他感觉到那里跳动的节奏和平时有点不一样。

"你刚才说什么？"小梦问他。

"没有。"虽然 Z 不懂这算不算小丑和他说过的爱，但他多少还觉得有些不好意思。因为小丑曾和他说过，"爱"这个字不能轻易说出口。"我喜欢你。"Z 说。

"我也喜欢你。"小梦说。他们彼此对视，然后一起笑了。

Z 问她："我能摸摸你的小狗吗？"

小梦点了点头。

Z 伸出手的时候，小梦说："你的手真漂亮，要是你当一个提线木偶师的话，一定会是这个世界上最棒的提线木偶师。"

Z 没有说话，他去摸它的时候，它突然伸出舌头舔了舔他的手。柔软的，温暖的，Z 觉得自己变得轻飘飘的，像一只气球一样。

"爱是最复杂又最灵活地绑在木偶身上的线。"不远处，一把椅子上的影子轻声叹息。

4. 嘀嘀咕

"你也是个提线木偶师吗？"Z问小梦。

"是的。"小梦停顿了一下，"以前是。"

小梦在说"是的"的时候有点兴奋，眼睫毛向上扬起，眼眸里有快乐的光彩，像一个从舞台一边跳跃到另一边的白色舞者。不过说到"以前"的时候她的声音开始变得低落，眼睫毛悄然垂下，像灯光渐渐熄灭，布幕缓缓合上，默默隐入黑暗的孤独的演员。

小狗从Z的怀抱里挣脱，爬到小梦的双腿上，小心地舔了舔她的手，"汪汪"叫了两声，把她从失落的情绪里唤回来。她低头看着它，轻轻笑了笑，抚摸着它的脑袋："不用担心我，我只是觉得对不起你，当时不应该也把你带出来的，你要和她们在一起才是。"

小狗趴在她的大腿上，侧过脑袋看着Z，喉咙里发出"呜呜"的声音，似乎在对Z的问题表示不满。

Z意识到自己好像问了不该问的问题，勾起小梦不开心的回忆，他连连说"对不起"。

"你不用说对不起，真的，"小梦看着他说，"我还要感谢你，能陪我说说话。刚才我看到你，看到你的手，就想你应该也是个很优秀的提线木偶师，能遇见你真好。"

Z觉得有点不好意思，不知道接下来该说些什么。他转头看着小梦在抚摸小狗的手，细长又柔软。小狗在她的抚摸下已经安静了下来，闭上了眼睛，很惬意地呼吸着。Z不由自主地说："你的手真好看，不知道为什么，我总觉得你的手有一种魔力。"

"是啊，我以前也是一个提线木偶师。"她转过脑袋看着Z，"以前我生活在一个木偶剧团里，那里的每个人都很优秀，我们可受欢迎了。我们的每个木偶其实都是了不起的演员，我们都是非常好的伙伴！"说到剧团，小梦就觉得特别骄傲，那神情让Z有点嫉妒，他也想很骄傲地说"我们的马戏团很受欢迎，我们有很棒的演员和很棒的伙伴"，可是想到他们都不喜欢他，他就没办法说出口。

"你呢？给我说说你们的剧团吧。我很想知道呢。你们是在这个城市里演出吗？好想去看看，我都不知道自己已经多久没看过木偶戏了。"小梦沉浸在自己的回忆里，没有意识到Z有些低沉的表情。

"我啊？"看着她那真诚的眼神，Z没办法拒绝回答这些问题，"其实我不是在提线木偶剧团工作，我是在一个马戏团工作，我们那儿只有我一个提线木偶师，但有很多其他的伙伴。"说到伙伴的时候，Z停顿了一下，他以前还从未听到过"伙伴"这个词，但他还是继续说下去，"有小丑，有舞女，有魔术师，有驯兽师，有歌唱家，还有杂技演员，他们都很优秀。不过——"Z开始在心里小心翼翼地想能够形容他们的词。

"不过什么？"

"他们都不喜欢我。"Z决定还是说真话。

"为什么？我觉得你是个很好的人啊！"小梦眨了眨眼睛，有点惊讶。

"在我小的时候，他们都说我像木偶一样，所以都不跟我一起玩。

后来，我成了我们马戏团的提线木偶师。可能是我太了解木偶了，所以，我成了一个很优秀的提线木偶师。可是，我们马戏团的团长觉得其他演员不够优秀，所以让我把他们变成木偶，让我来操控他们演出。他们怪我把他们变成了木偶。他们都讨厌我，所以我就离开了那个马戏团。他们现在应该很开心吧。"Z 忽略了影子 I 和自己的那场对话，开始觉得，原本就是自己想要逃离马戏团的。

"你把他们变成了木偶？"小梦再次惊讶。

"其实也不是真的把他们变成木偶，我可不是魔法师，是他们自己觉得自己被我变成了木偶，感觉自己的一切像是被我操控着。"Z 说。

"我大概能理解你的意思了，"小梦说，"可是我们木偶剧团的木偶也都是真实的人。我们相处很愉快的呀！"

Z 说，他离开了马戏团之后，想如果是自己被人当成了木偶肯定也会觉得不舒服。他能理解他们为什么不喜欢自己了，因此更加难过。接着，Z 沉默了一会儿，决定不再继续说这个了，毕竟他已经离开了马戏团。

"我想去海边看日出。"Z 说得很肯定，只有说出自己目前想做的事情，才能使他从过去的悲伤中挣脱出来。

"去海边看日出啊，真不错，我也想去呢。"小梦说。

"真的吗？我们可以一起去。"Z 觉得很开心。

"可是，我还有其他的事要去做。"小梦低下头，她的手停顿了一下，那只小狗睁开眼睛抬头看她。

"什么事？比你想去海边看日出还重要吗？"Z 有点失望，心头涌起那种激动突然被扑空的失落感。

"对我来说，是的。这是我必须去做的事。这也是我为什么离开我们木偶剧团的原因。"

"要不，我先陪你去完成你要做的事，然后我们一起去海边看日出。"Z提议。Z觉得如果不能跟她一起去海边看日出，到时候可能会少了一点儿美好的感觉。

小梦看着他，笑着摇了摇头，"你要认真去做对你来说最重要的事。"

Z醒来，发现自己是在一个花园中心最大的一棵树薄薄的树荫下。之前他们聊了很久的天，小梦刻意转移了话题，不说自己想要去做什么，然后Z不知不觉就睡着了。

先是听到鸟叫声，Z在森林里的时候从来没听过这种鸟叫声。"嘀嘀咕，嘀嘀咕。"不知道是在花园的哪一片荒木丛。"嘀嘀咕，嘀嘀咕。"那只鸟在费力地叫着。Z慢慢醒来，迷迷糊糊，他在想，是什么鸟在叫？

"嘀嘀咕，嘀嘀咕。"

"真奇怪，你居然不会做梦。"看到Z睁开眼睛，小梦说。Z终于完全张开了眼睛，看到小梦坐在他的边上，双手托着下巴，盯着他看。那鸟叫声消失了，好像他就是那只鸟。

Z有点疑问地看着小梦。

"你刚才睡着了，睡了很久。"小梦坐直了身体，伸了一个懒腰。

"你就这样一直看着我？"Z问她。

"嗯，"小梦点点头，"我想知道你会做什么样的梦，你不会介意我试图想知道你做的梦吧？"

"当然不会。"Z也坐直了，摇晃下脑袋，让自己更清醒些。"我还以为我刚才做了一个梦，梦见我遇见你，原来不是梦啊。"

小梦避开他的这句话，抱过在另一旁睡觉的小狗放在腿上："不会做梦的人可真少见。"小狗伸出一个爪子挠了挠自己的耳朵，继续睡。"连小狗都会做梦呢。"

"我好像从来就没有做过梦。"Z说。

"从来没有？"小梦很怀疑。

"从来没有，"Z肯定地说，停了一下，再次强调，"从来没有！"

"或者你做过，但是忘记了？"

Z皱起眉头想了想，语气不再那么肯定："我没有任何的印象。只有经常做梦的人才会轻易忘记自己的梦吧。要是不经常做梦的人，应该会记忆很深刻才对，不会一点儿印象都没有。"

"你这么说的话，也对，"小梦犹豫了一下，"可是我曾经听一个人说过，只有一直活在梦里的人才不会做梦，或者，一个木偶人。"

"有人说过？"Z觉得自己好像抓到了某个很重要又很模糊的东西，像是刚才醒来时听到的那只不知道藏在何处的鸟，完全是一种潜意识里的感觉。

小梦没有回答Z的这个问题。"要是每个人都不做梦了，我该怎么办呢？"她揉揉小狗的脑袋，声音很低，没让Z听到。

"其实，我刚才不知道自己是不是做了一个梦。"Z说，"我刚才醒来之前，好像听到了一只鸟的叫声，可是醒来后就听不到了，不知道这是不是梦。"

"鸟的叫声？可我没听到啊。"小梦说。

"嗯，鸟的叫声，然后我就醒过来了。"Z开始打量这个花园，这个时候迷雾已经把整座花园都笼罩住了，树的影子消失了。

"那是什么样的声音？"小梦好奇地问他。

"嘀嘀咕。"

"嘀嘀咕？"

"是这样叫的，"Z动了动嘴唇，找到最合适的形状，"嘀嘀咕。嘀嘀咕。"

"嘀嘀咕。嘀嘀咕。"小梦学他的节奏发出声音。

"真像！"

"像什么？"

"像是我之前听到的声音，又远又近，没办法判断出距离。我不知道那声音藏在哪里，原来是在你的嘴里。"

"可是我刚才没发出任何声音啊。"

"刚才你一直看着我，这声音可能是你的目光落在我身上发出的。"Z想到了童年无聊的时候拿着一个放大镜照在纸片上发出的声音，想到风吹过时树叶发出的声音，他静静站在沙子上慢慢陷下去时听到的声音。什么东西都是会发出声音的，目光也是。

"嘀嘀咕，嘀嘀咕，"小梦继续发出这样的声音，"真好听。"

"是很好听。"Z点点头。

两个人对视而笑。

"这是不是梦呢？"Z问她。

"可能是，我不知道。我没见过这样的梦。好奇怪。又或许这不是你的梦，而是我太想看到你做的梦，所以说我自己没意识到是我想要看到的梦落在了你的睡眠里。"小梦觉得自己这么说有点拗口，但又找不到更合适的表达方式，"就像是，我想看到涟漪，所以我往河里丢了一块石头。"

Z想了想，不知道怎么回答："可能吧，这种感觉就像'嘀嘀咕'

一样奇怪，说不清楚。"他摇摇头。"这么说，你见过很多梦？"他紧接着问。

"很多很多。"

"因为你的名字叫作梦，所以你能看到？"

"可能是吧。"小梦笑了，"我的名字一直都叫作梦，不过刚开始的时候，我没办法看到别人的梦，是很久以后，我发现自己能看到别人的梦，慢慢地，我成了一个钓梦师。"

"钓梦师？像钓鱼一样？"

"差不多。"小梦想了想。

"听起来好像很好玩。能告诉我你是怎么做到的吗？"Z 有点激动。

小梦为刚才告诉 Z 自己是一个钓梦师开始感到有些后悔。毕竟，这算是一个秘密，而且钓梦并不是别人想象的那么简单好玩，毕竟人不是掌握越多能力就越好的。她的目光落在 Z 的手上，轻声叹了口气，她想，最适合成为钓梦师的或许还是优秀的提线木偶师。她之所以告诉他自己是个钓梦师，多少也是希望他能成为一个钓梦师。如果可以的话，希望让他去自己以前的那个提线木偶剧团。

她打量着四周，发现这个时候花园里没有其他人。有一盏路灯亮了起来，小狗还睡得香甜。她小心地把它移放到一旁的长凳上。

她站了起来，站在小狗的对面，伸出自己的双手，那姿势 Z 很熟悉，他在操控木偶的时候也是这样。他小心地站在小梦的身旁，看着她的动作，屏住呼吸。

随着她手指的动作，有一团小小的光团从小狗的身体里慢慢浮现出来，飘到她的手里。她轻轻地把那光团捧在手里，朝它吹了一口气。光团开始慢慢散开，像是一束光投射到前方的昏暗中。光束中有一团雾在涌动，像飞扬的尘埃。

Z惊奇地张开了嘴巴。他看到了那条小狗在一个明亮的大花园追捕一群蝴蝶。

"好神奇，你能教我吗？"Z感到自己的手指很痒，就像手里正吊着一个木偶，恨不得马上让它开始表演。

小梦看着他那真挚又兴奋的眼神，说："嗯，其实对你来说，应该很容易掌握的，我们一起出去走走，一起去钓梦。"

在他们离开之后，寂静花园某个阴暗的角落里突然发出这样的声音：

"嘀嘀咕。嘀嘀咕。"

"真奇怪，这么叫好像会上瘾。"一个声音喃喃自语，"我就知道他会成为一个钓梦师，原本以为我得给他点指引，他们才能相遇，没想到这么快。看来，一切都是天意，也不知道，他能不能带我找到A，他一定要比她先找到A才行。"

"嘀嘀咕。嘀嘀咕。"

5. 成为一个钓梦师

　　Z 每天都在和小梦学习如何成为一个钓梦师。他其实有个隐秘的念头，在学会钓梦之后，他就可以尝试偷偷去把她的梦给钓出来，或许这样，他就能知道她究竟要去做什么事，他可以帮她实现，或者暗中跟着她。在遇见小梦之后，Z 不想再与她分开。

　　不得不说，小梦是一个好老师，Z 也是一个好学生。

　　最开始的时候，小梦教 Z 如何让自己飘浮在空中。她握着 Z 的手，让他闭上眼睛，深呼吸，然后慢慢地完全放松下来。

　　"你感觉不到自己肉体的沉重，现在你想象自己是一个气球，或者是，自己变成了一团空气，慢慢地往上飘。"

　　Z 很快就把自己放空了，这得益于童年时期他那段时间的发呆以及被当成木偶摆放在空地里所习惯的不存在感。在夜里当他仰望着星空的时候，也时常想象自己飘浮在空中，看着下面的世界。不过他并没有想象自己变成了一个气球或者是一团空气，而是变成了一朵云，因为此刻握在他手里的小梦的手软绵绵的，就像是他以前想象过的云的感觉。

　　"好了，现在你可以睁开眼睛了。"小梦的声音里有藏不住的惊讶，Z 比她所想象的还有天赋，原本她以为这对 Z 来说会是最难的，毕竟想让自己失去所有的重量并不是想做到就能做到的事，除了对她完全地信任之外，他还必须心无旁骛，要有足够的勇气和自信，最重要的是，他内心里对自己正在做的事要有相当执着强烈的期待和希望。当年那个叫作 A 的男人教她的时候，她可是用了不短的时间才能做到 Z 现在这种程度，而且，那个男人相对于她来说，可要厉害得多。

Z 慢慢睁开眼睛，他发现自己已经飘浮在半空中了。小梦正笑眯眯地看着他，她的眼睛和空中那些闪烁的星星没有什么区别。不知道为什么，她感到自己内心有一股温热，不仅仅是为 Z 的表现感到欣喜，更有一种怀念和 A 两个人飘浮在空中的感觉。她甚至觉得不必再那么辛苦找 A。更何况找了他这么久，她还弄不清楚，自己想找到他到底是为了什么，而在找到他之后，她要怎么做。

这种心态的改变，让她有点担心。

"好了，现在你可以放开我的手，自己好好感受一下。"小梦说。

Z 这才发现自己的双手还紧紧握着小梦的双手。两个人面对面站着，离得这么近，能感觉到彼此的呼吸。小梦的笑意让 Z 有点不好意思，又有点舍不得就这么放开手。

他不知道的是，在他放开小梦的双手的时候她也感到了一种轻微的失落，虽然也伴随着某种释然和放松。这种复杂的感觉差点让她无法控制自己，身体也轻微地晃了晃，像是冬天里枝头上的一片树叶被一阵凉风吹过。

在停顿了一会儿之后，他小心翼翼地动了动自己的身体，这种感觉可比在地面上自由多了，只是这种自由反而让人难于适应，无处落脚的感觉多少让他有点不知所措。他第一时间想到的是马戏团里那些依靠在空中吊威亚的杂技演员，他们那时候的样子就是不能自己掌控自己的木偶。

在小梦的引导下，Z 终于习惯了在空中飘浮着的感觉。Z 像个小孩子一样玩了很久，并不像他所设想的那样，可以向很高的地方飞去，也不能很快地向前飞。确切地说，他们只是飘浮在空中，跟站在地面上的差别并不大，只能依靠自己的双脚往前走，顶多就是偶尔还可以随着风往前飘。

之后小梦教他的是如何把自己隐藏在黑暗中不被人发现。这对 Z 来说，就更简单了。作为一个提线木偶师，把自己隐藏起来不让人看到可是他们的基础必修课，Z 大白天在最繁华热闹的地方都可以在某一处静静地待着不被人感觉到，何况是在黑暗中。只是不知道为什么，他又想到了影子 I，由于它的突然出现和突然消失，让他总有一种隐隐的不安，好像感觉自己时刻被人监视着。

在掌握这两项最基本的能力后，小梦开始带着他去找入睡者。夜里所有房屋的门窗都是紧闭的，Z 相信她肯定要教自己新的能力——如何进入紧闭的房间。

他没想到的是，小梦拉过他的一只手，带着他，直接从细小的门缝穿过去了。

Z 看着小梦，带着疑问的眼神。小梦笑了笑："你要记得，我们现在跟空气差不多，空气能进去的地方，我们都能进去。"

Z 不能理解，明明他还能看到自己和小梦实在的身体。他主动放开小梦的手，朝门缝处走去。他把手放在门板上，还能感觉到它的存在，他把手移到门缝处，果然，一下就穿了过去，然后他抬起脚往前走，他已经来到了门外。

他如此这般来回穿梭了几次。

"真不可思议。"Z 停下来对小梦说。

"你不觉得，我们飘在空中本身就是一件很不可思议的事吗？"

Z 动了动嘴唇，不知道说什么好。

此刻，他们正贴在天花板上，看着下面入睡的人——一个抱着布偶兔子的小女孩。

"我们运气不错，遇到了一个好梦。"小梦轻声跟 Z 说。

小女孩睡得很香甜，眼睫毛轻轻抖动，嘴角微微翘起。除此之外，Z 并没有看到其他的东西。

"你以前表演提线木偶的时候，是提前编排好要表演的节目，还是完全按照自己临时的感觉一直表演下去？"小梦问 Z。

"按照自己临时的感觉。"Z 说。

"嗯，如果完全只是按照自己的感觉去表演，可不可以这么说，其实你自己也根本不知道往哪里走，会不会演着演着就演不下去了，卡在那里不知道接下来该怎么办好？你害不害怕观众的嘘声？"

"所有一切总能自圆其说。嗯，怎么说，当我发现已经演不下去的时候，我会找到一个自己最擅长的办法来结束。观众们想要的交代其实很简单，不管过程多么糟糕，就是要有个看上去还算完整的结局，人的记忆力没那么好的，他们只记得住最后的时刻。而观众们对结局的要求也不高。其实大多数的人都有习惯性的认识，要么悲剧要么完美结局，结局在他们那里早就已经注定了，我要么符合他们的想象，要么故意来个不一样的。不管怎么样，我只要给出一个结局，告诉他们已经结束了，总有一些人会满意的，那就够了不是吗？"

"你很聪明，太聪明了，"小梦说，"那么，你凭借自己的感觉去表演，感觉总是会一直在前方诱导你，你会不会演着就停不下来。我是说，你开始表演的时候并没有设定一个结局，这会导致你也不想停下来，因为你自己拼命想要抵达那个看不见的结局？"

"或者，那就不是表演了？" Z 微微皱起眉头，"我还没碰见过这样的情况。"

小梦看着他，然后耸耸肩："你只是不知道自己是在表演而已。"

Z 歪着脑袋想了想："你说的也是，不过要说到结局的话，总会有的吧，没有结局会让人厌烦的。"他笑了笑。"别人会厌烦，你自己也会厌烦。那时候结局自己就会出现了，不是你能控制的。"

他们各自沉默了一下，彼此都在想着接下来怎么说。Z 先开口了："这些说起来有点复杂。以前我还不是提线木偶师的时候，看那个收留我的老提线木偶师演出，其实很简单，他一直都在表演那几个已经编排得滚瓜烂熟的剧目了，那种表演不好也不坏。后来，我自己成为一个提线木偶师，最初在我操控木偶的时候，我就觉得自己变成了木偶本身，或者说，那些木偶就是我，我可以随心所欲按照自己心中所能看到的、想象到的自然而然地去表演了。再后来，我发现了更有趣的事，我能看到观众们对演出的预想，我就把他们预想的表演给他们看，而他们并不知道这些其实是他们自己预想好的。这样子，木偶不再是我，而是变成了他们自己，其实是他们自己在表演给自己看。你要知道，人总是最容易被自己感动的。"

"嗯，你是把每个人都当成了木偶，"小梦点头说，"可是这里面没有奇迹。"

"奇迹？"说到这个词的时候，Z 的眼睛亮了，"你的意思是，这和能看到别人正在做的梦有关？"

"其实也没有关系，"小梦说，"我就是想和你聊聊天，想知道你是怎么表演提线木偶的。"

"我还以为要等奇迹出现，我才能看到别人的梦。"

"虽然没什么关系，不过你还是要相信奇迹，"小梦对 Z 说，"接下来，就像你表演提线木偶那样。"小梦对着小女孩伸出双手，"你要先去感觉她正在做的梦，这样你才能看见。"

Z 伸出自己的双手，感觉到十个手指上有看不见的丝线慢慢垂了下去，在碰触到那个小女孩身体的时候，小女孩好像感觉到了一点儿什么。她抬手拂了拂，把头埋在小兔子上继续睡。Z 不由自主收缩了一下那些丝线，就像是汗毛被碰触到后自动卷起。

"放松点，不要紧张。你以前是把自己的幻想放到木偶身体里，现在只是刚好相反，你是要把别人身体里的梦钓出来。"

Z 再次把丝线垂下去，这次他感觉到了一些韵律从那丝线上传递上来，身体里有一种无法言说的奇妙感受。他仿佛来到了一个新的星球，先是迷雾般的大气层，然后又进入到了一个缤纷的游乐园。

小梦看到 Z 惊喜的表情，也跟着微笑了。

"接下来呢，我怎么把它钓出来？" Z 小心地问小梦，他的注意力还停留在小女孩的梦上。

"你要先去感觉这个梦是你自己的。然后，就像是操控一个木偶一样，慢慢地提上来。"

Z 开始尝试，他感觉到那些丝线变成了自己的双手，轻轻地把那个梦捧了出来。

在那个梦脱离那个小女孩的身体的时候，她微微皱起了眉头。

Z 看着飘浮在空中的那个斑斓的光团，心头荡漾着难以平复的兴奋。太美妙了，他想。这真是世界上最美妙的事。他开始意识到，或许他离开马戏团，这途中所经历的一切，完全就是为了成为一个钓梦师。

"好了，现在把梦放回去吧。"小梦稍微等待了一会儿后对还在惊异中的 Z 说。

"放回去？"Z 疑惑地问。

"嗯，你先放回去，我再和你说。"小梦说。

Z 依依不舍地把这个光团放回到小女孩的身体里去。

小梦对 Z 做了个嘘声的动作，然后带着他一起离开了这个房间。

"我需要你对我保证，以后，你不会再去钓小孩子的梦。"小梦很严肃地跟 Z 说。

"为什么？"

"因为梦对于小孩子来说很重要，那是他们最重要的玩具，你不能去把它们偷走，这样会影响到他们的一生。第一次让你看看小孩子们的梦，因为他们的梦都很温柔，比较容易把握。"

"只对小孩子重要吗？"Z 问。

"一般来讲，对所有人都很重要。不过对于大人来说，我们这么做对他们不会有很大的影响，就算我们不去把他们的梦钓走，他们醒来也会很快忘记自己做的梦。对于他们来说，梦只存在于他们做梦的那一刻，他们不在乎自己的梦是否丢失，甚至，他们都不会觉得自己做过梦。"

看到 Z 若有所思的表情，小梦继续说："有一些事你要记住，成为一个钓梦师其实比作为一个提线木偶师要危险得多，你必须全身心地投入，而且，并不是所有的梦都是美好的，有的梦很凶恶，甚至会把你吞噬掉。还有一些梦太过于美好，其实很虚假，会让你迷失在里面，成为梦的一部分。这个世界上既然有钓梦师的存在，就必然有钓梦师的敌人，你要时刻警惕。"

"敌人？"Z疑惑。

"敌人，"小梦强调道，"我没办法跟你说清楚他们究竟是谁，总之，就是会让你彻底迷失在梦里的一些人。比如，你把别人的梦当成了自己的梦，以为自己是存在于一个梦中。或者，你不满足于别人做的梦，想自己造梦，然后迷失在你自己的梦里。"

"听起来好复杂。"Z皱起眉。

"是很复杂，其实我自己到现在也没弄清楚这些，我也没碰见过这些情况，我无法给你说清楚到底是哪些人哪些梦我们不能去钓。"她又摆出严肃的表情，"不管怎么说，小心点总是对的。"

Z连续跟着小梦出去钓了好几天的梦，各种新鲜惊喜让Z欲罢不能。小梦也在这些天里告诉Z很多忌讳的事，都是以不能被人发现为前提，比如在天亮前必须停止钓梦；做梦的人正在醒来，也必须第一时间停止钓梦；很难钓起的梦也必须放弃。但是小梦也不知道被发现的话会有什么样的后果。

Z同时也知道了另一个秘密，原来那条小狗并不是真的小狗，确切地说，它是一条木偶狗，它被制造出来的目的是作为一个梦的储存器。Z对一条木偶狗也会做梦表示怀疑，小梦告诉他，那条狗的名字叫食梦狗，虽然是一个储存器，但它也需要吞食一些梦来作为它的能量。它之所以也会做梦，是因为有时候它身体里储存的梦太多了，或者是它太贪吃了，它要用自己的方式把它们消化掉。

可能是Z太沉浸在自己新拥有的能力之中，他并没有发现小梦时常地走神，以及在看着他时所流露出来的低落情绪。小梦不敢沉溺于自己跟他在一起时所感觉到的美好，就好像她不能沉溺于一场美好的梦中。她还有必须去做的事——找到那个叫作 A 的男人。

某天，在 Z 醒来的时候，他发现天天陪伴在小梦身旁的食梦狗趴在自己的身旁，而小梦已经不见了。

食梦狗看着他，眼神很不满，因为他的出现使它和小梦分开。虽然它只是一条木偶狗，但在吃了那么多梦以后，它早把自己当成了一条真正的狗，而且比起其他狗，它要更聪明，感情要更丰富些。也正因为这样，它不得不执行小梦对它所做的安排，它现在只想着能早点完成任务，然后再去找小梦。

食梦狗站在 Z 的面前，然后打了个嗝儿，从它的嘴里飘出一个小光团，慢慢散开，是小梦的形象。

"我很高兴能够认识你。跟你在一起的这段时间我很开心，可是我必须去做我要做的事情，你也要到海边去看日出。我让食梦狗留下来陪你，是希望等你到海边看过日出了，能帮我一个忙，带它去找到我原来的那个木偶剧团。那个剧团叫作梦想木偶剧团，我想，她们会需要你的。不知道为什么，我有一些不好的感觉，在认识你之后，我又开始做梦了，我梦见我们剧团里的那些木偶师在我离开之后都渐渐变成了木偶。梦里的我被告知只有你能够解救她们，你会帮我这个忙吗？"

"我们还会再见吗？"

小梦没有再说话，她微笑地看着 Z，身影开始慢慢淡掉。Z 想去拉住她的手，却摸不到。

在小梦的影子彻底消失前，食梦狗伸出舌头舔了舔那处空气，也是一脸的舍不得。

"你知道小梦往哪里走了吗？能带我找到她吗？" Z 急忙问食

梦狗。

食梦狗犹豫了下，点了点头。Z赶紧站起来，想要和它一起去追小梦。但是他发现，自己被一棵树的影子扯住了，无法迈开脚步。

"是你吗，影子I？"Z挣扎并大声喊，"我就知道你一直跟着我，你到底有什么目的？为什么你要阻挡我？"

树的影子不说话，只是紧紧地拽着Z。这个时候，食梦狗也发现了Z的不对劲。它开始放低自己的前身，龇着牙齿，随时准备向那影子扑去。

"真是麻烦啊，没想到她留下了食梦狗陪着他，难道她发现我了？这不可能啊，而且要是她发现我的话不会这样一声不响地离开啊。"那个树影轻轻摇晃了几下，影子I在低声自语。它终于还是放开了Z。

Z往前跑了几步，脱离了那片树影，也不站立在任何影子里。他转身看着那片影子："你到底是谁？你到底有什么目的？"

那片树的影子不再动弹，食梦狗也开始慢慢放松起来。影子I离开了那片树影。

过了好一会儿，在Z带着食梦狗准备离开去追小梦的时候，突然听到了影子I的声音："她不让你跟着自然有她的原因，你最好去找到她说的木偶剧团，这样，你才有可能帮助她。"

"你到底知道些什么？"Z猛然回身，却无法确定影子I所在的位置。

影子I又不说话了。

Z等了一会儿，想了想它刚才说的话，于是带着食梦狗离开了。

知道他们离开后，影子I的声音再次幽幽飘出："是啊，我到底知道些什么，我想干什么呢？就算找到A，我该怎么办？"

6. 陷入梦中

　　Z 没有让食梦狗带自己去找小梦。不管影子 I 有什么不可告人的目的，Z 觉得 I 说得对，他现在要做的，就是尽快找到她以前的那个木偶剧团，这样才有可能知道小梦要去做的是什么事，他才有可能帮到她。

　　Z 让食梦狗带路，不过他还不知道怎么去跟它沟通。他也在担心，食梦狗是否还记得去木偶剧团的路。按照小梦的说法，她们的剧团不是固定的，而是一艘四处漂泊的船，靠岸演出，然后扬帆起航四处漂泊。

　　Z 和食梦狗成为伙伴后发现，食梦狗是这个世界上跑得最快的狗。插着隐形翅膀，梦是它的狗粮。Z 每天会去钓很多的梦给食梦狗，因此 Z 的钓梦技术也越来越好了。

　　开始 Z 还有点担心，每天晚上他溜进睡着的人的房间时总有一种做贼的心虚感。不过随着钓梦次数的增加，他慢慢说服了自己。他只偷人们的梦，更何况，这个世界上，梦是最不值钱的东西，丢了也就丢了。并且他不算是偷，而是钓。Z 再也找不到其他比这个说法更让自己心安的理由了。

　　寻找之路上的枯燥让 Z 更加迷恋钓梦这件事，而不是迷恋别人的梦，就如同之前他迷恋表演本身而不是迷恋自己在表演什么。他不满足于像最开始那样，要小心地用双手去捧起别人的梦，那样获得的梦只是停留在某个时刻里的片段，并不完整。在他的控制下，他的每个手指上都有很细很细的线，比最细的蜘蛛线还细，那是由他的目光编成的。线上没有任何的钩，线会轻轻地落在正在做梦的人的身上。

有时候睡着的人会觉得身上有点痒，那是因为他的钓线不小心落到那人身上敏感的地方；有时候有些人的梦会拒绝他，所以第二天醒来还会记得全部。有时候有些人的梦很碎，他怎么钓也钓不完。不过大多数情况下，人们的梦都会不知不觉被他钓走，人们根本就不会发现，甚至不会记得自己做过这样的梦。

但他一直记着小梦的交代，不去钓小孩子的梦，更重要的是，不去控制别人的梦。这对他来说其实有点难，因为长期的工作习惯让他有难于抗拒的表演欲，总觉得只要动动自己的手指，就能操控别人正在做的梦，让它们按照自己的意愿来表演给做梦的人看。他只能努力控制自己不做任何多余的动作，顺着梦自身的运动规律动着自己的手指，哪根手指钓到梦就动下哪根手指，然后再继续钓。他不仅能钓走那些梦，他的手指还会在钓梦的过程中自动把那些节奏韵律记录下来，编成一首曲子。

白天的时候，他就根据这曲子做一首歌，然后唱出来。这得益于他在森林漫游的那段时间，鸟教会了他唱歌。他因为没有唱过歌给小梦听而感到遗憾，他希望自己能编出全世界最美妙的歌到时候唱给小梦听。

由于钓梦过程的情形不同，Z有时候唱得很完整，有时候唱得破碎支离。不管怎么样，白天的时候，他总是一边走路一边唱歌，唱给他身边的食梦狗听。歌声动听极了，食梦狗听到歌就变得格外欢腾，它和Z也越来越亲近了。

Z 不知道和食梦狗一起走了多久。在学会钓梦之后，他开始隐隐感觉到自己的脑海里有一种异样的东西存在，开始的时候像坚硬的鸡蛋壳，在他根据别人的梦编成的歌声的冲刷下开始慢慢消融。渐渐地，只剩下了一层薄膜，之后这层薄膜却再也无法消解半分了，歌声已经对它失去了作用。Z 很想知道里面究竟封存的是什么，却又毫无办法，只是偶尔会听到里面发出的轻微声音。Z 感觉，这个脑海里的东西对自己来说非常重要，可能弄清楚了这个声音，他就会知道自己究竟是谁，是从哪里来到那个马戏团的。Z 甚至觉得，那是他一直不会做梦的关键。

一秒，一天，一年。

Z 不停地钓着别人的梦，越来越想知道自己脑中的那个声音到底是什么。他有时候甚至希望能够在别人的梦里发现自己脑海的声音是什么。

可惜，Z 始终未能如愿。

有一次，Z 没能控制住自己。这次他看到了一个极其简单的梦——一个人影在一个空房间里对着一面白墙一直说话。

他尝试了很多办法都没能把这个梦钓起来，Z 只好放弃了把这个梦钓走的企图。他停下来看着这个梦，观察了很久后他发现这个人影虽然只是一个剪影，但他的整个感觉和正在做梦的这个人很像，应该是他梦见了自己，他在他的梦里。一个焦急烦躁的自己在跟沉睡中的自己交谈，似乎是想唤醒他，这个人影的语速很快，动作也很夸张。Z 听不到那个人影到底在说什么，以为是离他太远的缘故。Z 慢慢向这个梦靠近，等他反应过来的时候，发现自己已经掉进了这个人的梦中。Z也站在了这个空房间之中。

　　这是Z第一次掉到别人的梦境里。他的第一反应是马上离开这里，但是他没有这方面的经验，小梦也没有告诉他遇到这个情况该怎么办。

　　Z躲在这个房间的一个角落里，打量着这个房间。他看到了一扇门，在那个人影的正背后。他小心地溜到这扇门边，握住那个门把，轻轻旋动，可是在要打开门的时候他又犹豫了，他不敢确定打开这扇门后就能脱离这个人的梦境，还是会把正在做梦的人惊醒。

　　他回过头去看那个人影，人影并没有发现Z这个不速之客。Z悄悄向那个人影靠近，犹豫着要不要和他打招呼，问他这个房间外面是什么情况，问他知不知道离开这里的办法，可是又担心这样就破坏了这个梦境，使得做梦的人从梦中醒来，这样自己就会永远被困在梦中。

　　虽然他心中这样警告着自己并且感觉到强烈的不安，但是不安的同时也加强了他的好奇。Z向这个人影靠近的同时也没忘记想要去听清楚他到底在说些什么。他不知不觉就已经几乎贴到那个人影的背后了，甚至能感觉到自己呼出去的气息从人影的身上反弹过来，他赶紧屏住呼吸。人影仍没有感觉到Z的存在，他所有的注意力都放在说话上，那些说出去的语言像水雾一样冲刷着那堵墙，而那堵墙像一块海绵一样把那些水雾全都吸收了进去。Z侧耳倾听，依旧无法听清他到底在说些什么。他透过人影的后背看着那堵墙，上面倒像是有些字迹，但也是层层叠叠混在一起无法分辨。

　　"不能这样一直耗下去，等到那个做梦的人醒来一切就都完了，虽然不知道影响了这个人影会出现什么样的结果，但无论如何都要试一试，再也没有比做梦的人醒来更坏的结果了。"Z在心里默默跟自己说。

"你好。"Z的声音还没从喉咙里发出去，他的手已经搭上了那个人影的肩膀。

接下来发生的不是那个人影被Z吓了一跳，而是Z被吓了一跳。在他的手搭上那个人影肩膀的瞬间，人影像一个突然被扎破的气球，瞬间瘪了下去。从Z的角度看过去，他此刻的样子就像是Z的影子一样。Z觉得这样的场景好像在哪里遇见过，在他苦苦思索中，那个影子也像水雾一样被那海绵一样的墙壁吸收，渐渐淡化直至消失。

是那个影子I溜进他的房间跟他打招呼的场景。Z想起来。

这个空房间开始摇晃起来，原本不知道是在哪里亮着的白晃晃的灯光也在慢慢暗掉。Z的第一反应是那个做梦的人正在醒来，Z紧紧地贴着墙壁，不知道该怎么办才好。他艰难地扶着墙壁重新走到那个门前，想要打开这扇门逃离这个房间，但他悲哀地发现原本那个可以旋动的门把已经被死死地锁住了。他第一次感觉到死亡离自己这么近。

在这瞬间他突然明白，这段时间伴随着他的其实是各种各样的不安和恐惧，而他却把这种恐惧当成了希望。他想去海边看日出，是因为害怕自己没有机会看到日出；他想帮小梦把食梦狗带回那个木偶剧团，是因为他害怕自己再也看不到小梦。

这所有的一切都是因为那个影子I而起。可惜，他再也没有机会找到那个影子I，去质问它为什么要让自己逃离那个马戏团。这同样也是一种恐惧，他害怕自己再也没有机会去向那个影子I问清楚这一切的原因就莫名其妙地死了。他害怕死在一个人的梦里，无声无息。

房间并没有彻底坍塌，Z也能意识到自己还活着，只是这个时候他的四周一片漆黑。房间消失了，那个他紧紧握着的门把也消失了，他在这无边无际的黑暗中飘浮着。Z 反复告诫自己不能睡着，他害怕自己睡着之后就再也不会醒来。他死死地睁大自己的眼睛，甚至不敢眨一下。渐渐地，他能看到一些轮廓，那是一些灰色的影子，像他一样飘浮着。Z 想要向它们靠近，却发现根本无法控制自己的身体，他被一层灰色的阴影紧紧包裹住了。他看到有一些灰色的影子在慢慢地淡化掉，最终变成黑暗的一部分，这让 Z 以为自己的身体也在慢慢地淡化掉。他想去感知自己的身体，但却失败。他只能感觉到自己眼睛的存在，似乎他的身体已经完全被黑暗消解掉了一般。他只能看着四周那些灰色影子在慢慢地消失，一个接着一个，不过他同时也感觉到在这黑暗中还有一种看不到的力量在同黑暗对抗。有一些影子的消失并不那么顺利，一直处于忽明忽暗的状态，还有一些影子眼看就要彻底消失了，那种力量又重新把它从黑暗中抢夺出来，像捏住一根线头，或迟缓或急速地把它抽出来。

在漫长的等待与煎熬中，Z 看到一些光斑，开始的时候他还以为是自己终于忍受不住这种孤寂而产生的幻觉，以为是自己在做梦，可他马上意识到自己从未做过梦。他看到的光斑都是真实的。这让他一下看到了希望，他盯着那些光斑，看着它们从各个方向飘来，慢慢组合在一起。

过了很久，但又像是一瞬间，Z 发现自己处在一个明亮的空房间里。

这个房间和他最初看到那个人影所在的房间并没有什么区别，只是现在他替代了那个人影而已。Z 的身体重新由自己的意识控制，他能看到自己的身体了。不过，他感觉到有一种力量试图影响他。他走到那堵海绵一样的白墙前，张开了嘴巴，可是他却不知道说什么好，只觉得喉咙痒痒的，他马上意识到这不是他自己想要做的事。他强迫自己扭转过身体，快步走到那扇门前，这次他没有任何犹豫，一下拉开了那扇门，跨了出去。

他站在一片虚空之中，因为他能明确感觉到自己的脚落在了实处，虽然这个"实处"看不到。

他的一只手还从背后反握这门把，想着要是有什么不好的情况可以立马躲进去，把自己反锁起来。不过他马上又意识到自己太过于小心了，就算他把自己关起来又能怎么样，还有比被困在这里更可怕的事吗？

他深呼吸了一下，放开了握着门把的手，离开那个房间，走到虚空中。他有点不敢相信自己的眼睛，"这才是这个梦境的全部吗？"他低声自语，甚至开始怀疑自己以前钓过的那些梦。他真的看到过完整的梦境吗？还是只看到了梦的某个碎片？

在虚空中飘浮着很多个房间，它们有的飘浮不定，有的正在慢慢互相靠近，有的已经连接到一块。它们比现实中的房间更大，它们的某一面墙壁上都有一条半透明的管道在向着虚空生长。

Z 在虚空中慢慢走着，在不知道绕过多少个房间之后，他看到了一座还只是一个雏形的城堡，而这虚空中所有的房间都在向这个城堡所在的位置移动。他停下来，回头打量着四周，房间飘浮不定，像一块块虚空中的陨石，每根管道都对着城堡所在的位置。

Z 不知道自己是从哪一个房间里走出来的。

这个时候，有一个房间刚好飘浮到他的身前，他看着那扇关闭的门，沉思了一会儿。之后 Z 伸出手，打开了那个门。

如他所料，房间里有一个人影在对着墙壁说着他听不清的话，而这些话被那堵墙壁吸收，让露在外头的管道生长，并带着这个房间向那座城堡飞去。

　　Z 打开很多扇房间的门，发现里面都有一个同样的人影在不停地说着模糊不清的话。那些已经连接在一起的房间里面总共就只有一个人影，而这个人影相对于其他的人影要更清晰，好像是随着房间人影也跟着连接到了一起。

　　使 Z 更感到好奇的是那个城堡，要是他没猜错的话，那里肯定有一个更加完整的人，或者他能从那个人那里得到如何离开这里的办法。

　　Z 不再去打开那些房间的门，他向那个城堡走去。在路上，他再次感觉到强烈的晃动，那些闪闪发光的房间在摇晃中慢慢暗掉。他隐约感觉到这个梦对他来说毫无恶意。这个做梦的人很投入地在他的梦中构建着这座城堡，从而忽略了 Z 这个不相关的意外存在。他也终于明白自己为什么一直钓不走这个人的梦了。

　　黑暗再次降临，那些房间又变成了他所能看到的那些灰色的影子，有一些在消失，有一些却加快速度向那个城堡所在的位置移动过去，和它结合在一起。

　　也不知道自己走了多久，那个做梦的人醒来后又再次做梦。在他走向那座城堡的过程中，他看到那座城堡在被慢慢地搭建起来。

　　Z 终于走到那个城堡的大门前，在新的一次晃动来临之前，他推开门，走了进去。

7. 两个小孩

Z 发现自己正飘浮在天花板下，这样的突如其来让他难以适应。推开城堡大门的过程中，他还在想自己要面对的会是什么样的结果，要怎样去应对。在经历了那种漫长的不安之后，他设想了很多可能，却没有想到自己居然就这样回到现实里了。

在 Z 的恍惚中，那个做梦的人一下从床上坐了起来。Z 赶紧往黑暗处缩了缩，背部紧紧地贴着冰冷的天花板，尽量让自己看起来更像是一块阴影部分。

很明显，那个刚醒来的人的注意力只集中在某一处。他翻身下床，快步走到一张书桌前，打开台灯，拿起笔来在一叠厚厚的纸上快速地写着，嘴巴里还喃喃自语，像是嫌自己写字的速度跟不上自己脑海里涌现出来的念头，非要加上嘴巴不行。

这个时候 Z 才注意到那张书桌，上面堆满了书、本子和纸张，桌下有一个垃圾篓，里面全是揉成一团团的纸，地板上也滚落着很多这样的纸团。

那个人一直埋头写作，台灯把他的身影投射到背后的墙壁上。Z 没有马上离开这个房间，依旧躲在暗处看着他。Z 想要通过他知道自己在梦中的经历。

Z 注意到了那个影子，好像是那个影子从那个人的笔尖处流到了纸上，变成了一个个字，又像是那个影子在操控着他的手在纸上飞快地写着。他们俩都很专注，不管是在梦里还是在现实里，他们都没有意识到Z的存在。这种不在意和他们有没有发现他无关，他们在刻意排除任何多余的因素。

Z知道了那个世界就是那一叠厚厚的纸所呈现出来的一切。一个个房间就是那一页页的白纸，那些被黑暗消融的就是那一页页被扯下来揉成一团扔掉的废纸。那些说话的人影、模糊不清的语言、即将被黑暗消融的灰色影子也能得到同样的解释了。

一个试图创造新世界的人是值得被尊重的。

Z离开房间后找到了食梦狗，他不知道自己究竟在那个人的梦里待了多少天。幸好，食梦狗还在原地等着他。

只不过食梦狗变得有些颓靡不振，它可怜巴巴地望着Z。Z也只能看着它苦笑，因为他没有新的梦喂它吃，也唱不出任何的歌给它听。在经历了这么一场漫长的梦境游历之后，Z感觉到了疲惫，得好好休整一段时间。

Z带着食梦狗沿着江边继续往前走，可是它走两步就要停下来，伸出舌头不停地喘着气，那些气息如同一个个泡泡，一下就破碎了，Z看得出来，那是食梦狗身体里储存的梦的残留物。Z担心再这样下去，食梦狗身体里所有的梦都会被消耗完，它会重新变成一条木偶狗。

Z抱着食梦狗在江边坐下，它的脑袋耷拉在他的大腿上睡着了。Z知道，在等待他归来的这段时间里，它也是在不安中度过的，没有好好睡过一觉。想到这儿，Z又难过又感动。他按照小梦之前教过他的方法，检查了一遍食梦狗的身体。他看到它身体里储存梦的地方还有一些光团存在，其中的两个光团看上去特别显眼，可是即使到了现在这种情况，它也舍不得把这些光团消耗掉。Z 自然对这些光团感到好奇，但他也没办法查看它们，除非是食梦狗自己主动释放出来给他看。不过这些梦被释放出来后，就会永远消散。

Z 抚摸着食梦狗的身体，不知道自己接下来该怎么办才好，不知道它能不能挨过这个白天。他看着江面上的那些来来回回的游船，在朦胧苍茫的黑暗中有一些光斑在飘荡、重合、分散。他想起之前自己在那漫长黑暗中的漂泊，不知道何时会是尽头，现在再重新去回味，只剩下惶恐不安，完全没有劫后余生的庆幸。他想起在马戏团的那些日子，想起和小梦在一起的那些日子，想起小丑和自己描述过的海边的日出景象。

此刻的他就像是一堆沙子，这些回忆如浪潮一样向他涌来，却又马上急速地退去，并带走了他身体里的某一些部分。他开始感觉到疲惫无力，像一个在水里不知道游了多久的人，他感觉自己快要沉下去了。他已经放弃了挣扎，突然间一阵浪潮把他推到了岸边，然后他仰面躺着，看着白晃晃的阳光，感觉自己再也不想动弹。他甚至希望自己就永远这么坐着，变成一个没有任何知觉的木偶。

他开始感到孤独。

他在马戏团的那些年，日复一日地进行着表演，没有多余的念头，没有希望也没有恐惧，没有快乐也没有悲伤，没人跟他说话他也就不说话，并不曾感觉到有什么不好。之前看到那个做梦人的时候，他就有一种熟悉的感觉，仿佛看到了曾经的自己。自从逃离了那个马戏团之后，他看到了更多的东西，听到了更多的话，也说了更多的话，他喜欢上了一些人一些事，他已经不再是一个对什么都没有感觉的人，但此刻让他感受最深的却是孤独。

　　在Z觉得自己快要完全睡着，就这样不管不顾永远地睡去的时候，他的身边传来了一阵脚步声，柔软的影子替他挡住了阳光。Z重新睁开了眼睛，看到了一个小女孩和一个老爷爷。

　　"好可爱的狗狗。"小女孩看到了Z怀里抱着的食梦狗，她放开了牵着老爷爷的手，来到Z的身前，怯生生地问他："大哥哥，我能摸摸你的狗狗吗？"

　　Z对她笑了笑："当然可以。"

　　小女孩的手在食梦狗的身上轻轻地抚摸了几下："真奇怪，它好柔软，比所有的狗都柔软。"食梦狗感觉到她的抚摸，抬起头，微微睁开了双眼，叫了几声，伸出舌头来舔了舔她的手，又无力地趴回到Z的大腿上。

　　"大哥哥，狗狗生病了吗？好可怜啊！"小女孩睁大眼睛看着Z。

　　Z愣了一下，点了点头。"嗯，它生病了。"

　　"好可怜。"小女孩说。她转过头去跟那个老爷爷说："爷爷，你也给狗狗说个故事吧。"她又转回头对Z说："我生病的时候，我的爷爷就给我说故事，然后我睡一觉，做个梦就好了。"她的眼神很认真、很肯定："狗狗听了故事之后，也会好起来的。"

　　"爷爷给你说了那么多故事，你自己说给狗狗听吧，这样会更有效果呢。"老爷爷笑眯眯地对小女孩说。

　　"我可以吗？"她看着老爷爷。

　　"当然可以。"老爷爷说，"你自己也跟我说，以后读书了，要说更多的故事给爷爷听啊，爷爷相信你肯定会说出最好听的故事。"

"我可以给狗狗说故事吗？"小女孩问Z。

Z点点头，此刻他也很想听这个小女孩说故事。

小女孩在Z的身边坐下，老爷爷也在她的身边坐下。他们开始听小女孩说故事。

"狗狗，我给你说一个关于木偶人奇遇的故事吧。这个木偶人的名字叫作匹诺曹，他说谎的时候鼻子会变长，说真话的时候鼻子就会缩回去。在很久很久以前，有一个老爷爷，这个老爷爷跟我爷爷长得一模一样。"说着她调皮地朝爷爷眨了眨眼睛，"他是一个木匠，他一直希望自己能够有一个孩子……"

食梦狗听着她说的故事，精神似乎变好了许多，眼睛能够睁开了，眼神也越来越清澈，并且充满了期待。

"从此以后啊，匹诺曹就变成了一个人见人爱的好孩子。"小女孩笑嘻嘻摸了摸食梦狗的脑袋。

老爷爷给小女孩鼓掌，"茵茵说的故事真好听，比爷爷说的故事还要好听。"

"真的吗？"小女孩睁大眼睛，里面有隐藏不住的笑意。

"真好听，"Z也鼓掌，"这是我听到过的最好听的故事了。"

食梦狗站起来，舔了舔她的小脸蛋表示感谢。"你看，我说它在听了故事之后就会好起来的吧。"小女孩很骄傲地说。

"谢谢你。你也是人见人爱的好孩子。"Z摸摸她的脑袋说。

时间不早了，小女孩和老爷爷要回家了，他们和Z以及食梦狗告别。

看到精神恢复的食梦狗，Z打算也开始给它讲故事。Z蹲下去抱着食梦狗的脑袋，看着它的眼睛说："我们去书店，我也说故事给你听。"Z觉得，这是目前能帮到它的最好办法了。

他们第一次离开了沿江行进的路线，走进了一个小镇。这个小镇由各种各样的石头砌成，每条街巷都很窄，路面铺着石板，每个房屋的墙壁上都爬着藤蔓，开着各种各样的花，有很多枝条低低地垂着，随风拂动。有些枝条甚至已经垂到了地面，在风的吹拂中，像是在地面上写字或者画画，不时有一些猫或者狗从某个角落或者花丛后面闯出来，好奇又静静地跟随他们走上一段路。

Z发现自己迷路了。这里的每条街巷看上去都一样，小径分叉，像是一座迷宫，一座美丽得让人流连忘返的迷宫。Z想找个人问路，可是他走了好久都没遇见一个人。Z在一个拐角处停了下来，他闭上眼睛，回想自己刚才走过的路。他突然发现一件奇怪的事，那就是这里的房屋居然都没有门，他试图在心中回忆起自己刚才走过的路，却发现没有任何的印象，好像总共就只有一条小巷子，他只是在来回折返地走。

过了一会儿，他终于听到了脚步声，他闭着眼睛听脚步声的来源，发现声音是从他的头顶上方传来的。他睁开眼睛，抬头看上方，他看到这里的每一座房屋都有尖尖的屋顶，每个屋顶上都有一根烟囱，从烟囱里冒出来的烟雾有各种不同的形状。他看到了一个小男孩，手里拿着一根枝条在屋顶上奔跑。Z向他打招呼："你好啊。"

小男孩听到他的声音停了下来，四处张望，他挠了挠后脑勺，"好奇怪，没有人啊。"

"我在这里，"Z大声喊着并招手，"我在下面。"

小男孩走到屋檐处，小心地探出半个身子，看到了Z："你怎么会在下面，下面很危险啊，不小心就会迷路的。"

"是啊，我迷路了，" Z抬着头跟他说话，"这是我第一次来到你们这个小镇。"

"原来你是第一次来我们这里啊，难怪。我们都在屋顶上走的啊。"小男孩蹲下来跟他说，把手里握的纸条轻轻挥舞了几下。

"我想找一家书店，你能告诉我怎么过去吗？" Z仰着脖子，阳光刚好落下来，有点刺眼，他只好抬起手看着那个小男孩。

"书店啊，"小男孩站起来四周看了看，然后指着一个方向说，"那里，书店在那里。"

Z朝他所指的方向看去，可什么也看不到，他的视线被屋顶挡住了。

"你得到屋顶上来，"小男孩跟他说，"不然你也进不了那个书店。"

"可是我怎么上去啊？" Z看了看四周，没发现楼梯什么的。

小男孩又挠了挠后脑勺："你等一会儿。"他起身向另一个地方跑去。不一会儿他从另一个地方探出身子，朝Z招手："这里，你从这里上来。"

Z爬到了屋顶上，他看到这个小镇很大，密密麻麻的屋顶纵横交错地连在一起，他看清了小男孩指的书店所在的位置，那个烟囱里冒出来的烟雾也正是一本书的形状。

"谢谢你。" Z跟小男孩说。

"不客气。"小男孩有点不好意思，他的手背在身后，轻轻摇动手里的那根枝条，他对Z和食梦狗感到好奇。"已经很久没有人来到我们这里了，你是怎么找到我们这里的？"

"我走着走着就到这里来了，"Z说，"这里和其他城市不一样吗？"

小男孩歪着头想了想："我也不知道，我从来没有离开过这里。你能跟我说说其他地方的样子吗？"

Z被他问住了，他不知道离开马戏团多长时间了，也不知道自己已经走了多少路，他对任何的地方都没有印象，可他又不想让男孩太失望。"我不知道怎么跟你形容其他地方是什么样子的，但我敢跟你保证，你们这里很美，是我见过的最美的地方。"

"我也觉得我们这里很美。"小男孩骄傲地挺了挺胸膛。

"你在这里干吗呢？"Z想要转移话题，他怕这个小男孩再追问他关于其他地方的情况。

"我是一个牧羊人，我们这里唯一的牧羊人。"

"牧羊人？"Z看了看周围，没有发现一只羊。

小男孩指了指天空的云朵，"我的羊群就在那里啊，它们很乖是不是，它们多柔软啊！"他低头看了看食梦狗，"跟你的狗一样乖，一样柔软。"

"嗯，"Z抬头看着那些云朵说，"而且，它们很调皮。"

"是啊，是啊，所以我得看着它们。"小男孩挥挥手里的枝条。

"谢谢你，"Z再次向他道谢，"我去那个书店了，这只调皮的狗可等不及了。"他指了指围绕着他双腿走的食梦狗。

"不客气，"小男孩说，"我也要去看守我的羊群啦。"

Z走了几步，又停下来转过身不好意思地问小男孩，"我要怎么走进那个书店呢？"他发现这些屋顶也没有门。

"从那个烟囱爬进去。"小男孩说。

8. 坠入

Z 来到烟囱前，探过身子往下看，灰白色的烟雾往上升腾，看不清到底有多深，只能依稀看到嵌进烟囱壁里的铁架子一层层向下而去。他再次让食梦狗抓住自己的肩膀，趴在后背上，然后转过身抓着那铁架子往下爬。原本他以为很快就能到达地面，毕竟爬到屋顶上来用的时间可不多。但他慢慢开始感到不对劲，这个烟囱就好像一口深不见底的井，他越往下爬心中越疑惑，抬起头只能看到一个朦朦胧胧的烟囱口，一层半透明的薄膜在烟雾中像水波一样晃动，如同半睡半醒时看到清晨时的窗口。Z 往那边看了一会儿之后就开始头晕，却又觉得很迷恋，感觉自己还没睡够，眼皮很沉，想着再次闭上眼睛好好睡一觉。他开始慢慢松开抓着铁架的手，幸好食梦狗在关键时刻叫了两声，把他从恍惚中惊醒，赶紧重新抓住那铁架。他停了下来，喘了几口气，不敢再抬头往上看，犹豫着是要继续往下爬还是原路返回。可如果就这么放弃的话，万一再往下爬一点儿就会到达地面，那就未免太可惜了。

他最终还是决定继续往下爬。不知道爬了多久，他的手脚开始不停发抖，只好停了下来，他忍不住再次抬头往上看，那个烟囱口几乎已经看不见了，如同一个小小的光斑，飘忽不定。而下方更是黑乎乎的，什么也看不见。

　　这个时候，即使他再想往上爬也已经来不及。他就这样保持着一个姿势趴在那里，像一只壁虎。如果不是想到食梦狗还悬挂在自己的背上，他甚至想放开手掉下去好了。事实上，"如果不是食梦狗还在"也只是他试图说服自己不能放手的理由，假装他起码还能做到"放弃"这件事。现在他想松开手都做不到了，他感觉自己的双手变得异常僵硬，生了锈，和铁架子融为一体。

　　他把所有的注意力都放在最上面的那只手，努力去感知它们，控制它们。终于，他感觉到了那只手的存在。过了好一会儿，他几乎都能看到里面的血管和骨肉了。他先是大拇指轻轻地动了一下，然后五个手指同时张开。就在这个时候，趴在他背后的食梦狗从他的背上滑了下去，瞬间，Z感觉全身的力量好像一下子全都回来了，他松开自己的双手，转身去抱住食梦狗。

　　他们一起掉了下去。

　　Z紧紧地抱着食梦狗，想到自己还没完成小梦托付他去做的事，心里一阵愧疚。掉落的过程中，他感觉自己的背后有个什么东西拉了他一下，像一根很有弹性的绳子，缓冲了他们飞快往下掉的速度。Z意识到是小梦教会他的空中飘浮能力。他开始尝试着去控制自己的身体，而怀里的食梦狗就是那个被他钓出来的梦的光团。

　　他们飘浮在了空中，安稳地到达了地面。

　　Z再次抬头往上看，这次他已经看不到那个烟囱口了。他很好奇，想知道这里的人是怎么爬上去的。

　　Z把食梦狗放在地上，和它一起向前走去。他们已经看到了一些微弱的光。

光是从一个门缝底下透出来的，他们走到那扇门前，Z敲了敲门，没有人回应，他把手放在门上，正准备加点力气去推，那门就自动打开了。

小男孩真的没有骗他，这里是一个书店，四面墙的书架不知道有多高，看不到尽头。书店里没有人，房间的一个角落有一张桌子，上面点了一支蜡烛。Z这才发现，那在烟囱里涌动的烟雾都是从这支蜡烛上冒出去的。

Z站在房间的中央，环顾四周，不知道接下来该怎么办，原本他以为自己能向这个书店老板咨询，请老板推荐一些好看的故事书，像梦境一样美妙的书。可Z找不到书店的老板，好像他为Z打开了门，就隐藏起来了。

Z慢慢走到一个书架前，不知道该抽出哪一本。书都包着黑色的封皮，看上去都一样。他绕着书架走动，不知道为什么，好几次停了下来，却不敢动手去抽取，心中有一种莫名的胆怯。

他走到了那张书桌前，上面正放着一本书，像是为Z准备好的。Z翻开书之后，傻了眼，他意识到自己并不识字，在此之前他从未看过书。

那些字嵌在纸里，是Z见过的最神奇、最说不清楚的东西。他极其想要认识它们。它们静止不动，看上去像被缩小无数倍的木偶整齐地排列在那里。Z的手悬在这些字的上方，他不敢以操控木偶或者钓梦的方式，强行去让它们被自己掌握。他觉得它们是有生命的，只是在那里沉睡而已。

Z想到之前陷入的那个梦境，想到那个人伏案疾书的样子，那些字就那样从他的笔尖下流淌出来，永远地刻在了纸上面。Z终于忍不住伸出手，用食指尖去碰触那些字，像是手落在钢琴键上，"叮"的一声，让他的心一跳。

Z的手指在那些字上滑过，它们一个个都苏醒了过来，向Z传达着亲切快乐的情绪，并顺着他的手指进入到脑海，变成声音和图像。

Z完全沉溺在这一本书里，直到"看"完这本书他才抽回自己的手，把书合上，默默地沉思。这是他见过的最完整的梦，可还是觉得意犹未尽，于是他又随意抽出一本书继续看。

Z在各种各样的世界里游荡，他去了很多很多地方，看到很多人的喜怒哀乐。他慢慢无法自拔，甚至觉得这书里的世界才是真实的世界。这里有很多他熟悉的东西，而他自己却又只是一个在这些世界里四处游荡的影子，他总觉得缺少了点什么。他没有看到海边的日出，没有看到小梦在哪里、正在做什么，也没有遇见小梦以前的木偶剧团。他没能在书中找到自己所在的这个世界，也恰恰是这种缺失感让他欲罢不能，让他想要翻阅这里所有的书。

食梦狗从来没有吃下过这么多的梦境，撑得它只打嗝儿。它从桌上跳下，趴在Z的脚边闭起眼睛慢慢消化，把它们变成一个个光团储存起来。Z发现自己居然比食梦狗还能储存更多的梦，仿佛永远也装不满。

Z不知疲倦地在由这些书构成的世界里慢慢游荡。他开始感觉到这里所有的书之间都有一种若隐若现、复杂的联系，像是永远无法走出的迷宫。这让他更急切地想要找到一个出口，而在这些书里，似乎有很多能给他指明方向的人，可是他们为他指的方向又都不一样。

Z听到自己的背后传来一声叹息，开始的时候他以为听到的是幻觉，这声叹息是从他自己心底发出来的，此刻正是他想要叹息的时刻。

突然一只手搭在了 Z 的肩膀上，让那声叹息变成了真实的存在。Z 并没有感到害怕，在他走进这家书店的时候，他隐隐地感到有一个人存在，只是他无法确定这个人在哪里，也一直在期待他的出现。

Z 扭过头，看到站在背后的那个人——一个不知道有多少岁数的老人，站在他的影子里，慈祥地看着他。

"你到底在找什么？"老人问他。

Z 摇了摇头，"我也不知道。"

"你为什么来这家书店？"老人继续问。

"我想看一些故事。"Z 回答。

"你看到故事了吗？"

"看到了。"

"你满意吗？"

"开始的时候很满意，后来不知道为什么就越来越不满意了，我总觉得好像还缺点什么，它们之间有很多模糊不清的联系，我试图去弄清这些。我看得越多，问题就越多，有时候感觉答案出现了，解答了我之前的疑问，但是又同时诞生了新的问题。我不知道为什么。"

"这里只有故事。没有问题也没有答案，你心中的疑问只能靠你自己去回答。"老人说，"你有疑问，是因为你想要得到的东西太多了。"

Z 皱起眉头。

老人指着房间里的书："这个世界诞生过多少人，就有多少书。这里记载的是每一个人的故事，问题和答案也只是他们每一个人自己的，你的问题究竟是什么？"

Z 想问些什么，老人摇摇手说："不要告诉我，你告诉自己就好了。"

"可是，我觉得有些书是一样的，这些书说的是同一个故事，但是里面产生的问题和答案却又完全不同。== 他们是同一个世界，又好像不是同一个世界，"Z停顿了一下，又继续说道，"很奇怪。"

"我已经不知道自己在这里待了多少年了，我以为自己能看完这里所有的书，却发现，我活得再久也不可能看完。这个世界上的人太多了，正在发生的故事也太多了，永远多于我阅读的速度，"老人第一次摇了摇头，"不过，我觉得我找到了对这个世界的一种理解。"

"对这个世界的一种理解？"Z问。

"好比你和我，还有你曾经见过的其他人，我们活在同一个世界里，但我们又活在不同的世界。这么说吧，比如，有一天我死了，那我的这个世界就彻底毁灭了。是不是？"

Z想了想，点点头。

"可对于你来说，你的世界里只是少了我这么一个人而已。所以说，这个世界是一个共同存在的世界，又是由无数个世界组成的。"

"好复杂。"

老人笑了，拍拍他的肩膀："复杂就不要去想了，或者以后哪一天你就突然理解了。也可能，你会有不同的理解。那样最好。"

Z点点头。

"好久没有人来到这里了，你不会介意我说了太多话吧？"老人说。

Z笑了笑，摇摇头，"为什么我可以一直看下去，感觉即便这里的书都看完了，也装不满我的脑袋，而它却很快装满了。"他指了指地上的食梦狗。

"这只狗是食梦狗吧,好久没看到它了。上次看到它,它还跟在一个女孩子的身边呢。"

"你是说,小梦?你见过她,你知道她现在在哪里吗?"Z急切地问。

"我不知道她的名字,也不知道她在哪里,她离开后我就没再见过她。"老人摇头,"你看,你刚才问我的问题自己马上就解答了。"

"我自己解答了什么问题?"Z疑惑。

"为什么这里的书装不满你的脑袋,那是因为你一边看一边忘记。就好像,我说到那个女孩子,你就马上忘记了之前问我的那个问题,"老人说,"所以你总有问不完的问题。"

Z沉默。

"你来这里之前,是做什么的?"老人问道。

"我?我是一个马戏团的提线木偶师。"

"不错的工作。马戏团,提线木偶师。"

Z突然意识到,老人的话很有含义。他认真想了想,说:"你的意思是说,这些书其实是一个巨大的马戏团,书里的一切都是木偶,作者是优秀的提线木偶师。"

"这是你说的,不是我说的。"老人大笑。

"他们自己既是木偶,又是木偶师?"Z继续说。

"我以前倒是听另一个人说过,每个人都是自己的囚犯,又都是自己的看守,"老人微笑着点点头,"其实你已经不用在这里看书了。"

"为什么?"

"因为这里的书永远不够。"

"为什么?"

"对一个人来说，这个世界上即使有再多的书，也总是缺少一本自己的书。等到你生命结束，你自己的经历最后也会变成一本书，在这里的某一个角落被人翻阅。"

Z 低头想了一会儿，然后抬头和老人说："嗯，我不能一直沉溺在别人的世界里，我还有那么多要去做的事。"

Z 推开门离开这个书店，他没有看到书桌上又慢慢浮现出了一本书。

老人翻开那本书，念道："小梦。"

Z 站在书店的门外，抬头就看到了那个烟囱口，并不高，不过他已经不在意这个问题了。他听到了打雷的声音，然后听到了一个小男孩的哭声，是那个牧羊人男孩。Z 决定爬到屋顶上去看发生了什么，他没有选择飘浮上去，而是决定还是抓住那个铁架爬上去，至于为什么这么做，他也不清楚。

屋顶上所有从烟囱里冒出来的烟雾都改变了原来的形状，变成了各式各样的蘑菇，遮住了大半个屋顶。小男孩一边哭喊着一边在屋顶上来回奔跑，手里不停地挥舞着那根枝条。乌云密密麻麻地从四周围拢过来，天空中洁白的云朵快完全消失了。Z 看着那些不时闪现的雷电，怕小男孩有危险，跑过去试图拉住他，带他躲到蘑菇下面，可是他根本碰触不到小男孩的身体。

终于，最后的白云也被乌云吞噬了，小男孩也疲惫地停了下来。他坐在一朵蘑菇上号啕大哭，泪水变成大雨倾盆而下。Z 冒着大雨来到小男孩的身边，劝他下去跟自己一起躲雨，小男孩抱住他痛哭："那些可恶的大灰狼把我的羊群都吃掉啦。"

Z抱着他，不知道该说什么好，想要拭去他的眼泪，却越擦越多。小男孩哭着哭着就睡着了，Z抱起他躲到了一朵乌云下。

两个人的身体都已经被雨水彻底淋湿，Z忍不住打了个喷嚏，而小男孩抱着自己小小的身体，在睡梦中不停地抽泣，微微发抖，像是在经历着最痛苦的梦境一般。Z看着他，不知道该怎么办才好。

食梦狗咬住他的裤脚然后抬头看着他，Z发现自己已经能够看懂它的眼神了。Z知道是食梦狗想让他抱着它取暖，它正努力让自己的身体散发出一些热气来，这是它在燃烧身体里储存的梦境。可是这样对它来说消耗太大，Z摇了摇头，食梦狗继续咬住他的裤脚不放。Z弯下腰拍了拍它的脑袋，表示自己理解它的想法，但是他没事的，不用替他担心，他现在更担心的是那个小男孩。

这个时候，他看到通向那个书店的烟囱里有火光正在慢慢升起，书店里的老人举着蜡烛出来了。老人走到他们这里，蜡烛散发出的热量慢慢地烤干Z和小男孩被淋湿的衣物，只是小男孩依旧无法停止身体的颤抖。

"他住在哪里？我还是先送他回家看看吧。"Z跟老人说。

老人摇了摇头："他没有家。"

"可是他说他是这个小镇里的人。"Z说。

老人点点头："可以这么说，他的家就是这里，这里所有的屋顶。"

"他的父母呢？"Z问。

"他没有父母，他是在屋顶上被人发现的，然后他就一直在这里成长。不是这里的人对他不好，大家都很照顾他，只是不知道为什么，他从来不肯到房子里去，就一直在这屋顶上待着。"

"真是奇怪的孩子。"Z看着那个小男孩说，不过他又立马想到自己，自己又何尝不是被人当成一个奇怪的人呢。

"他是个好孩子，"老人说，"要不是他一直在这屋顶上，估计我们现在下面的那些巷子里都挤满了人，他可是你们的指路人。"老人停了一会儿又说："不过他的记忆力不好，他睡一觉醒来后，就不大记得之前见过的人了，除了我们镇上这些他经常遇到的老不死。他一直都认定自己是个牧羊人，一辈子的牧羊人。"

"那他现在这样子该怎么办？"Z问那个老人。

老人摇摇头，"每次下雨的时候，他都这样，我们也只能看他痛苦地睡一觉，然后期待雨早点停了。"

Z看着小男孩痛苦的样子，心里也感到很难受。

"要是有人能改变下他的梦境就好了。"老人摇摇头，然后放下蜡烛，走到自己的那个烟囱口，准备回自己的书店去了。

"可是，改变梦境的话，不会影响到他吗？"Z问。

"那要看改变他什么样的梦境了，有时候改变只是一种安慰，而且，最主要还是看改变的人出于什么目的，被改变的人自己愿不愿意了。我相信他一直都愿意脱离这种噩梦的。"老人的声音消失在烟囱口。

Z站在小男孩的面前，烛光映红了他们的脸。他像一个指挥家那样，举起了自己的双手。他看到了小男孩的梦境，一片荒芜的草原，小男孩抱着自己躲在一堆篝火旁，四周有无数的大灰狼，眼里冒着红光，恶狠狠地盯着他，嘴里低声咆哮。

Z想要去帮小男孩把这个噩梦钓走，可是Z又想起老人之前跟他说的是"改变"而不是"钓走"，如果只是钓走，难保他下次不会再做这样的噩梦，自己不可能一直这样陪在他的身边，帮他钓走所有的噩梦。

　　Z 没有过改变他人梦境的经验，他不知道该怎么办才好，他的手就一直停留在那里，心里不停地想这个问题。

　　Z 想到了上次自己掉入梦中的经历，想到自己在他的梦中，可以打开关上那些门，可以在他的梦中行走。他抬头看着那些越下越大的雨，然后俯下身子，慢慢地，进入到小男孩的梦中。

9. 改变梦境

Z站在那堆篝火边上，小男孩依旧把自己抱得紧紧的，脑袋埋在双腿里，轻声抽泣，微微颤抖。Z环顾四周，担心会不会因为自己的突然来临而导致狼群骚动。在进入小男孩的梦境之后，Z才感受到他现在所能看到的狼群是他在外面看到的狼群所不能比的。它们的眼里都发出幽幽的红光，龇着的牙齿如此锋利并不停地向下淌着口水，低声咆哮所呼出的混浊血腥的热气迎面而来。Z看着它们手心里阵阵发凉。

Z一边防备着狼群一边蹲下身子，手犹豫了一下轻轻地搭在小男孩的肩膀上。他没想到的是小男孩的反应非常激烈，他一下打掉了Z的手，从火堆里抽出了一个火把不停地挥舞："滚开，你们给我滚开。"

Z不由得向后退了两三步，差点退到那火光之外。Z感觉到背后狼群的气息，赶紧往前走两步，靠近篝火一点儿，他一边躲闪着小男孩挥舞的火把一边说："是我，不要害怕，是我。"

应该是听到了人的声音，小男孩停止了挥舞的动作，依旧把火把握在手里，看着Z："你是谁？"

"我是白天跟你问路的那个人啊，"Z说。不过他又马上意识到自己不知道在那个书店里待了多少天，又说道："我还有一条狗，你说跟你的羊一样乖巧一样柔软，你记得吗？"

小男孩看着他，摇了摇头："我没有见过你。"然后，Z说到的羊又勾起了他的伤心事，他的眼泪又掉了下来，"我的羊群，我的羊群都被狼吃掉了。"他转过身对着狼群，好像要冲到那狼群里面去，Z赶紧快走一步，一把拉住了小男孩。小男孩环抱住他的腰痛哭道："它们把我的羊群都吃掉啦。"

Z摸着他的脑袋，不知道该怎么安慰他，许久之后，他抬头看着前面的狼群："我们给你的羊群报仇好不好，我们把这些狼群都赶跑，让它们再也不敢过来了。"Z的目光凌厉，那些被他目光盯住的狼群也不由自主地往后缩了缩。

"把它们都赶跑？"小男孩抬起头来，慢慢停止了哭泣，脸上还挂着泪珠。

"嗯，把这些坏蛋都赶跑。"Z也不确定自己为什么突然变得这么勇敢。这是他之前从未出现过的念头，去保护一个人或者什么东西，他也从来没有意识到，原来"保护"可以让一个人这么勇敢。

"就我们两个吗？我们要怎么赶跑它们？它们这么多又这么凶。"小男孩有点犹豫，一直以来他都害怕这些狼群。

"你有没有发现，它们很害怕这些火？"Z说。

小男孩看了眼狼群，再看看火堆和手里举着的火把，点了点头。

"我们可以用这些火把把它们都赶跑。"Z也从火堆里抽出了一个火把。

"嗯。"小男孩用力地点点头。

Z牵着小男孩的一只手，一起举着火把向那些狼群走过去。他们的脚步都很坚定。随着火光的靠近，狼群被逼迫着向后慢慢退去，他们挥舞火把继续往前走，不知道哪一只狼最先低下了头，转身退后跑开了，第二只、第三只……越来越多的狼跑开了。

终于，所有的狼都消失了。他们这才停止了自己的脚步，小男孩抬起了头，看着 Z，他脸上的泪水已经被火把烤干了。"谢谢你。"小男孩笑了。

小男孩的笑容并没有保持多久，他的神情又变得低落下来，他低声说，"可是，赶跑了它们，我的羊群也回不来啦。"

Z 的眉头也跟着微微皱起，他想了想，对小男孩说："你的羊群其实还在的。"

"还在？"他抬起头来，不相信地看着 Z。

"嗯，还在，"Z 点点头，然后小心地说，"你相不相信一件事情？"

"什么事情？"

"其实，现在我们都是在你的梦里。"

小男孩看着 Z 说："相信。"

"噢？"看到他回答得这么肯定，Z 反倒感觉有点诧异。

"我也不知道，我只是大概记得，好像狼群吃掉我的羊群之后，我好害怕，就想找个地方躲起来，或者这个地方就是你说的梦，"小男孩认真地看着 Z，"不过，我相信你说的话。"

"那你能先送我出去吗？我去把你的羊群带进来。"

"我？我怎么送你出去？"小男孩说。

"我们是在你的梦境啊，你想送我出去就能送我出去。"Z 说。

"我试试。"小男孩很好奇，他慢慢闭上了眼睛。

Z 又回到了屋顶上，他发现，外面的雨也已经停了，空中的乌云也正在慢慢地散去。

Z把正在打瞌睡的食梦狗摇醒，跟它说，"你身体里有没有一些关于白云的梦，弄出来一点儿给我？要那些最白、最柔软的。"

食梦狗抬起眼皮看了Z一眼，像是在翻白眼，然后吐出了一个小小的光团。

Z拿着那个图案再次进入了小男孩的梦境，小男孩还在原地等着他。Z张开握着光团的手，那个光团慢慢地飞到前方然后散开，变成了一朵朵洁白的云。这些云朵又缓缓涌动，变成了一只只羊。它们纷纷来到小男孩的跟前，对他"咩咩"地叫着。

小男孩的眼睛睁得越来越大，他拍着手掌欢快地对Z说："你好厉害啊！"

"好了，你现在可以好好去跟你的羊群玩啦。"

"你也跟我们一起玩吧。"小男孩拉起他的手，走向那些羊群。

Z在陪他们玩了一会儿之后，再次让小男孩把他送出梦境。

此刻，屋顶上的夜空格外宁静，雨后的空气也特别清新，天空中点缀着无数的星星，好像在Z改变了这个小男孩的梦境之后，这个世界就跟着一起改变了一样。他静静地坐在屋顶上，看着在睡梦中不时挠挠自己耳朵的食梦狗和不时笑出声来的小男孩，他的嘴角也不自觉地露出了温柔的微笑。他看着天上的那些星星，忍不住再次想，不知道小梦现在在哪里。他也开始怀念自己之前所在的马戏团，他突然觉得马戏团里的那些人也在想念着他，马戏团里那些演员的笑容也开始浮现出来，如同天上明亮的星辰，从来没有这么清晰过。

渐渐地，他有了睡意。

Z不知道自己是不是做了一个梦。

他变成了一个护林员。他有很多伙伴却缺少灯火，伙伴们总在夜晚来临之后沉沉入睡，草木静谧，动物安详。他坐在最高处，守护它们的每一个睡眠。

Z忍不住打了个哈欠，然后醒了过来。他睁开眼睛，太阳正斜斜地照在他身上，然后他看到那个小男孩正笑嘻嘻地站在自己的面前，手里拿着那根枝条，似乎还想伸过来挠他。

Z翻身坐了起来。

小男孩把双手背到身后："大懒猪，你醒啦。"

Z晃了晃脑袋，蹲在一旁看着他的食梦狗也学着他的动作晃了晃脑袋，让Z又气又笑。

"你还记得我？"

"我当然记得你，"小男孩挠挠后脑勺，"我在昨天的梦里见过你，谢谢你。"

Z笑了笑，小男孩一再跟他说"谢谢"，让他觉得很不好意思。

"还好你醒了，不然我们就来不及啦。"小男孩说。

"什么来不及？"Z很疑惑。

"电影快要开场啦，"小男孩拉过Z的手，让他站起来，"我带你去认识我的一些好朋友，他们一定也会喜欢你的。"

本来Z醒来，想着该和他告别了。看到小男孩这么兴奋，他又不好意思，只好跟在他后面在屋顶上奔跑。

"电影？"虽然他以前经过那些城市的时候也见过一些电影院，但是却还从未进去看过。

小男孩在前面不停地跑，一边跑一边嘴里喊了："晚了，晚了，来不及了。"

　　Z跟在他背后跑，想要开口喊住他，跟他说自己打算离开的事，可是看他那焦急的样子又实在喊不出来，只好也闷声跑着。他们不知道从多少个屋顶上跑了过去，在天空完全黑掉之前，小男孩终于慢慢放慢了脚步，然后停了下来。

　　Z看到前面的一些屋顶上坐了很多人，在他们的前方，这一大片屋顶的边缘处有一股烟雾正从烟囱里往外冒，变成了一张长方形的布幕，这让Z想起自己曾经的舞台。

　　小男孩等Z来到他的身边，然后带着Z和食梦狗从一些人的身边绕过，来到一个屋顶前，这里已经坐了好几个人在等电影的开场。

　　小男孩低声和Z说："这些就是我的好朋友，等下我介绍给你认识。"

　　电影已经开场了。

　　Z跟其他人一样，被这部电影吸引了，想要离开的念头也彻底消失了，只有食梦狗在不停地蹭着Z的腿。Z看着它那可怜巴巴的眼神才反应过来，于是把自己的手放在它的脑袋上，把自己所看到的一切捕捉下来，传到食梦狗的身体里去。

　　这是Z第一次看电影。他看到的一切，跟他在"阅读"那些书的时候一样，一切看上去都如此真实。Z看着入了迷，他跟着其他观众一起发出笑声或者默默流泪。

　　电影最后的镜头里有一条看不到尽头的路，一辆汽车不停地往前开，然后浮现出了一个大大的"完"字。大家看着那个大大的"完"字沉默了很久，好像所有人都不识字，不相信电影就这样结束了。

　　等Z回过神来的时候，他发现自己抱着食梦狗不知不觉就跟着这个屋顶上的观众一起回到了地面上，被他们推攘着上了一辆停在路边的汽车。小男孩也不知道去了哪里。

　　Z想去跟司机说自己没打算要上这辆汽车的，可是这个时候汽车已经发动了。Z犹豫了一下又坐了下来，因为他发现，车上的人都在用很好奇的眼神看着他。

10. 斑马扮演者

汽车行驶在一条笔直的公路上，两旁是无边无际的荒野，零零落落有一些已经完全枯萎的高大树木，偶尔有一些比黑夜更暗的影子一掠而过。在公路的正前方是一轮又大又圆的月亮，从Z的角度看过去，好像这条公路是通往月亮一般。

车上其他乘客都在打量着Z，这让他很紧张。Z坐得直直的，眼睛看着正前方，一动也不敢动。坐在Z身边的那个人向Z越凑越近，眼睛几乎都要嵌进Z的脸庞了。他伸出手在Z的眼前晃了晃，然后在Z的鼻子上按了一下，Z终于忍不住扭过头去看了他一眼。

他这么一动，身边这个人吓得整个身体都往后缩，后脑勺在车窗上撞了一下，"哎呦"叫了一声，然后捂住自己的后脑勺，使劲揉了揉。车上的其他人都笑了起来，那个人红着脸说："笑什么，我只是不小心按到了他的开关。"

"开关？"Z对着他眨了眨眼睛。

那个人顾不得捂住自己的脑袋了，他把手捂在了胸口上，嘴巴张得很大，好像看到了什么不可思议的事情："你还会说话？"

"我……"Z看到他的样子，有点不知道该说什么好。他看了看四周，身边所有的人和那个人都是一副不可思议的表情。Z发现他们都穿着一样的黑白条纹的衣服。

"你们为什么看着我？" Z小声地问。

"你，是不是一个木偶？"坐在身边的那个人犹豫了一下，小心地问Z，眼里带着某种期待。

"木偶？不，我不是个木偶，我不知道为什么就上了这辆车，这车要开到哪里？" Z反问。

那个人在听到Z这么说之后显得有些失落，车上其他人的反应跟他一模一样。他低着头说："园长又骗我们，说要给我们买一个大木偶的。"

看到他们低落的样子，Z说："不过，我可以扮演一个木偶，他们都说我是全世界最好的木偶人。"

"你没骗我？"

"不骗你，" Z说，"但是你能不能告诉我，我们现在要去哪里？"

"我们要回游乐园啊。"

"游乐园？"

"是啊，你一定会喜欢那里的。"

看到他这么回答，Z想着等下到了那里自己就知道是什么地方了，于是问了他们另一个问题："为什么你们这么希望有一个木偶？"

"因为我们想要一个木偶啊。"那个人笑嘻嘻地说。

Z一下又想起自己小时候当木偶的那段日子，有点后悔刚才顺口答应说给他们扮演木偶。他说："可是木偶一点儿也不好玩啊。"

"谁说的，"那个人马上急了，"前段时间，有一个提线木偶剧团来我们的游乐园演出，那木偶可好玩了，可是她们待了几天就离开了，所以我们就让园长给我们买一个木偶。"

"提线木偶剧团？"听到这四个字，Z的心跳突然就加快了，他连忙问道，"那个剧团叫什么名字？"

那个人皱起眉头歪着脑袋想了想，"好像叫什么想……"

"梦想木偶剧团？"Z提示。

那个人摇了摇头，"我想不起来了，不过那个木偶剧团的木偶真的很好玩，我们让她们表演什么她们就表演什么。"

Z有点小小的失望，不过他更期待去这个人所说的游乐园了。他感觉到这个车上的人和他以前见过的那些人有些不一样，具体哪里不一样，他又说不上来。

"你们为什么都穿一样的衣服？"Z问他。

"因为我们园长说我们都是表演家啊，现在我们在扮演斑马的角色，我是斑马7号。"那个人得意地说，"要不，等你到了游乐园，我让我们园长也给你一套衣服。"说着他悄悄趴在Z的耳边，"偷偷告诉你，我们园长和我可要好了，我让她给你，她就一定会给你的，你可别和他们说。"他的眼睛骨碌骨碌转了几下，看其他人有没有在偷听他说话。他开始掰着手指算："1，2，3……你是16号斑马！"他得意地大声笑出来，瞬间又意识到自己的声音太大了，赶紧把脖子缩到肩膀上，对Z做了一个"嘘"的手势，不过他马上又把那个手指放了下来。"不行，不行，你不能当斑马，你要扮演木偶。"

Z忍不住笑了笑："嗯，我扮演木偶。"

7号伸出他的右手，握拳，然后伸出小拇指："我们拉钩。"

Z腾出抱着食梦狗的手和他拉钩，继续看着前方，开始期待起那个游乐园。月亮越来越大，汽车好像是真要开到那上面去。

7号看到他正看着前方，也跟着往前看，不过他没办法静止太久，又开始扭头四处看，然后双手趴在窗户上，看着外面的荒野喃喃自语：

"那些树看上去很不快乐,我真想叫它们一起去游乐园玩,可是它们都太大了,又不会走路,真可怜。"

Z看到在路的尽头处出现了一座看上去像城堡的建筑,四周有高大的围墙。远远的,月亮像是一块发光的布幕,建筑像是那上面的投影。

汽车终于在这座建筑的院子里停了下来,Z跟着车上的乘客一起下了车。有一个老妇人站在大门前的台阶上等着他们。他们自动排成一队,然后一个个走上台阶。

"1号,2号,3号……"老妇人数着数让他们一个个走到房子里去,看到Z和食梦狗的时候,她愣住了,"你是?"

"你好,我叫Z。"Z说。

"你怎么会来我们这里?"老妇人问。

"我也不知道,我看完电影,就莫名其妙地跟着他们上了汽车,然后就到这里来了。"

老妇人看了看他怀里抱着的食梦狗,微微笑了:"没关系,没关系,既然是这样,这么晚了,你就先在这里住下来吧。"

这个时候,7号从房子里跑出来拉住Z的手:"你晚上跟我一起住。"

"他是客人,怎么可以和你住。"老妇人有点气恼。

"当然要和我住,他是我们的木偶。"7号理直气壮地说。

"木偶?"老妇人有点诧异。

Z不好意思地看着自己的脚尖:"刚才我在车上答应他了,说给他扮演木偶。"

"园长你说话都不算数,说要给我买一个木偶都不买,还好,我自己捡了一个。"7号说。

老妇人很无语，看到 Z 并没有表示什么反对，只好摊开手："你要是不反对的话，晚上你就和他们一起住吧，刚好那里也有几个空床铺。"

Z 跟着 7 号去了他的房间，那是一个圆形的大厅，四周有很多高高的窗户，每扇窗户下都有一张单人床。他们一走进来，原本已经回到这个房间的其他人马上包围了过来，他们有老有少，高矮胖瘦，都用很好奇的眼光打量着 Z。这让 7 号很骄傲："我给大家介绍一下，他是我们的新伙伴，他是一个木偶。"

有个和 Z 看上去年纪差不多的伸出手小心地碰了碰 Z，又立马收了回去。Z 在这个瞬间，已经让自己变成了一个木偶，一动不动地站着，这让所有的人瞬间都兴奋起来，还有人想要摸摸食梦狗，它却抬起头来叫了一声把那人吓了一跳。

"你们这样会吓到他的，" 7 号把他们都挡了下来，"这个木偶可神奇了，他还会说话呢。我们让他表演什么他就能表演什么。" 7 号说着爬到床上站着，他也瞬间进入了角色，真的把 Z 当成了一个木偶，而他开始扮演主持人了："现在我们就请他先来自我介绍下吧。"

Z 把食梦狗放到一张空床上，它无精打采地看了这些人一眼，然后又趴在那边继续睡。Z 想到以前马戏团里的那些演员，他把右手横放在胸口，微微弯腰。"大家好，我是木偶 Z。"

"原来你叫 Z 啊，" 7 号低声咕哝着，"你会表演什么呢？"

"你让我表演什么我就表演什么，尊敬的先生。" Z 说。

大家开始七嘴八舌地叫嚷起来。每个人想要看的表演都不一样，7 号挥了挥手："安静安静，你们这么吵，让他怎么表演啊，再这么吵，等下园长来了怎么办？"

听他说到园长，大家这才安静了下来。"这样吧，我们就按照顺序请木偶 Z 先生给我们轮流表演好不好？" 7 号当主持人当得有模有样。

在所有人都表示同意之后，7 号开始点名让他们提出自己想要看的表演，不过唯独他自己没有提出要求。

Z 按照他们的要求为他们逐一表演，他这才发现，当一个木偶很容易，当一个会表演的木偶就难多了，幸好，他以前在马戏团控制那些演员演出的时候多少学到了一些，在森林里游荡的那段时间也让他更适应直接站在人们的面前进行表演。即使是这样，一轮表演下来，他也感到有些累了，他体会到为什么当时马戏团里的其他演员会讨厌他。

这个时候，窗外传来午夜整点报时的声音，像是有人绕着这个房间走了一圈，敲了十二下钟。园长也推门进来了，她是进来催他们准时睡觉的。

在看完 Z 的演出后，这些人也感到困了。他们心满意足地爬到床上睡着了。Z 睡在 7 号相邻的床铺上，在所有人都睡着之后，7 号又悄悄地爬起来，来到 Z 的床边，瞪着眼睛看着 Z。

他们就这样互相瞪了一会儿，Z 忍不住说："我现在能说话吗？"

"当然能。"

"可是我是个木偶啊，要你让我说话我才能说话。"

"你现在不是木偶了，表演的时候你才是木偶。"

"你刚才为什么没有说想看我表演什么呀？"

"因为是我在表演啊。"

"你在表演？"

"是啊,你是木偶,我是提线木偶师,是我在让你表演啊。"

Z 没想到 7 号居然把自己当成了提线木偶师。

"你能跟我说说那个木偶剧团吗?"

"当然可以。"他想了想,"她们也很厉害,跟你一样会表演。"

"你知道她们现在在哪里吗?"

"这个我就不知道了,不过你可以问我们园长,她什么都知道。"

7 号转身看看这个房间,静悄悄的,没有一点儿声音。他跟 Z 说:"我们这里还有很多其他人呢,你想不想认识?他们很奇怪的,我们园长说他们是幻想家。"

"想啊。"Z 很好奇。

7 号带着 Z 来到一扇窗口前:"看到那个人了没?他总说自己是个稻草人,每天都站在那里一动不动的。"

他们又来到另一扇窗口前:"看到没?花园里的也有一个人,他说他的身体里住着很多蝴蝶,我们这里的蝴蝶都是从他的身体里飞出来的,他说他以前是个捕蝶人,全世界的蝴蝶都被他捕光了。"

在另一扇窗口前,他指着一片黑乎乎的树林"那里面也有一个人,他说他曾经是一个养蜂人,现在他是一朵不枯萎的花,蜜蜂最喜欢他了。你可要小心点,不要走到那里,不然你也会被蜜蜂当作花的。"

在第四扇窗口,7 号说:"看到那座钟塔没,刚才给我们报时的人就住在那上面,他从来不下来的。"

"还有那里,"在第五扇窗口前,7 号指着这里最高的建筑说,"那是一个大火炬,熊熊烈火在燃烧。那里也住着一个人,他说自己是守夜人,还不让我们靠近他,说会被他烧着的。"

"真是一些奇怪的人啊。"Z 感叹。

"以前我们这里还有一个更奇怪的人呢！"7号说。

"更奇怪的人？"Z问。

"他总说我们这些人都是由他创造出来的，他说这个世界只是他的一个梦境，我们都活在他的梦境里，不过我们都不喜欢他，他可凶了。有一次他很生气，还说要把自己弄醒，这样，这个世界就毁灭了。"7号说到这里把声音压得很低，好像这是一个最大的秘密一样，并且能感觉到他有点害怕。

"那他现在人呢？"Z想到他说的是以前，想到他是不是真的把自己杀了，背后一阵发凉。

"后来他逃走了。"7号说。

"为什么逃走？"

"我也不知道，"7号耸耸肩膀，"还好他走了，不然我们每天感觉都是活在他的梦里，都担心哪一天他醒了，我们就都消失了。"

"他叫什么名字啊？做梦的人？"Z顺口问道。

"不是，"7号说，"他的名字和你一样。"

"和我的一样？"Z吓了一跳。

"他叫A。"7号说。

Z一阵无语。

"对了，你会不会也是一个幻想家？"7号问，"我知道你不是木偶，我们园长都说我是最聪明的斑马。"他的眼神有点狡黠，他坐回到自己的床上，看着自己晃荡的双腿。

Z想了想，还是决定不跟他说自己是个提线木偶师，要是他让自己操控房间里的其他人表演给他看就麻烦了："我是一个钓梦人。"

"钓梦人是做什么的？"

"就是把别人的梦都钓走。"Z不由得又开始担心，万一他要看自己做梦钓梦该怎么办才好。

"好厉害，跟我们园长差不多。"

"你们园长？"Z再次好奇。

"我们园长是个点灯人，她每天等我们睡着了后，就把我们脑袋里的一根芯点亮。她说那样我们就能做梦了，就能放开玩了。"7号说着躺了下来，"好了，我们现在到游乐园去玩吧！"

"游乐园？"Z快被7号搞糊涂了。

"是啊，等我们睡着了，我们园长过来把我们脑袋里的那根芯点亮，我们就可以到游乐园里面了啊，"7号翻了个身，看着Z，"你可不要偷偷把我们的梦钓走。"说完他就紧紧闭上了眼睛。

Z也躺了下来，他发现自己的心脏跳得特别快。他闭着眼睛却没有睡着，在静静地等那园长进来，很紧张。

他没注意到有一个影子正偷偷地从门缝里溜出去，不然他就会意识到自己为什么莫名其妙上了那趟汽车。

影子停在门外轻轻嘘了口气："真是怀念和A一起在这里的时光啊，该去看望那些老朋友了。"

清晨的第一缕阳光透过窗户照在这个房间里的时候，房间里的那些人纷纷醒来。Z等了一个晚上，那个老妇人都没有进来。

7号醒来后跟Z说："昨天我怎么没在游乐园里看见你？"

Z看着他，不知道怎么回答。

"我知道了，一定是我们园长没有把你脑袋里的那根芯点燃，所以你没办法进来。"7号拍了下脑袋，"我昨天忘记跟她说了，让她今天晚上一定要让你也进入游乐园。"

　　这些斑马扮演者排队走出这个房间，Z 和食梦狗也跟了出去。老妇人已经站在那个台阶上面等着了，在问过他们昨天晚上在游乐园玩得是否开心之后让他们在院子里自由活动。Z 本来想去找老妇人的，他有很多问题想要问她，可是 7 号已经拉住他的手，说要给他介绍一个好朋友。

　　7 号的那个好朋友是一只小木马，躲在一个角落里。

　　7 号絮絮叨叨地和 Z 说自己跟小木马的故事。

　　"我小时候没有什么伙伴，因为他们都说我是幻想家，害怕跟我一起玩。后来我的爸爸妈妈就把我送到这里来，说这里是幻想家的游乐园。可是到了这里之后，不知道为什么，我却弄丢了我的幻想，我好难受，它原本是我最好的朋友啊。从那以后，我再也睡不着了，因为我丢了我的幻想。我躺在床上闭着眼睛，我开始想，有很多的羊从我头上跳过去，一只、两只……本来以前我都会看见他们跳过我的头顶后就变成了白云姑娘，可是这次没有，他们跳过去后，就消失了。我从床上爬了起来，走到窗前，看着窗外，黑乎乎的，什么也看不见。

　　"我开始想我的爸爸妈妈，开始想小猫卡卡，想麻雀路路，可是他们现在都不在我的身边。我在想，我丢掉的幻想可能也在某个地方睡着了吧。后来，我在这里遇见了这只小木马，我过来和他打招呼，可是小木马不和我说话，我当时就想啊，难道可怜的小木马也丢掉它的幻想了吗？然后我坐在小木马的身上，轻轻地摇了起来。"

　　7 号摇了摇小木马，跟 Z 说："当时我坐在小木马上不停地说话，'小木马，小木马，你睡着了吗？''小木马，小木马，你做梦了吗？''小木马，小木马，你能带我一起飞起来，去找我的幻想吗？'也不知道我和他说了多少的话，小木马像是被我吵醒了，他终于慢慢地睁开了眼睛，说，'我不能飞了，我的幻想和你的幻想在一切，除非你能找到你的幻想。这样我就可以带你飞到天上去。''可是我要怎么找到我的幻想呢？''你再认真想想，你的幻想是什么时候不见的？'于是我就坐在木马的身上想啊想啊。我想是不是出门的时候，把它丢在了家里，是不是被麻雀路路叼走了，是不是在城市里迷了路，是不是贪玩跑去找那些树和小鸟了，是不是被园长的针管给抽走了……

"他一定知道我很想他们。我跟小木马说，'小木马，你给我跳舞吧，每次我的幻想和我捉迷藏时，我就会让我的小猫卡卡给我跳舞，这样，我的幻想就会跑出来。''小木马，你给我唱歌吧，每次我的幻想和我捉迷藏时，我就会让麻雀路路给我唱歌，这样，我的幻想就会跑出来了。''小木马，你给我说个故事吧，每次我的幻想和我捉迷藏时，我就会让树伯伯给我说个故事，这样，我的幻想就会跑出来了。'

"小木马晃啊晃，说：'我不会跳舞啊，但是那棵柳树会跳舞，你让她给你跳舞吧。'小木马刚说完，那棵柳树就动了起来。当时我就想，我的幻想一定看到了吧，他一定会往这边走，然后找到我。

"小木马晃啊晃，他说：'我不会唱歌啊，但是那只黄鹂鸟会唱歌，你让她给你唱歌吧。'小木马刚说完，就有一只小黄鹂鸟从屋顶上飞了下来，开始唱歌。她的声音好甜美，把池塘里的睡莲都弄醒了，还有藏在水底的小蝌蚪，他们开始大合唱，真好听。我的幻想一定听到了吧，他一定会往这边走，然后找到我。我已经能听到他的脚步声了。

"小木马晃啊晃，他说：'我不会说故事啊，但是那盏路灯知道很多故事，你让他说给你听吧。'小木马刚说完，那瘦瘦高高的路灯就亮了，他向我眨着眼睛。他开始说他知道的美丽的故事。他的故事把星星都吸引了，她们都睁开了眼睛。还有蒙着面纱的月亮也忍不住探出了头来听。"

7号终于说完了他的故事，他摸了摸小木马的脑袋："谢谢你，小木马。"

小木马轻轻摇动，好像是在回应他。

食梦狗咬了下Z的裤脚，摇着抬头看着他。Z知道食梦狗想让他把7号说的这个故事也存进它的身体里。

"你是不是也在找你的幻想？"7号突然问Z。

Z没有回答，他抬起头来看到老妇人还站在台阶上，看向他们这里。

11. 幻想家的游乐园

食梦狗不知道溜到了哪个角落。Z走到那个老妇人的跟前，老妇人正笑眯眯地看着他。Z在想着要开口向她问点什么，她先开口了："真像啊！"

Z有点疑惑地看着她，不知道她指的是什么，老妇人又说道："你是不是想问我一些什么？"

"嗯，"Z清了清嗓子，"我听7号说，前段时间有一个提线木偶剧团来过这里？"

"是啊，她们在这待了几天。你在找她们？"

"嗯，有一个朋友让我去找她们，"Z最后还是选择了"朋友"这个词，"我那个朋友叫小梦，不知道你认不认识。"

"小梦，我不认识她，不过我听她们提起过，好像也在找她。"

"她们也在找小梦？"老妇人的话让Z很惊喜，他终于能够确定这就是他要找的木偶剧团，"你知道她们现在去哪儿了吗？"

老妇人摇了摇头，这让Z又不免感到失望。"她们来我这儿主要是来找另一个人的，那个人不在这里，她们就离开了。"

"另一个人？"

老妇人点了点头，欲言又止。

Z低下头沉默，他看到自己的鞋尖上有几块凝固的泥巴，他想要弯下身去抠掉，但又有点舍不得。他抬起头看着前面的这个院子，斑马们在各自悠闲地活动。阳光透过树缝洒落一地斑驳的影子，悄悄变幻着。Z看到食梦狗正在和7号玩耍。

"那个人是不是叫 A？"他扭过头去看着老妇人。

老妇人被他这么一问愣住了："你认识 A？"

Z摇摇头："我是听7号说的，他说 A 已经离开了这里，既然那个木偶剧团没有找到想找的人，那应该就是 A。如果我没猜错的话，小梦在找的人应该也是 A。你知道 A 现在在哪里吗？"

老妇人跟着摇了摇头："我不知道他现在在哪里，很久没有他的消息了。"

"你能跟我说说 A 吗？"Z问老妇人。他的眼神非常坚定，让老妇人没办法拒绝。她看着他，叹了一口气，说道："我们走一走吧。"

Z跟在老妇人的身后慢慢地走着。他们避开了那些斑马，穿过捕蝶者所在的花园往后院走去。他们走过花园的时候，花瓣纷纷飘起，像一只只蝴蝶，捕蝶者把这些花瓣捕捉在手里，一片片吃下去。

他们在养蜂人所在的小树林前停了下来。

"7号应该也跟你说过关于 A 的事吧？"老妇人问 Z。

"他跟我说 A 是一个幻想家。"

"这个世界上每一个人都是幻想家。"老妇人轻轻地笑了笑，眼神有点疲惫。

"7号跟我说，A 说这个世界只是他的一个梦境，我们都只是他梦境里出现的人物。"Z说到这里的时候，他听到树林里传来"嗡嗡嗡"的声音，他从那里面看过去，却又什么都看不到，不由得想到了曾经听到的"嘀嘀咕"和小梦的笑声。

"你相信吗？"老妇人问。

Z摇了摇头，他没说相信或者不相信，他只是觉得大家都在找这个人。这里面应该有很大的秘密和未知的东西，他不敢轻易下结论。

"7号只知道A曾经在这里和他们一起住了一段时间，他们却不知道，这里本来就是属于A的，是他收留了这些人，并给他们创造了一个游乐园。他们以为我是点灯人，那其实是我在骗他们。为了能让他们好好睡觉，实际上，我只是帮他照顾他们而已。他们以为睡着了就可以去游乐园，他们不知道，其实他们一直都活在游乐园里。"老妇人想必是在怀念一些什么，"他是个很了不起的人。"

"你说这里就是游乐园？"Z皱起眉头，"我没理解错的话，7号说的游乐园应该就是他的梦境，你的意思是我们现在是在一个梦境里，我不小心来到了这里？那他们怎么离开这里出去看电影的？"

"我说过，A是一个很了不起的人，那也是他之前安排好的，他们一个月可以去看一场电影，不过我也不清楚他们去看电影的那个地方是不是也是A营造的一个地方。要知道，在你之前，也就那个木偶剧团能来到这里。"

"那个木偶剧团没有跟你说是怎么来到这里的吗？"Z问。

"没有，我也没问。"

"你能跟我形容一下那个木偶剧团是什么样的吗？"

"她们说自己是一个木偶剧团，其实就两个人，一个和你差不多大的女孩，还有一个五六岁的小姑娘，那个女孩是个提线木偶师，那个小姑娘是木偶。你碰到她们肯定能认出来的。小姑娘是个哑巴，眼睛很大，很特别。"

Z知道再也问不出关于她们的其他事情。"你没离开过这里吗？"

他小心地问，"你没打算去弄清楚这里究竟是不是只是一个梦境？"

"这是在 A 离开这里之后我去回想他说过的话时才意识到的问题。他把这里交给我之后，我也没办法离开这里了，这里有这么多的人需要我来照顾。"

"那你认为他说的都是真的吗？你相信他说的吗？"

"我不知道，我只是害怕。"

"害怕什么？"

老妇人再次摇头叹气："我也不知道自己害怕什么，可能这就是我害怕的原因吧。"

他们都沉默了一会儿后，老妇人开口说："其实对我个人来说，我并不担心究竟是不是活在他的梦境里。我喜欢这里，你能理解吗？"

Z 点了点头，又不知道自己为什么点头。"你害怕的是其他人都相信他说的话，想要找到他，想去证实这件事的真假，不知道他们会对他怎么样，你在担心他？"

"可能吧，"老妇人的声音有点沙哑，"我只能告诉你这么多了，或许有一天你会遇到 A。等你真遇到他了再说吧，该面对的总要面对。我有点累了，或许，你晚上的时候可以到 7 号的梦里去看看，或许可以看到点什么，他们的梦都是 A 为他们营造的。"

Z 默默点头，他没注意到，老妇人为什么会知道他能够进入别人的梦境。

老妇人站在那里慢慢闭上了眼睛，Z 独自离开了这里。等他的背影消失之后，一阵风吹过，树的影子从树林内部向外互相交叉，最外面一棵树影落在了老妇人的身上。老妇人开口说话了："你为什么也想找到 A，你现在这样不是挺自由、挺好的吗？"

"我有点厌倦这种自由了，总觉得缺少点什么。"老妇人的影子发出声音。

"那些老朋友也都不知道 A 去了哪里吗？"

影子摇了摇头。

"你真的觉得他可以带你找到 A 吗？"老妇人说。

"你不觉得他的整个感觉和 A 很像吗？"

"是很像。"老妇人默默点头。

"其实当时我是无意间看到他。开始的时候我也并没有抱多大的希望，可是我没想到一切都挺顺利的。他能够认识小梦，还能成为一个钓梦师，这让我越来越期待了。"

"那你为什么不告诉他关于 A 的事情？"

"要是我告诉他，跟我自己去找 A 有什么区别呢？我觉得，这一切都像是一种安排。有时候，我发现我还被某些东西操控着。有一些事情，我也不明白自己为什么会那么去做。"

老妇人认真地盯着影子，好像听出了点什么。"你一直没跟我说，A 究竟和那个小梦发生了什么，让她们这么想找到他。"

影子摇晃了几下，沉默了很久："我明明记得的，可是我怎么都想不起来了。"

"她们好像很恨 A，你就不怕她们会对 A 做出什么事吗？"老妇人说。

影子沉默："我已经在这个世界上游荡太久了，我想回家了。"

这个晚上，Z 在 7 号睡着之后悄悄溜到他的梦里。

7 号先是在这个大房间里绕了一圈然后推开门走了出去，Z 跟在他的背后，像隐藏在他的影子里，他甚至能感觉到 7 号的心理活动——好像他跟 7 号已经是同一个人了。他们来到了院子里，路灯都亮了起来。7 号在小木马那里玩了一会儿，然后站起来，打量着四周。他抬头看着那些各种各样的屋顶，然后朝那些房子走去。这里每个门都是紧紧闭着的，7 号一直对自己不能独自进入的世界充满好奇。

他很好奇地推开那座最大房子的木头门，就只容他一个人进去的小缝。他的影子先跑了进去，然后他又把脑袋探进去，里面很幽暗，静悄悄的，没有一个人。

他闪了进去，又轻手轻脚地把门合上。这个时候 Z 已经再次隐藏到黑暗中去了。

过了好一会儿，7 号才渐渐适应这里面的光线。他抬头看到一个很大的旋转楼梯，一直旋转着到达楼顶。他仰着头掰着手指数了数，总共有七层，每一层都有七个门，每一个门的颜色都不一样，有很多颜色他见都没见过，只是觉得很美。楼顶上是由七彩玻璃组成的一个大天窗。他站在房子的正中间的时候，才看到了一束七色的光照在他的身上，朦胧的，像是梦里的纱帐。他轻轻地掀开这层薄纱，扶着黑色的扶手，沿着台阶慢慢地走上去，每走一步，脚下的台阶就消失一层。

他停住，回头看着慢慢消失的台阶开始有些犹豫，可是那些门里好像都藏着他渴望知道的秘密，等他去发现。他在心里想着，看看里面到底藏着什么。

他深呼吸了一口气，继续往上走。

他在第一层停了下来，绕着这个圆形的走廊走了一圈。他不知道该推开哪一扇门。他继续走上第二层，台阶也在他抬步的瞬间继续消失。当他来到了第七层的时候，他还是无法决定推开哪一扇门。于是他干脆哪扇门也不推，再往上走，走到屋顶的七彩玻璃下刚好只能容他一个人站着的小平台上。

往下看的时候，台阶已经在他脚下永远消失了。只有那些门还停留在那里，停在他再也无法触及的地方。

地面离他很远，依稀能看到他的影子，面目不清。他想起之前还站在那里抬头看着屋顶，现在却在这里低头看着曾经站过的地方。

他抬头看着七彩玻璃外的天空。

或许，那就是天堂吧。他这么想。离他这么近这么近，可是他却无法触及。

他就这样抬头看着，不知道过了多久。

从房子外面传来了钟声，他们才回过神来。

7 号在平台上蹲下来，抱着自己，开始感觉到害怕。就好像小时候总是被爸爸妈妈关在房子里一样，透过窗户看着外面的世界，却永远无法出去。

7 号开始想他为什么要独自来到这里。

Z 也在想为什么要离开马戏团，为什么要去找到那些人。

7 号开始想在家里时的那些日子，小猫卡卡、小麻雀路路……可是那些日子都消失不见了，就像那些台阶。明明它们还在他的记忆里，却永远地消失了，不再重现。

他开始想很多很多的问题，怎么想也得不到答案。

Z 感知着 7 号在想的一切，也跟着想。

他们发现自己越努力想去得到答案，越发现原本记忆里存在的过去也都在慢慢消失。好像他们一开始其实就是在这里，关于"记忆"

只是幻想而已。

这种感觉很不好，他们很害怕。7号不知道他该怎么离开这里，不知道这里的其他人会不会正在到处找他。或者，根本就没有人发现他的突然消失。Z 想的是，马戏团里的其他人以及小梦知不知道他在这里，会不会来找他，或者以及把他彻底遗忘。

7号忍不住开始哭泣。他从来不隐藏自己的眼泪。

他的眼泪砸落到地面上他的影子的时候，他能感觉到它的疼痛。它微微地颤抖着，然后离开了这个房子，从他的视线里消失了。

现在连影子都离开他了，他更加难过和不知所措。玻璃上所有的颜色都已经被黑暗覆盖了。他害怕一个人待在这里。

7号感觉到有一双手在抚摸着他抽搐的背。他抬头看到了月亮。

"你为什么这么难过？为什么一个人躲在这里哭啊？"

"我害怕，我想回家，我讨厌这里，每个人都知道自己是谁，从哪里来到哪里去，就我不知道，现在连影子都不要我了。"

"你的影子怎么会离开你呢？你看，它不是回来了吗？"

7号低头看过去，他的影子真的回来了，而且它还带来了其他人。

月亮继续说："当你离开别人的时候，别人也离开了你。当你想到别人的时候，别人自然也会想到你。"

"7号，你怎么跑到那上面去了。我们到处找你呢！"

"我下不去了。"

"那你是怎么上去的啊？"

"我走上来后发现台阶就消失了。我想下去，我好害怕。"

"7号你别着急，大家都帮你想想办法。"园长说。

捕蝶人和养蜂人在争吵到底是让蝴蝶还是蜜蜂去驮7号下来。

汽车司机说给7号寄楼梯的话，他就可以把楼梯送到7号面前。

稻草人说给7号种一棵全世界最高的树，7号就能顺着树爬下来。

斑马们没有说话，他们开始拼命地向上跳，足足有一层楼那么高，可是离7号还是很远。

也有人建议说大家一起叠罗汉。

他们这样子让7号越来越难过，开始为自己悄悄离开他们而自责。

这个时候园长说话了。

"7号，你真的不知道自己为什么会在这里？"

"我真的不知道，开始的时候，我只是想去看看那些门后面是什么，通往哪里。"

"那你怎么会一直走到这么高的地方？"

"我……"7号不知道该怎么说，他憋红了脸，像做错了事的小孩。

"当你走上台阶的时候，就知道台阶会消失是不是？当你越走越高的时候，你就发现只能往前不能后退了，是不是？其实，那都是你自己心里想的，是你自己不愿意回头，总以为最好的会在下一个。如果你打开那些门，虽然它们的颜色不一样，但是你会发现，其实它们通向的地方都是一样的，都是通向你想去的地方。那些门，就是你还没认识的朋友，当你推开那扇门的时候，就说明你想了解他，而同时你也为别人打开了自己的门。"

"7号，你之所以会一个人来到这个房子，是因为你一直觉得，别人是谁和你没有关系，你适合一个人待着，一个人幻想，一个人说故事给自己听。你认为大家都不要你了，所以你会一个人固执地不回头地往前走，你没有想过，那些消失的台阶，其实就是你的朋友们，就是他们对你的爱和期待。他们把你送到这里来，是想让你得到更多的朋友，想让你把你的幻想分享给别人。"

"我之所以会在这里，是因为走过了很多过去才到达这里的吗？如果我不抛弃那些记忆，那些记忆就不会抛弃我？如果我愿意和他们交朋友，他们是不是也愿意和我交朋友？"

园长笑着点点头。

7 号回过头去看，原来那些台阶一直在那里，不曾消失。

12. 奇异马戏团

Z睁开眼睛发现7号正坐在他的床边双手撑着下巴盯着他。Z想起自己从7号的梦境出来之后就躺回到这床上然后不知不觉地睡着了。

"昨天我在游乐园看到你了，你喜欢那里吗？"7号问Z。

"你是指那些消失又重新出现的楼梯吗？"Z说。

7号点点头："是啊，你喜欢那里吗？"

"我喜欢在那里出现的所有人。"Z说，"只是和我以为的游乐园感觉有点不一样，我以为应该是一些旋转木马，滑梯什么的，不知道为什么，我觉得你们的游乐园有点悲伤。"

"悲伤？"7号坐直了身体，"那是什么？我们的游乐园就是这样的啊，园长和我们说，只有她点了我们脑袋里的那根芯，我们才能在游乐园里的所有地方玩，你不觉得很好玩吗？你知道吗，有一次，我走到一个地下室，突然就变成了一个影子，被人操控的影子，我好害怕，不过后来他们把我救出来了。每次从游乐园出来之后，我总觉得自己的身体好像轻了一点儿，园长和我们说，等到那一天我们可以飞起来的时候就可以离开这里，去更大的游乐园玩了。"

Z决定在这里多住一段时间，看能不能从这里得到更多能帮助他找到那个木偶剧团的信息，虽然这个希望并不大。他给他们表演木偶看。这里的人都很喜欢他。后来，他跟老妇人申请了图书管理员的工作，那个图书馆是他无意间发现的，看上去已经很久没人打理过了，满是灰尘，老妇人跟他说，自从 A 离开之后，就没有人再走进这里。

Z 每天都待在图书馆的三楼。这里只有面对面的两个座位，中间隔着一张桌子。Z 第一次从楼梯走上来看到它们的时候，觉得自己好像看到了两个人坐在那里，他们在阅读自己看的书给对方听。

两个座位前面的桌上各放着一本书，其中一本书是空白的，而另一本书上面是密密麻麻的文字，好像对面书里的文字也在里面。Z 接下来要做的工作是把它们分开。他先是翻阅那本有字书，这本书后面一大半都是空白的，但却必须从后向前看，用手指慢慢抚摸那些文字。他能从它们的温度判断出哪些文字是从对面的书上偷偷溜过来的。他把它们一一钓走，然后再坐到对面无字书前方的椅子上，摊开无字书，把钓出来的那些文字按顺序放回到里面去。

Z 迷恋上了这样的工作。他从书里看到了一些很奇怪的事情，他整理出来跟一个马戏团有关的文字，会跳舞的狮子，还有不会荡秋千的魔术师……他在整理这两本书的时候，好像也是在整理自己一些混乱的思绪，他没有注意到自己离开马戏团之后的那些记忆也变成了一个个字，填充到那本有字书后面空白的部分里。他也没有意识到自己在整理这些东西的时候，也开始忘记很多东西。他忘了自己为什么会来到这里，忘了自己本来打算去往何处。他沉迷于把自己的记忆翻来覆去地整理，却又好像永远整理不清楚。

这一天，他像往常那样坐在有字书前面，在他的手指滑到某行字上面的时候，他突然听到耳朵里传来了"嘀嘀咕，嘀嘀咕……"的声音，他愣住了，这个声音感觉很熟悉。他的手指一直卡在那些字上面，再也无法滑动，这种声音一直在他的脑海里反复响着，而且频率越来越快，他感觉自己的脑袋像一个气球在慢慢膨胀。原来整理好的那些记忆像一些碎片一样散落在他的脑海里，他的手指像触到电一样被弹开。房间里没有风，那本有字书和无字书却迅速地自动翻了起来，无字书里那些被 Z 放过去的文字又跑到有字书里去了。

Z 站了起来，头疼欲裂，那种声音还在他的脑海里四处冲撞，像是要撞开某一扇门。Z 摇摇晃晃走到楼梯口，然后控制不住身体滚下了楼梯，他失去了意识。

"他的一部分记忆已经被锁住了吗？他会被那本 A 留下来的书排斥，难道这些记忆和 A 有关？"

Z 醒来的时候，并没有听到老妇人的喃喃自语。

"你醒了？"看到 Z 醒来的时候，7 号显得特别高兴，对着他说个不停，"你知道吗，你已经昏过去好多天了，我都快急死了，我已经好几天没去游乐园玩了，还有……"

"我这是在哪里？"Z 艰难地撑起自己的身子。

7 号停住说话，瞪大了眼睛，"你在你自己的床上啊。"

老妇人拍了拍 7 号的肩膀，她让 7 号跟其他人先出去，说是 Z 刚醒来需要安静。等这些人都离开了之后，原本不知道躲在哪里的食梦狗跳上了床舔了舔 Z 的脸，Z 伸出手搂住了它，在最初的一阵恍惚之后，他的头脑慢慢清晰了起来。

"你现在感觉怎么样？"老妇人问他，"你还记得我吧？"

Z 点了点头。

"那就好，你先好好休息下，有什么事就叫我。"说完老妇人就转身走了出去。

Z在床上躺着，眼睛看着天花板。食梦狗则趴在他的胸口，看着他，并不时用舌头舔一下他的下巴。Z开始回想起自己在图书馆三楼的那段经历，从那两本书中抽离之后，他开始感觉到自己的真实存在——此时此刻的存在，他开始意识到之前他去图书馆工作是因为他想去寻找一种办法离开这里，去找到那个提线木偶剧团。可是没有谁能预知未来，为他指明方向，即使是那些书本，其实也是在不停地回忆自己的过去。那些是无法改变的事实，却又一直被他刻意编排。他沉迷于这种编排和回忆，同时他也发现了另一个问题，他不知道自己该去往何方，也不知道自己是从何处而来。

Z摸了摸食梦狗的脑袋，他知道自己不会再去那个图书馆。他真正要做的就是离开这里，去找木偶剧团。

Z起床带着食梦狗走到院子前，那个老妇人园长正站在台阶上方，斑马扮演者们也排队站着，个个兴高采烈。7号跟Z说今天是一年一度去看马戏团演出的日子，老妇人也跟他说："我知道，你想离开这里了，虽然我不知道怎么送你离开，但是今天晚上会有一个机会，你可能会碰见一个有水晶球的巫婆，她可以实现你的一个愿望，也可能会遇见一个魔术师，她能送你离开这里。"

Z跟着他们去了那个马戏团，带他们去的是上次Z来的时候坐的那辆汽车，下车前司机给他们分发了门票，Z的座位没有和其他人在一起，这让7号觉得很可惜。

Z坐在自己的位置上，抱着食梦狗。一直到演出结束，他身边的几个位置都空着。等到所有的灯都关了，Z还不想离开，因为他还没看到那个有水晶球的巫婆。整个剧院空荡荡，只有他一个人坐在剧院里，也不知道过了多久，他忍不住眨了一下眼睛。突然间有一个人坐在了他的身边，然后有一束光打了下来。她的帽子上有一根黑色的羽毛。他认真看着她，发现她就是刚才那个从炮弹里飞出来和他微笑的女孩。她轻轻吸了一口手里的香烟，然后向Z吐了一口烟，那烟变成一本书的样子。她说："你就是提线木偶师Z吧。"

Z转过头看她，她对他伸出左手来，她的手上戴着一只黑色的手套，她跟Z说："我是魔术师哈哈。"

Z跟她握手，她的手很热，像是有一张嘴长在手心，一下子就把Z所有想问的话都吞进去了。

"你想知道我为什么会坐在你身边？"魔术师哈哈微笑着说，"因为我知道你是一个很优秀的提线木偶师，我们剧团恰好缺少一个像你这样的提线木偶师。你愿意加入我们的马戏团吗？"魔术师哈哈看着Z的眼睛继续说道，"我知道你想离开，我可以带你离开。"

Z看着她，摇了下头："我想离开这里。不过我不加入你们的马戏团，你能送我离开吗？"

"为什么我遇见的提线木偶师都不愿意加入我们的马戏团。"魔术师哈哈像是在自言自语，然后她的手在Z面前轻轻一挥，手上就多了一只百灵鸟。

她和那只鸟一下出现在了舞台中央，她们开始一起歌唱。歌声结束后，她又坐在了Z的旁边，百灵鸟就站在她的肩膀上。"这只鸟本来是红森林里最笨的鸟。它唱歌的时候，所有的鸟都来啄它的羽毛，其他的动物都跑得远远的。可是有一只大象不会，这只大象会让它躲到它的耳朵里去唱歌给它听。这只鸟觉得很幸福，可是有一天，它没有再飞去找大象，它难过死了。从此以后，它就再也发不出任何的声音了。"

Z被她的故事吸引了。她又吸了一口烟，这次她吐出来的烟变成了一只在不断行走的大象，那只百灵鸟一下子飞到那只大象的耳朵里去了。

"那只大象不知道为什么百灵鸟不来找它了，于是它就去找百灵鸟，不过它没有问别的动物百灵鸟在哪里，它就这样一直孤独地在森林里走着。森林寂静极了，寂静得让大象的眼泪落下来。其实它不知道，那只百灵鸟就一直悄悄地跟着它。"

魔术师哈哈说到这里就不继续说下去了。她把手往自己身上一挥，说："想知道百灵鸟为什么难过吗？想知道大象为什么难过吗？12点之前，你来到这里，就说明你已经知道了答案。你就可以离开，继续上路，如果你还不知道的话，你就会永远留在这里，变成斑马16号。"

偌大的剧院一下子变得安静极了，Z突然害怕起来，他以为自己的听觉正在慢慢地失去。于是赶紧穿好大大的风衣，裹好自己，走出剧院。

街头处有一座钟塔，看不见一个行人，只有一辆马车停在门口，马不停地呼出热气。这个时候，Z发现原本检票的窗台上卧着一只黑猫，它看了他一眼，然后慢悠悠地跳到马的背上，Z犹豫了一下，坐到了马车里，马拉着他们朝街头的另一个黑暗中跑去。

马车跑过了一条很长很长的街道，长得好像没有尽头一样，然后在一根很矮的路灯处拐弯。Z看到那根路灯上停着一只乌鸦，拍着翅膀对他笑了一下。然后马车继续穿过了一片森林，一块草地，在一片湖泊前停下来喝了点水，又顺着像雪花一样的月光往前跑。

终于在一个大建筑前停了下来。

那只黑猫为 Z 打开车门，然后跳下车，和马一起朝建筑里走去。

Z 站在门口打量着这个建筑，这里让他觉得很熟悉，可是又想不起来在哪里见过。他抬头看到一座钟塔，发现走了这么久，时间一点儿也没有变化。

Z 推开那厚重高大的门，里面点了无数的蜡烛，被他带进来的风一下吹得整齐地向前晃了一下，又稳住了。他发现游乐园里所有的人都在，稻草人、捕蝶者、养蜂人，连那个 Z 从来没见过的守夜人也站在一盏蜡烛后面。

黑猫和马正在场地中央表演。黑猫像一个骑士一样，手里拿着一根很长的枪，和自己的影子决斗。当它把枪扎到自己身上的时候，那影子就慢慢地不能动了。

然后是捕蝶人，他上去后掀开自己的上衣，肚皮上有一条拉链，拉开后，从里面飞出无数的蝴蝶，围绕着那些烛火飞舞。

守夜人上去后则直接把自己变成一个火把。这个时候蜡烛上的火都熄灭了，从火把上跳出一朵小小的火苗，在那些蜡烛上跳动，像是在弹奏一种奇妙的乐器，那些蜡烛也一根根被重新点燃了。

7 号甚至带来了自己的小木马伙伴。他们在进行马术表演。

食梦狗跑了上去，不停地打嗝儿，从它的嘴里飘出一个个奇怪的人物，像幽灵一样拥抱着在场所有的人，与他们跳舞。

每个人都上去表演了一遍，只剩下 Z 和那只乌鸦了。乌鸦看着 Z，眼神很奇怪。Z 不知道发生了什么事，突然就站在了舞台中央。他沉默了半天，不知道该为大家表演什么，他的双手一直停留在半空中，却发现自己没办法把这里的任何一个人变成他的一个木偶进行表演。

这个时候，大门突然打开了，跑进来一个穿着白色裙子的女人。所有的人都安静了下来，看着她慢慢走到 Z 的身边。这个时候，从空中慢慢飘落下一台黑色的钢琴。她看也不看站在她旁边的 Z，坐下来，开始弹钢琴。

她很美，很像 Z 记忆里的小梦。月光从窗户上掉了下来，落在她的面前，然后慢慢地站起来，围在了钢琴的周围，静静地聆听。

蜡烛一支一支地灭了，那些人也一个一个地消失掉。只剩 Z 和她留在这里。

Z 的心变得很安静，刚才的那些嘈杂一下子从他的脑海里消失了，没有掌声和喝彩。她完全沉浸在自己的音乐当中。她开始微笑，闭着眼睛，轻轻地唱歌。Z 觉得她很快乐。

他沉浸在她的这种快乐之中，他突然觉得，所有的事情，都不那么重要了。他开始跟着那个女孩子一起笑，无声地笑，他是钓梦师，想什么时候飞到天上去就可以什么时候飞到天上去。

这个时候，墙上的钟声响了，女孩和她的钢琴开始慢慢消失。

有一束灯光从屋顶上打了下来，Z 发现，这里就是他原来看马戏团演出的那个大剧院。那只乌鸦又飞了进来，变成了一根黑色的羽毛，飘落到地面的时候又变成了魔术师哈哈。

她微笑地看着 Z，说："我亲爱的提线木偶师 Z，你找到答案了吗？"

Z 点点头，钟刚好敲到第十二下。

"百灵鸟离开大象是因为百灵鸟觉得大家跟它在一起是因为大象，所以不再和大象一起玩。大象找百灵鸟是想告诉它一件事情，那就是大象其实是聋子，它听不到百灵鸟唱的歌，但是大象太孤独了，谁也不愿意和它玩，而百灵鸟又愿意天天来陪它，因此大象觉得很幸福。后来百灵鸟不来了，大象以为它知道自己是聋子，所以大象去找百灵鸟，就是要和它说声'对不起'。但大象真的希望和它做朋友。"

"故事是人说的，结局也是由每个人来定的。"魔术师哈哈抽了一口烟，"不过我喜欢你的这个答案。"他吐出来的烟变成了百灵鸟和大象。

魔术师哈哈又抽了一口烟，吐出一枝玫瑰花。她把玫瑰花送给Z后就消失了，跟着她一起消失的还有那一束灯光。

整个剧院完全暗了下来。Z带着食梦狗用力地、慢慢地拉开大门。

13. 地下室蜡像馆

明晃晃的阳光直直地照射了过来。Z 的眼睛被刺痛了，他扭过头想要再去看看之前的那片幽暗，可是他发现那片幽暗已经消失了，在他身后的是一座早已废弃的建筑，屋顶上有很多破洞，阳光互相交叉着，落在早已腐朽的地板上，无数的灰尘在那些光束中缓缓飘浮游荡。

Z 站了一会儿，慢慢适应了这灿烂的阳光，也和心中的幻想家们做完了告别。他抬起脚走下台阶，站到了马路上，突然间，熙熙攘攘的行人从他身边走过，嘈杂的声音灌进他的耳朵，这让他回想起刚逃离马戏团时的那种感觉。他犹豫了一下，跟随一个正好从自己身前走过的人。他不知道这个方向会通往何处，他只知道自己不能一直这么站着。

Z 和食梦狗一路走，不知不觉他们已经偏离了繁华的街道，走到了一条树荫斑驳的小巷里。清风拂面，阳光也变得柔和，这里没有其他的路人。树缝间有一些小鸟在清脆地叫着。他想起魔术师哈哈和百灵鸟一起唱的歌，想到自己已经很久没对食梦狗唱过歌了。

食梦狗伸出舌头舔了舔他的手心，摇摇尾巴，对他表示亲昵。Z 抱了它一会儿后站起来继续往前走。食梦狗偶尔会去追逐那些落在地上的小鸟，它们不怕它，有时候还反过来逗它。Z 看着它们快乐轻松的样子，心里也安宁了不少。他忍不住想要唱歌，开始的时候声音很

轻，只在喉咙里哼着，像是在被封住出口的空空的管道里荡漾。后来
有一只小鸟落在了他的肩膀上，歪着脑袋看着他，Z 也侧过脸去看它，
觉得亲切。他想对它微笑，嘴巴刚咧开一条缝，歌声就从他的嘴里飘
了出来。他干脆越唱越大声，在小巷里自由自在地飘荡着。树叶跟着
一起簌簌作响，凌乱的阳光洒在他的肩头，如同小鸟们从树上向他抛
来的花朵。

在走到这条小巷拐角处的时候，他突然感觉到有一个人在悄悄地
尾随着他。这个人的脚步很轻，Z 一下子想起了那个影子 I。他站住了，
看到的却是一个高大的男人，他穿着黑色的燕尾服，戴着高高的黑色
礼帽，唇上两撇胡子微微向上翘起，右手握着一支手杖，顶端是一颗
宝石，在阳光下折射着迷人的光线。

"你好。"看到 Z 发现了自己，这个男人把手杖夹在左边腋下，
右手脱下帽子放在胸口，点头向 Z 问好。

"你好。"Z 虽然有点疑惑，但也礼貌地向他问好。

"恕我冒昧，我被你的歌声吸引了，所以就一路跟着你，希望没
有打扰到你。"这个男人彬彬有礼。

Z 感到有点不好意思，不知道该说些什么好。看到 Z 的表情，这
个男人的眼睛里有一道奇怪的光闪烁了一下，像是手杖上那块宝石折
射出来的光。他笑的时候，微微上翘的胡子卷了起来。他把帽子戴回
头上，伸出戴着白色手套的手："不知道我有没有荣幸认识你，别人
都叫我胡子先生。"

Z 握住他的手，"我叫 Z。"

"其实，我不仅仅是只想认识你。"胡子先生看着 Z 的眼睛，"你
唱的歌真好听，应该让更多的人听到，你有这方面的天赋，我可以让

你成为无人不知的大明星。我想，我和你相遇不是一种巧合，是神灵的安排。"说着他稍微加点力气握了握 Z 的手，恰到好处的力度使得他的手显得很温暖。他的声音很温和，充满魔力，有一种让人难于拒绝的诱惑。他的眼睛像是不停闪烁的宝石。Z 看久了觉得自己快要沉陷其中，愿意听从他的任何安排，他赶紧垂下自己的眼睫毛，吸了一口气，把自己的手抽回来，他摇了摇头："谢谢你的好意，恐怕要让你失望了，我不想成为明星，我还有我要去做的事情。"

　　Z 的拒绝让胡子先生感到诧异："还有什么比成为大明星更重要的事情吗？你想一想，只要你成了大明星，你想要做什么事情都能实现。"

　　Z 依然摇头："我不想成为大明星，我已经浪费太多的时间了。"

　　"你能告诉我你想要去做什么事情吗？或许我能帮你实现。"胡子先生不会轻易放弃的，他一直在寻找一个像 Z 这样的人。

　　Z 想了想，还是决定告诉他自己要做的事，可能 Z 的心里也带着一种希望，毕竟到现在他还不知道自己该怎么样才能找到她。"我在找一个提线木偶剧团，这个剧团的名字叫梦想木偶剧团。你知道这个剧团吗？知道她们在哪里吗？"

　　"我好像在哪里听说过这个剧团。"胡子先生皱起眉头，这让他说的话显得更加可信。

　　Z 很期待地看着他，"这个剧团现在只剩下一个提线木偶师和一个小女孩木偶。"

　　"对，那是一个很优秀的提线木偶师。"胡子先生忍不住看了他一眼，"你还知道她们的其他信息吗？或许我能够回想起来。"他叹了一口气，好像在为自己不能马上帮到 Z 而感到遗憾。

"嗯，那个提线木偶师是个女孩，她的年纪和我差不多，小木偶像一个真正的小女孩。她们的表演很受欢迎的。"Z说完后摇了摇头。Z只知道这么多了。

"这么说的话，可是真难回想起来，这个世界上受欢迎的表演者太多了，不过如果你相信我的话，可以给我一点儿时间，我有很多的朋友，我可以让他们帮你一起寻找她们。"胡子先生流露出很想帮到Z的表情。

Z点了点头："那就麻烦你了。"

"不必客气，我很喜欢听你唱歌，能为你效劳是我最大的荣幸，"胡子先生说，"只是，你能给我一点儿时间吗？"

Z再次点头："真是感谢你的帮助。"

"你能告诉我你住在哪儿吗？这样我有什么消息的话可以找到你。"

Z摇了摇头："我没有固定的住处。"

"这样呀，"胡子先生用右手的大拇指、食指和中指捋了捋自己右边的胡子，"如果你不介意的话，你可以先住在我那里，这样一有消息的话，我可以在第一时间告诉你。"

Z跟着胡子先生去了他的住所，是一间很大的地下室，地板、墙壁、天花板和柱子都是粗糙的水泥。有些钢筋还暴露在外面，天花板上布满了不同颜色和形状的灯，地上摆了很多盆栽植物，它们不开花，叶子都毛茸茸的，无力地耷拉着，在无法协调的灯光照射下，如同假物一般，但它们确实是依旧不肯放弃生命努力生长的植物。Z碰触过其中一株植物细长的叶子，它像胡子先生的胡子那样卷了起来。在这些植物的中间站着一些人，刚进来的时候 Z 以为他们是真人，心里想着胡子先生的家人可真多。不过胡子先生却告诉他，这些不是真人，只是蜡像，他说自己喜欢收集大明星的蜡像。他为 Z 一一介绍它们：演员、艺术家、政治家、歌唱家、音乐家、作家、运动员……

Z 小心地从它们和植物之间穿过去。在地下室的正中间，有一块相对空阔的地方，那里有一张床，胡子先生跟 Z 说这段时间他可以先住在这里。

"那你呢？" Z 问他。

"我要去找一些朋友，请他们帮忙打听那个提线木偶剧团，等有消息了我就来和你说。"胡子先生说。

这让 Z 觉得很是过意不去，他不知道自己该怎么表达自己的感谢："你真是个好人。"

"你不必太客气，"胡子先生保持他的礼貌和优雅，"我是真的很欣赏你，能为你效劳是我最大的荣幸。"

"我没办法报答你。" Z 说。

"我不需要报答，当然，要是你乐意的话，能为我唱一首歌吗？我希望你能够把我当作一个朋友。"胡子先生说。

"现在吗？" Z 问。

"随时都可以，当然，你知道，我这不是要求，而是期待。"胡子先生说。

Z 有点犹豫，他没有足够的自信这么近距离当着他人的面唱歌。胡子先生静静地看着他，保持着恰好的微笑，他一点儿都不着急。

"要是我让你紧张的话，你也可以把我当成一个蜡像。"胡子先生说着往后退了几步，隐入植物之中，好像也成为了一尊蜡像。

Z 抱起了食梦狗，它会给他带来安全感和勇气，他闭上了眼睛，回想自己以前钓梦之后唱给食梦狗的歌。他的手轻轻地放在它热乎乎的肚皮上，感觉它柔软的气息。它的心脏跳动着，这种节奏顺着 Z 的手指进入到他的血液里，他开始唱歌。

一首歌唱完之后，掌声在植物丛中响了起来。Z 睁开眼睛，胡子先生从隐身的地方走了出来，"我从未听过这么动人的歌声，在遇见你之前。"他毫不吝啬自己的赞美，紧接着又轻轻叹息，"我真为大多数的人感到遗憾啊，这么美妙的歌声他们却无法听到。"

看到 Z 依旧不好意思的表情，胡子先生笑了笑，"你看，你的歌声让这些植物都更有生命力了，我都怀疑你会让这些蜡像活过来。"

Z 也忍不住看了看这些植物，被胡子先生这么一说，好像这些植物真的更有精神一样。为此，他的心里也不由得感到有些得意。

胡子先生是个知道适可而止的人，他不再和 Z 谈论唱歌的事，只是跟他随便聊了一会儿天，然后起身告辞。

在胡子先生离开这间地下室之后，Z 在床边坐了好一会儿才逐渐放松下来。他仔细打量着这个空间，天花板上的那些灯看久了会让人产生幻觉，他变成了很多个人影散落在这些灯下，他想要关掉它们，却找不到任何的开关。可能是因为那些蜡像的缘故，所以他一直觉得有眼睛在悄悄地打量着他，他对那些蜡像感到害怕，它们太像真人了，虽然之前，他可以控制那些真人成为自己演出的木偶，但他们毕竟拥有自己的生命，他能感觉到他们血液的温度、心脏的跳动以及复杂的情感，他可以完全融入他们，而这些蜡像栩栩如生却又都冷冰冰的，没有任何的感情，没有生命也不存在死亡，跟它们贴得越近就越感到隔阂。

那些软绵绵的植物和蜡像形成了鲜明的对比。它们颓靡，虚弱无力，好像随时都会死亡。Z抚摸它们的时候，能感觉到它们的恐惧、痛苦、悲伤和无能为力。它们拥挤在一起，像一堆被钓起来扔在船舱里的鱼，努力地张开嘴巴呼吸，却摆脱不了死亡的命运。它们能做的，就是承受更多的苦痛，让死亡的过程更漫长一些。

Z忍不住想为它们做点什么。他抚摸它们，亲吻它们，感觉到它们内心对生命的渴望，闻到从它们身上散发出来的奇异迷人的香味。于是他开口唱歌，果然如同胡子先生所说的，他的歌声让它们更有精神了，甚至有一些叶子在慢慢地舒展，这原本是一件值得开心的事，但渐渐地，Z发现，自从他开了口之后，就再也没办法停下来了，好像他的歌声已经成了这些植物最后的生命养分，他一旦停止歌唱，它们就会加快枯萎的速度。它们很贪婪，不愿意Z停止歌唱，奋力地吸收着Z的歌声。

Z一直唱到精疲力尽，声音沙哑，最后彻底失声，那些植物在失去歌声之后，开始迅速地枯萎，一株株死亡，天花板上的灯也在一盏盏地灭掉。

Z躺倒在床上，张开嘴巴大口地呼吸，他自己变成了一条离开水之后濒临死亡的鱼。

他第一次掉下了眼泪。他不知道，胡子先生就一直住在他的隔壁，透过一个监控在观察着他的一举一动。

Z感觉到自己右边的眼皮被人剥开，一道刺眼的光线射进来，紧接着是左边的眼皮，然后有脚步声离开。过了不知道多久，又开始重复这些动作。

这次他听到有脚步声向他走来的时候，主动睁开了眼睛，眼睛再次被刺痛了。缓了好一会儿，他才慢慢地小心地再次睁开眼睛，看到胡子先生站在床边。

"对不起。"Z费力地撑起身子跟胡子先生说。

"为什么和我说对不起？"胡子先生问。

"你的那些植物都死了。"Z说。

"它们没有死啊，"胡子先生耸耸肩，"不信你看看。"

果然，那些植物并没有死去，它们和Z最初看到的时候一样，只是无精打采。Z同时发现天花板上的那些灯也都亮着。"可是，我明明看到它们都死了。"他喃喃自语。

"可能是你产生了幻觉吧。"胡子先生说。

"幻觉？"

"如果我没猜错的话，你一定碰触了它们，而且很用力地去闻了它们的味道。"

Z点点头。

"都是我的错，忘记告诉你这些植物很特别，会让人产生幻觉，本来，如果只是稍微闻一闻的话，会有很奇妙的感觉，时间变得缓慢，整个人变得轻松，可是你一下子闻得太多了，"胡子先生对Z微微鞠躬，"是我太疏忽了，我回来的时候看到你晕在床上，可把我吓坏了，还好你醒了。"

"不是你的错，是我太好奇了，"Z移动自己的双脚，把它们放到地上，坐在床边，他感到全身酸软无力，"对了，你打听到那个木偶剧团的消息了吗？"

胡子先生动了动自己的嘴唇，像是在考虑些什么："我倒是真的打听到了一些消息，不过……"

"不过什么？"Z 连忙问，有点紧张。

"是这样的，我委托了我的一个朋友，他长期聘请着一个非常出色的私人侦探，在调查失踪人口方面特别有经验。"

"她们是不是出了什么事？"Z 听到"失踪"两个字之后很是担心。

"这倒不是。"胡子先生又犹豫了一下，"只是，我那个朋友从来不免费为人提供服务，他说可以帮你找到她们，只是需要一定的酬劳，本来我可以帮助你的，只是他想要的我却没办法帮到他。"胡子先生苦笑了一下，表示歉意。

"你已经帮了我够多的了，"胡子先生难过的表情让 Z 更加感到不好意思，"如果这样的话，我想我还是要自己去找她们，打扰了你这么久，真是不好意思。"他的声音很是低落。

"其实，他要的酬劳你完全有能力给他。"胡子先生突然说。

"我能够给他？"Z 有点疑惑地看着他，"我什么都没有。"

"你还记不记得我跟你说过你的歌声真的很美妙，可以成为一个大明星，我也无意间跟他透露了这件事。当然，我知道，你并不想成为大明星，只是他在听我说过之后，对你很有兴趣，他现在筹办一个全世界的超级明星选拔比赛，而他想要的酬劳就是你参加他策划的这场比赛，他不一定要你夺得冠军，只要你能进入决赛，他就一定帮你找到你想要找到的人。如果你愿意参加的话，我也会帮你的，我敢保证你肯定能进入决赛。而且，据我所知，他已经有她们的相关资料。他甚至想邀请她们也参加这次的比赛，说不定你能在比赛中遇见她们，"胡子先生顿了顿，"当然，你不愿意也没关系。"

"进入决赛大概要花多长的时间？"Z 问。

"估计要参加四十场比赛。"胡子先生说。

Z 低下头沉默。

"这是一个不错的机会，起码比你自己没有任何线索地去找她们要容易多了，而且，等你成了大明星之后，你完全可以通过各种办法让她们知道你在找她们啊。"胡子先生劝他。

"好，我答应你，"Z 抬起头来跟胡子先生说，"不过参加完决赛不管有没有找到那个木偶剧团我都会离开。"

"这个到时候你自己决定就好。"胡子先生说。

14. 超级大明星

　　在胡子先生的精心安排下，Z 开始以歌手的身份参加世界超级明星大赛。他毫无悬念地通过选拔赛进入正赛。他见识到各种各样的人，他觉得自己好像到了另一个世界，这个世界就是一个巨大的马戏团，每个人都奇装异服，像小丑那样虚假地笑着，他们都像被蜡油包裹住一样，没有人能感觉到他们真实的感情。Z 除了参加比赛还在胡子先生的带领下参加各种各样的派对、宣传活动，他们去的每一个地方都灯红酒绿，比胡子先生那个地下室天花板上的灯光和地上的植物所散发出来的香味还要迷幻，一切都在旋转，而他在慢慢地适应这种眩晕感。他甚至开始贪恋 Z 的那个地下室。每次疲惫不堪地回到住处，他都要大口呼吸着那些香味，睁大眼睛看着天花板的灯，咧开嘴巴笑着，仿佛只有这样他才能让自己放松一点儿，进入到茫然又虚无的状态里。

　　日复一日。

　　在进入正赛后，胡子先生带 Z 去见了那个有能力帮 Z 找到木偶剧团的朋友。那是一个巨大的房间。Z 从来没有见过这么胖的人，他就像是一团肥肉瘫在一张巨大的椅子里，那椅子用最硬的金属打造而成，嵌了无数的珠宝，铺着最柔软的动物皮毛。

　　"你就是那个……Z 吧……我看过……你……参加比赛……视频……我很看好……你。"胖子的声音模糊不清，像一群不肯离开他身体周围的苍蝇。胖子说几个字后都要喘几口气，似乎连动一下嘴唇都费力："你完全……可以成为……一个……我想要的……大明星……"

Z 站在他的面前，感觉自己就如同一个会被他轻易握在手掌里的小玩偶那么弱小，食梦狗也把脑袋藏到他的怀里，发出很不安的"呜呜"的声音。

胖子转动了一下混浊的眼珠子，看到食梦狗后，微微眯起了眼睛，把一道闪烁的精光隐藏起来。

"胡子先生说你可以帮我找到我要找的人。"Z 小心地说着。

"这个……世界……没有我……找不到……的人。"胖子喘着气说。

Z 在心里想了想，他还是放弃请他帮忙找到小梦，他总觉得不能让这个胖子知道小梦的存在，不能告诉他小梦是个钓梦师，要是他对小梦产生兴趣，那可是一个大麻烦。"要是我真的能进入决赛的话，你会帮我找到她们吗？"

"我答应……过……的事……就……一定……会……做到……的。"胖子用力地喘着气，脸色变得有点苍白，好像今天已经说了太多的话了，他稍微抬起放在椅把上的面团一样的右手，摇了摇。

胡子先生脱下帽子向他鞠了个躬，然后带着 Z 离开了这里。

Z 深深吐了一口气，这个胖子给他带来太大的压力了，胡子先生的脸色并不比 Z 好上多少，他也深呼吸了几下，然后对 Z 说："现在你该放心了吧，他肯定能帮你找到你想要的人。"

Z 点点头，摸了两下依旧躲在他怀里紧张不安的食梦狗的脑袋。他们接下来还要去参加一场媒体发布会。在路上，Z 看到自己的照片已经被制作成了很大的宣传海报挂了起来，在几百米内都能清晰地看到。原本 Z 并不想这么做，可是胡子先生说这么做是在帮他提高影响力积累人气，这些是他进入决赛最不可或缺的部分，而不仅仅是他动人的歌声。Z 只好由着他去操控一切了，只是他对照片上的自己感到越来越陌生。

"那不是我。"开始的时候，他还一再在心里默默地对自己说。不过，随着比赛进程的推进，更多的人喜欢 Z，为他欢呼呐喊，越来越多的镜头对准他，闪光灯闪个不停。当他已经不能像往常那样自然地走在大街上的时候，他就慢慢不再对自己说这样的话了。

"那就是我。"

Z 没意识到自己已经完全顺从了胡子先生的一切安排。他让 Z 穿各种各样奇怪的衣服，化各种不同的妆。他告诉 Z 要怎么笑，怎么说话，什么时候眼神要忧伤，什么时候要礼貌，什么时候要愤怒，什么时候要对一切不屑一顾。

刚参加选拔赛的时候，Z 不顾胡子先生的反对，时刻要把食梦狗带在身边，因为他没办法对着那么多人放声歌唱。他想到自己以前在马戏团的时候也被人说是一个明星，但那时候并没有这么多的观众，而且没有人见过他，他总是躲在一块布幕后面。但是现在，胡子先生不可能允许他也这么干，或者说，偶尔可以躲在布幕后面唱歌，但总要慢慢出现在台前，引起观众的尖叫与欢呼。所以他只能带着食梦狗。它现在是他唯一的伙伴，但他也不能总是把它抱在怀里，按照胡子先生的说法，那太单调了，容易让人失去兴趣，所以胡子先生设计了一个像雕塑台一样的东西，让食梦狗一直待在上面，他可以一直对着它唱歌。

　　进入正赛后，关于 Z 的宣传铺天盖地，支持他的观众越来越多。Z 每次上台演出，虽然食梦狗都会陪伴着他，但它却成为了他的一个道具。他开始喜欢甚至迷恋对台下许多观众唱歌的感觉。他没有注意到，食梦狗的耳朵已经完全耷拉了下来，他的歌声没办法再让食梦狗感到快乐。食梦狗不再围绕着他跑，不再去舔他，他们虽然依旧时刻待在一起，但是他们之间的距离却越来越远。

　　食梦狗的精神越来越差，Z 已经太久没有给它补充过梦的能量了，有时候还会从它的身体里索取一些，作为他歌唱的能量和素材。食梦狗身体里储存的梦快被他取光了，正在慢慢地变成一尊蜡像。可 Z 依旧没注意到这点。

　　各种各样的赞美接踵而来，而 Z 越来越没办法拒绝这种赞美。他没意识到自己也变成了一株植物，这些赞美就是美妙的歌声。他贪婪地大口地吞食着它们，它们是他生命的食粮。

　　他开始产生各种各样的幻觉，觉得自己就是这个世界里的超级大明星，每个人都在为他欢呼呐喊，这种感觉让他很享受。

　　在他进入半决赛后，食梦狗身体里的光团基本被他索取光了，再也不能跟着他四处演出应酬。Z 就把它留在了胡子先生的地下室里，它成了一个真正的蜡像，隐藏在植物丛中，Z 几乎都想不起它的存在了。

　　Z 的眼睛里慢慢地布满了血丝。他不敢闭上眼睛，闭上眼睛之后就会做噩梦，梦见马戏团里的每一个人都在对着他笑，梦见马戏团的那个团长派人来抓他回去，梦见自己的身体完全被那个影子 I 控制。他不是梦见所有的人都在离他远去，而是他们都想把他紧紧地抓在手里。他们要撕裂他。最让他感到害怕的是，他梦见有一天彻底失去了自己现在所拥有的一切。他害怕的不再是能否寻找到的未来，而是失去现在的所有。

Z不再满足于人们的赞美，不再满足于随时抬头就能看到关于自己的报道，他需要去获得更大的虚幻和快乐。他愈加迷恋胡子先生的那个地下室，他喜欢那些能够为他创造幻觉的植物，他可以时刻沉浸在对自己无限膨胀的虚荣之中。他不仅仅是去闻它们散发出来的香味，更是直接吞食它们。它们一株一株地在他的欲望中灭亡，但是Z不再为它们感到难过，反而觉得这些都是理所当然的。他有时候也会感到痛苦，会掉眼泪，但不是因为其他的任何人、任何东西，而是为自己，他总觉得，爱他的人还不够，永远不够。

他应该成为一个真正的超级大明星，唯一的超级大明星。

Z得到了冠军，成了真正的超级大明星，无论走到哪里都是鲜花、掌声和欢呼。但是他没有再跟胡子先生提到要去寻找那个提线木偶剧团的事，他们好像也都忘了这件事。

Z依旧在胡子先生的安排下参加各种演出和活动，本来那个胖子说要给他提供一个豪华住所，毕竟他现在已经是个大明星了，一切都应该光鲜艳丽的，可是Z却拒绝了这个条件，他觉得自己已经离不开那个地下室了。

"这会让我显得更有神秘感，一个住在地下室里的大明星。"Z对着那个胖子也没以前那么大的压力了，敢于流露出不屑的表情和笑意了，可他没注意到胖子微微握起的拳头。Z所流露出来的表情其实已经完全不能自我控制，在胡子先生的调教下，他只记得自己该在什么时候说些什么话，流露什么样的表情。虽然他内心深处对胖子还有抵触和不安，但是他把这些感觉隐藏了起来，因为胡子先生跟他说过，他表现得越骄傲，胖子就会越满意。

Z没看到胡子先生和胖子之间的眼神交流，也没听到他们之间的谈话："他越是骄傲，我们就越好抓住他的弱点，既然他想住在那个地下室就让他住吧，反正那也是他最后的归宿，倒是替我们省了不少事，我们还是尽量安排他多参加一些演出，这才要紧，我总觉得他也挨不了太长的时间。真是可惜，原本我以为会找到一个很坚定的不需要依靠幻觉生活的人。"Z也听不到胡子先生的喃喃自语："过段时间我就得出去物色一个可以成为大明星的人，想起来，头可真痛啊！"他耸了耸肩，"他最后会变成什么样，不能怪我吧，一切都是他自己选择的。我只是给他提供机会而已。"

Z让胡子先生把这个地下室彻底转让给了自己，并让他弄来更多的迷幻植物和灯泡，还让他把这里的所有蜡像都清理出去，因为他觉得自己才是这个世界唯一的明星。这些蜡像让他觉得很烦躁，很不舒服。至于食梦狗，也连同那些蜡像被一起清理掉了，不过Z并没有发现。

看着只剩下植物和灯光的地下室，Z想到了一件似乎很重要的事，他跟胡子先生说："你说你喜欢收集大明星们的蜡像，你会不会也搜集一尊我的蜡像？"

胡子先生看着Z，过了一会儿他点了点头，说："会。"

听到胡子先生的回答之后，Z仰面躺在了床上，他感到满意，又感到有点悲伤，这种悲伤却不知道是因何而来，他也不愿去细想。等胡子先生离开之后，他一个人在这个地下室里待着，突然感到无边无际的空虚快把他淹没了。他总觉得现在的生活虽然极其丰富，但却缺少了什么，可是又怎样都想不起来，只觉得心中空落落的难受，头疼欲裂，他不愿意再想下去。他已经依赖胡子先生对他做出的一切安排，于是他更大量地吞食那些食物。

在超负荷快节奏的生活中，Z不知道时间是在飞快地流逝，还是彻底停顿了。Z不记得自己参加过多少次演出，接受过多少次采访，他只感觉到自己越来越疲惫，也越来越兴奋，即使不吞食那些植物，他都能沉入幻觉。有一次甚至还在演出的时候晕倒了。这次晕倒使得他明星生涯开始走下坡路。在那个胖子的掌控下，胡子先生不再安排他参加大型的演出，也不再为他做宣传，他的身体越来越虚弱，而让他真正感到不可理解的是，喜欢他的人正在慢慢减少，他为此感到的不是痛苦，而是愤怒。他质问胡子先生，胡子先生只是耸耸肩，表示他也没有办法，反而说Z不爱惜自己，太过于贪图名利，他的付出都打了水漂，说Z再也不能让人产生兴趣了，有好几个正在崛起的明星将会取代他。

胡子先生慢慢开始对他冷淡了。Z已经习惯了拥簇的感觉，完全受不了别人对他的冷漠，他忍不住跟他大吵了一架，指责胡子先生，说他不能这样对待自己，但是这次胡子先生却不再给出任何解释，他只是推开了Z直接走了，眼里对他不再有欣赏和尊重。他还要求Z搬离他的地下室。

Z跑去找那个胖子，想跟他说自己愿意服从他的一切安排，想去和他谈关于豪华住所的事，想去跟他认错说自己当初不该拒绝他，但是那个胖子却连见面的机会都不给他，让保镖直接把他赶到了街上。

Z回到地下室，因为害怕胡子先生随时会过来把他赶走所以把房门紧紧地反锁上，他把那些植物都拔出来，把那些灯都砸了。他躺在床上想要哭，却发现连眼泪也离他而去。他一直躺着，随手捞起一株正在干枯的植物放进嘴里咀嚼。原本甘甜的香味现在却变成了腐烂的、苦涩的味道，但他现在又只能依赖这些幻觉了。他总觉得自己还站在灯火通明的地方，接受一切赞美。可是他又总会从幻觉中醒来，每次醒来都让他感到无比恐惧——这种冰冷的无边无际的黑暗完全地淹没了他。

他想停留在永恒的幻觉之中，所以他大量地吞食那些植物。他开始呕吐，他觉得自己好像把自己身体里所有的内脏都吐出来了，他的身体变得很空，但却很沉重。他感到冷，想要看到光。他用最后的力气把那一张床拆下来烧了。在炙热的火光之中，他仰面躺着，连呼吸的力气都快失去了。他的眼神空洞，火光像一条蛇一样向他的身体内部钻进去，他却感觉不到疼痛，只有难受。蛇在他身体里爬行并吞噬他最后的生命所带来的那种难受。他当时抚摸那些植物时能感觉到的它们的难受。

他的眼睛慢慢闭上，身体里的最后一滴水分也被烤了出来。在这一个瞬间，他似乎回想起很多东西，却发现自己的脑袋里仍然是一片空白，只有无数的光斑在飘浮着，他努力想要去捕捉到它们，却丧失了所有的力气。

他知道，自己已经失去了最重要的东西。

他的眼睛终于完全闭上了。

15. 暗黑森林

胡子先生正在地下室欣赏着一尊蜡像，他右手端着一杯葡萄酒，左手轻轻抚摸着自己的胡子，眼睛微微眯起。

这个蜡像就是 Z。

原来被 Z 要求搬离这里的那些蜡像也都搬了回来，要是 Z 现在还有意识的话，他也肯定没办法想象，自己如今和他们一样变成了一尊蜡像。是的，"变成"。这些都是真人，他们的才华潜能被胡子先生发现之后，胡子先生就想方设法把他们包装成大明星，等把他们的一切内核榨取完了之后，就把他们的身体变成蜡像收藏起来，成为他的私有品，这是他最大的爱好和兴趣。他在少年时期曾疯狂地崇拜过一个大明星，但那个明星根本不知道他的存在。这个世界上和他一样疯狂地崇拜着明星的人太多了，可是他又不愿意和那些人一样，他发誓要成为所有崇拜者中最特别的一个，他要永远独自拥有他们。他几乎对所有的明星都做过调查研究，他发现，越是有才华有希望成为大明星的人越难于逃脱虚荣和幻觉，他们接受不了任何的失败，正是这个发现让他得到了胖子的大力支持，胖子的爱好和胡子先生不一样，他想要获得的是最大的利益。

胡子先生的手指划过 Z 的脸："你们不知道，这个世界上再也没有比我更爱你们的人了，当然，你们也不必知道，只要我自己知道就行了。"

"真是可惜，我对收藏你们越来越感到无趣了，太没难度了，我甚至开始怀疑我以前对你们的崇拜，多么可笑，你们甚至比大多数人更要软弱。我想要的是一个永垂不朽的明星。"胡子先生喃喃自语，突然用力把双手向上举起，大声喊道："一个永垂不朽的明星。"

酒杯里的酒溅了出来，有一滴落在 Z 的脸上，从眼角处慢慢滑落，像是一滴血泪，胡子先生看着它："你在哭吗？你在后悔吗？没用的，我当时就和你说了，你自己可以做任何的决定，我并没有强迫你，你还记得你想要去找木偶剧团的事吗？你也忘了吧。"他用舌头舔掉那滴慢慢下滑的葡萄酒，却觉得有一种特别苦涩的味道。"不要哭，我答应过的事都会做到的，现在我就告诉你那个木偶剧团在哪里。她们被一个叫匹诺曹的家伙抓走了，可能比你还要悲惨，起码，你已经感觉不到任何的痛苦，也不用再去面对任何恐惧了。"

"干杯！"胡子先生喝光杯子里的酒，"属于你们的时间已经停止了，你们的肉体将永垂不朽。"他得离开这里赶到胖子那里去了，这次他又帮胖子物色了一个人，不过，那个人虽然也完全可以被打造成一个大明星，但是他却觉得，自己已经不再像以前那么有热情了。

在开门准备走出去的时候，他又回头看了一眼在植物中半隐半现的 Z，觉得他好像跟其他蜡像不一样，他喃喃自语："我好像错过了什么，总觉得你还有其他方面的才能没有被我挖掘出来，或许你可以给我带来更多的惊喜。我总觉得，你好像还活着，可是，这不可能啊。"他自己也为自己的怀疑摇了摇头，然后关上了门。

与此同时，食梦狗正被当作一个雕像摆放在胖子的饭桌旁，胖子正在和一个妙龄女郎共进晚餐。他虽然气喘吁吁地跟那女郎调情，但他的眼神却不时瞟向食梦狗。自从第一次看到它，他就对它产生了极大的兴趣。他相信自己的眼光，他对宝物有特别敏锐的感觉，他觉得这只狗会给他带来他想得到的一切，甚至有可能得到整个世界。他一直在悄悄观察着这只狗，他发现 Z 只有在抚摸过这只狗之后才能唱出那些动人的歌。不过他的观察却并没有太大所获，直到它被 Z 遗忘了。他让胡子先生把它送到这里来，请很多人研究它，正如他所料，那些人共同研究之后得出结论，这是一只很奇妙的狗，他们无法弄清它的身体内部结构，只能隐约判断出它的身体里有一些很特别的东西，这些东西应该是关乎一个极大的秘密。他们建议解剖这只狗。胖子暂时打算不去动它，先把它当作一个珍贵的宝物收藏着，希望有一天能真正挖掘出它的最大价值。

看到胡子先生进来，胖子示意那个妙龄女郎先离开这里。妙龄女郎在他脸上亲了一下，然后从胡子先生的身边走过，胡子先生依旧优雅地向她微微鞠躬，但是在她离开之后，他还是忍不住摸了摸自己的胡子，嘴角微微翘起冷笑了一下，他发现自己根本没有想把她做成蜡像收藏起来的念头。他开始怀疑自己是不是厌倦了这长久以来的兴趣爱好。他不清楚他在为自己打造一个超级大明星，还是在为观众打造一个超级大明星。他对自己的生命越来越感到无趣了。

胖子没有跟胡子先生打招呼，他从椅子上站了起来，挪动肥胖的身体来到食梦狗的旁边，拿起一个纯金打造的放大镜认真地观察着它。胡子先生也不说话，只是在他的身旁静静地站着。

"我已经找了全世界各个领域最好的研究专家，可没有人能弄清楚它的来历，你有什么好的办法吗？"胖子开口说道。

"或许，你可以试试其他的办法，比如，一些懂得魔法的人，那些神秘的力量。"

"神秘的力量？"胖子放下手中的放大镜，饶有兴趣地看着胡子先生。

"我曾经接触过一些有神秘力量的人，真正的魔法师。我曾想邀请他们来参加我们的超级明星大赛，可是他们全都拒绝了，他们对成为明星没有任何的兴趣，对于他们来说，神秘的力量只适合隐藏在不为人知的角落里。他们要保持的，是那种真正的神秘感。不过对他们不要有什么企图，他们是一群不好对付的人。"

"如果我没猜错的话，你把真人变成蜡像的能力也是从他们那里学来的吧？"

胡子先生看着他的目光，彼此对视了一会儿，点了点头："对于他们来说，那只是雕虫小技。"

"你能联系到他们？"

"我可以尝试，不过，代价可不小。"

"只要在我能接受的范围之内。"

胡子先生点点头："给我一点儿时间。"

"那你去吧，"胖子挥了挥手，拿起放大镜继续去观察食梦狗，"对了，这次的大赛你就不用操心了，我知道你也没什么兴趣了。只要这件事能成，以后你想跟我要哪个明星都行。"

胡子先生朝他鞠了个躬转身走了出去。

胖子放下手中的放大镜，对着胡子先生离开的方向若有所思。他坐回到自己的座位上，摇了摇放在桌上的一个铃铛，从一根大柱子后面的阴影里走出一个头发花白的男人。

"去盯着他。"胖子有点虚弱地说，然后慢慢闭上了眼睛。

那个人转身走出这个房间，脚步很轻。在他走到门口的时候，胖子突然再次睁开了眼叫住了他："上次让你去找的那个木偶剧团，有消息了吗？"

"她们原本有不少成员，是一个四处流浪的剧团，很有名气，后来不知道为什么她们的团长离开了，她们就不再演出，去找她们的团长——一个叫作小梦的女人。此后她们的成员就一个个离奇失踪，到现在只剩下了那个叫小想的木偶师和一个叫樱儿的小女孩木偶。据说那个小女孩木偶也很神秘，但我没有得到更多的信息，只是，"说到这里，那个侦探转过身来，看了食梦狗一眼，"那个叫小梦的人离开的时候带走了她们剧团里的一条狗，如果我猜测没错的话，应该就是这条狗。"

胖子对着食梦狗沉思了一会儿："我知道了，你去吧，我要你每时每刻都盯着他，不能错过任何细节。"

胡子先生已经足够小心谨慎了，却依旧没办法摆脱这个侦探的跟踪，他的化装术和跟踪能力实在太高明了，不过这个侦探不知道，与此同时，他也正被一个影子紧紧相随。

胡子先生在绕了很大一个圈子之后去了Z之前待过的废弃的建筑，他是在这里发现Z的。来到这里之后，胡子先生一直隐身在一根柱子的阴影里，不时看看右边的钟塔，再看看左边的路口。他不知道正是自己这些看似不经意的动作让侦探提早做出了判断。在十二点的钟声敲响的时候，有一辆马车在胡子先生所望见的路口处出现，这正是Z曾经搭乘过的那辆马车。在马车经过这栋建筑门口的时候，胡子先生上了车，而那个侦探在他之前就已经坐上了这辆马车。

胡子先生上了马车之后故意把帽檐压低，没去打量坐在马车上的任何人，其他人也都一直沉默不语。侦探所扮成的毫不起眼的老头正眯着眼睛根据马车前进的速度在心里数着数，他记下了马车的每一处拐弯。

不知道行驶了多久，马车上的人在听到马的一声嘶叫后，马车停了下来，停在了一个森林深处，森林里散发的都是腐烂的气息。胡子先生整理了一下自己的衣冠，朝其中的一座房子走去。随着他脚步的临近，那座房屋的门在慢慢打开，好像早已经知道胡子先生的到来，在胡子先生走进那间屋子之后，门迅速地自动关上。房屋比马车车厢还要狭窄昏暗，没有任何的灯火，屋子的中央有一张小桌子，上面有一个发着微弱光芒的水晶球。胡子先生站了好一会儿，看到了水晶球后面一张布满皱纹的老巫婆的脸。

"你怎么还敢来这里？"一只蝙蝠围绕着胡子先生旋转，吱吱叫着。虽然他不是第一次来到这里，但他还是心里发颤。

"我……"胡子先生刚开口就意识到自己犯错了，果然，那个老巫婆轻轻叹息了一声，那只蝙蝠飞进了他的嘴巴里，很快，他感觉自己被冻住了，他原本因为紧张想要慢慢握起的左手也卡住了。他知道再这样下去，自己就会变成一个蜡人。他忘记了这个巫婆曾经跟他说过的规矩，当之前的蜡烛燃烧完后，第一个走进这个屋子并开口说话的人就会被她变成一支新的蜡烛。

胡子先生开始燃烧了起来。火焰从胡子先生礼帽的顶端开始燃烧，这个时候，他手中手杖上的宝石亮了起来，射出的光落在了水晶球上，水晶球也跟着亮了起来，里面浮现出一张跟胡子先生长得很像的脸，看着老巫婆。

老巫婆再次叹了一口气："算了，看在你父亲的面上，我就再放过你一回，从此以后，你不要再来打扰我了。否则，就不仅仅是这种惩罚了。"说完她用鼻子微微吸了一口气，那只蝙蝠从胡子先生的喉咙里飞了出来，火焰也熄灭了。

老巫婆微微皱起了眉头："我真想不明白，他怎么会有你这么一个没出息的儿子，怎么说他当年也是我们这暗黑森里最厉害的魔法师，要不是……"说到这里，她停住了。

胡子先生虽然很想知道她没说出来的话，但他没有开口问她。因为很早以前他就被巫婆告知不要去打听跟他父亲有关的任何事情。

"我知道你的来意，我帮不上你。"老巫婆说。

"你曾经答应要实现我三个愿望的，还有一个。"胡子先生彬彬有礼地说。

"你真的决定这么轻易就用掉这最后一个愿望？"老巫婆说。

胡子先生耸耸肩："我也不知道为什么，我就是觉得，这个愿望再不用掉就没机会用了。"

"你倒是和你父亲一样地敏感，"老巫婆看着正在慢慢黯淡下去的水晶球，眼神开始变得柔和，那张人脸也在慢慢地消散，"最近我也感觉这个世界好像会有一次大的变动，但我没办法看到更多。不过，即使这个世界毁灭我也无所谓了，反正我也活得够久了。只是我建议你最好不要去掺和这些事情。"这个时候水晶球里的那张人脸已经彻底消失了，老巫婆好像突然间苍老了许多。

胡子先生摇了摇头。

"你们真是一样固执，"老巫婆说，"算了，你先回去吧，到时候，我会安排一个能帮到你的人去找你的。"

胡子先生脱下已经被烧透顶的帽子向她鞠躬，他看到帽子上的那个洞，忍不住皱了眉头，拿起手杖往那里点了一下，帽子又恢复完好。只是这个时候，手杖上的宝石也碎裂开来，落在地上变成了灰尘。

"你居然这么轻易使用完你父亲最后留给你的这些魔法。你原本可以用它做多少事情啊，你却只想着怎么把人变成蜡人，你居然用它来帮你恢复你的帽子！"看到这个场景，老巫婆勃然大怒，瞬间站了起来，就在她快要掐住胡子先生脖子的时候，水晶球发出一道微弱的光，她低头看过去，脸色一变，挥了挥手："算了算了，你还是赶紧离开这里吧，不然你再也走不了了。"

胡子先生在离开前，看到水晶球里有一片乌云正在向这里飘来，那里面有雷电在闪烁，他知道，他父亲曾经的死对头已经嗅到了他的气息。

16. 阴谋

胡子先生刚走出这个屋子就听到身后传来无数"吱吱"响的叫声，有很多的蝙蝠向他飞来，裹着他飞出了这片暗黑森林。

一直在屋外等候着他的侦探看到胡子先生突然被送离了这座森林，虽然对这座森林还有很大的好奇，但他不敢违背胖子的交代，只好继续去跟踪胡子先生，但他发现自己已经无法动弹。那些枯萎的树都活了过来，密密麻麻的枝条把他紧紧地束缚住了。

老巫婆屋子的门被一阵狂风用力地撞开，一个披着斗篷、脸部只有一片阴影的人出现在了那个水晶球里。他在向老巫婆咆哮，整个房间都在震动，水晶球好像也快要承受不住他的怒气，冒出了阵阵的黑烟，感觉随时要爆开一般。"你为什么还要阻挡我杀了他，上次我就跟你说过，不会再给你任何理由。"

"你这坏脾气早晚会把我们都害死，"老巫婆冷哼了一声，"你还记得那个钓梦师的事吗？"

"钓梦师？"那个人稍微收敛了自己的怒气，声音因为兴奋而颤抖，"你是说，她又出现了？她在哪里，这一次一定不能再让她逃了。"

"哼！"老巫婆显然还在为他不分青红皂白地发飙而生气，她冷眼看着他，并不回答。

水晶球里那张只有阴影的脸变幻了几下，开始把散发出去的黑烟都收回到自己的斗篷里，不过他的声音依旧冰冷："只要能够抓到那个钓梦师，我答应你等我完全康复之后，就帮你解开你身上的诅咒，让你也可以离开这片暗黑森林。"

"这个信息就是那人的孽种带来的，他刚到这里我就从水晶球里知道他要我帮他做什么。你还记得那条食梦狗吧，它再次出现了，要是刚才我不及时把他送走，你一来就把他杀了，我们就彻底没机会再找到他们了。"老巫婆也冷冷地说。

"那个钓梦师呢？"那张只有阴影的脸上突然出现了两团幽蓝火焰。

"我看不到那个钓梦师，"老巫婆摇了摇头，"和食梦狗在一起的是一个陌生的年轻男人。他是一个歌唱家，一个刚过气的大明星。"

"一个会唱歌的大明星对我有什么用，你在耍我？"一缕缕黑烟又从他的斗篷上往外冒。

"你难道忘记了，食梦狗只有跟钓梦师在一起才能生存下去？"老巫婆对他起伏不定的情绪很反感。

"你的意思是？"

"那个年轻人肯定也是一个钓梦师。"老巫婆的嘴角微微翘起，不屑地看着他。

他沉默了下去，只有那两团火焰在微微跳动着。

"一切就由你安排吧，我不会再插手，不过，要是再让那个钓梦师跑了，你要做好接受我怒火的准备，要是我没猜错的话，你再不出去补充能量，很快就会失去所有的魔力。"那两团火焰开始变成红色又慢慢变成白色，最后是纯粹的黑色，整个房间的空气都开始波动起来。

"行了，你就别在我这里耍威风了。"老巫婆慢慢闭上眼睛，"还有，刚才你抓住的那个人留给我，还有用。"

一阵风吹过，那扇被撞开的门又合上了，发出刺耳的声音。当她再次睁开眼睛，水晶球里的那个人已经消失了。她看着发出微弱光芒的水晶球，眼里的精光不时在闪动。她抬起了手，那个门再次打开，被树枝束缚住的那个侦探慢慢飘了进去。

门再次合上了。

过了很久，门里传来那个侦探的惨叫声。声音飘荡在这片森林之中，那些树都被吓得收起了自己张牙舞爪的树枝，簌簌发抖，整座森林完全暗了下来。

"也不知道 A 究竟发生了什么事，这片森林已经快封锁不住了，"黑暗中有一个声音在嘀咕，"也不知道他怎么想的，要是让这个梦魇跑出去，这个世界很快就会陷入一片混乱，到时候即使是他也毫无办法了。"

胡子先生回到那个地下室后把礼帽摘下来，随手戴在了一个蜡人的头上。他右手握着那根手杖，双手交叉放在身前躺在那张床上。他紧紧闭着双眼，心情却始终无法平静下来。他的鼻翼微微张大，想要把那些植物的味道全都吸进去。之前他只通过那些监控看到那些已经被他变成蜡人的明星这么干过，讥笑他们夸张的表情和虚假的快乐，他自己却从未尝试过。当时老巫婆给他这些植物种子的时候就已经警告过他，这些植物会激发人的潜能，但也会迷惑人的心智。他需要一直保持自己的清醒冷静，他认为自己这一生很明确要做哪些事，但是现在，在他离开那座森林之后，父亲留给他的唯一的遗物——手杖上的宝石失去之后，他觉得一切都不再重要。他想要体验下那些人曾经获得过的快感，即使是假的，也比从未真正开心过好。可是他却怎么样也闻不到那些植物的味道，好像它们在刻意排斥他。这让他感到愤怒，他从床上坐了起来，用力挥动手杖狠狠地抽打着那些植物，那些蜡人也被他推得七倒八歪，植物体内的黄绿色汁水四处飞溅，落进他的嘴里成了最毒的毒药。他觉得自己的内脏都在被慢慢腐蚀，一阵阵剧痛让他的身体开始痉挛，终于，他再也无法忍受这种痛苦，把手杖那尖锐的底端狠狠地插进了一个蜡人的心脏，那种感觉就像是插进自己的心脏里，有那么一瞬间的解脱，伴随而来的却是更大的恐惧和疼痛，但是他还来不及深刻体会这些，接下来发生的事情让他忘记了自己的存在——那个蜡人在迅速地枯萎，而手杖的顶端生出了一滴小小的血珠。很快，那个蜡人就彻底变成了灰尘，被周围那些残败不堪的植物疯狂地吞噬了。

胡子先生已经完全被那根手杖控制了，他身不由己地向一个个蜡人走去，把手杖狠狠地插进他们的心脏，看着他们枯萎，变成灰尘，被植物吞噬。那些植物越来越茂密，绒毛都变成了尖锐的刺，天花板上的灯在这个时候全变成了血红色，手杖顶端的那颗血珠是最鲜艳欲滴的红。胡子先生从这些植物中穿梭走过，衣服被那些尖刺刮破了，身上也出现了一道道血痕，但他却感觉不到疼痛，反而觉得像是脑海里钻进了无数只带有锋利牙齿的蚂蚁在不停地啃噬着他。这种精神上的疼痛让他恨不得用手杖插进自己的心脏。

不知道为什么，这根手杖避过了 Z 变成的那尊蜡人，此刻那尖锐的底端正对准了除 Z 之外的最后一尊蜡人。她正保持着甜美的微笑看着胡子先生，他也看着她，终于有眼泪从他的眼眶里冒了出来，在红色灯光的照射下像是一颗颗血泪。这是胡子先生唯一真正深爱过的一个女人，这是在她成为大明星并变成蜡人之后，他才发现自己早就爱上了她，不是对明星的那种爱，而是爱她真实的一切。可是他并没有把蜡人变成真人的能力。他原本可以去找那个老巫婆帮忙，她还能帮他实现一个愿望，但是他知道一旦把她变回真人，他要面对的可能会是更加无力的绝望——还有无数的人也爱着她，而她也享受这无数人的爱。

在把她变成蜡人的那一瞬间，他感觉到了爱，感觉到了痛，也感觉到了解脱。他贪恋这种瞬间爆发的感觉，所以他把她变成蜡人后隐藏在这个地下室最隐蔽的一个角落里，如同他宁愿把这种痛苦永久地存放在自己内心的最深处，在感到孤独的时候，就用她来刺痛自己慢慢麻木的神经。

手杖在胡子先生不停颤抖的手中缓缓地一点一点地插入这个女人的心脏。他离她越来越近，他想松开手杖好好地把她抱在自己的怀里，却再也做不到了。他感觉到那手杖好像也在慢慢地插入自己的心脏，很痛，更痛的是他明白自己不会因此死去，而她正在消失。他的脸离她的脸越来越近，原本凝固在她身上的时间开始飞速地流逝，看着她逐渐苍老的脸，他更加确定自己是真正地爱着她，他再次真正体验到当时爱、痛以及解脱混合在一起的情感。脑海里剧烈的疼痛感在这个瞬间消失，他突然感到释然，微笑着闭上眼睛想要去吻她那已经干瘪的嘴唇。他什么也没有吻到，睁开眼睛，看到手杖顶端上那颗鲜艳欲滴的血珠已经跟原来的那颗宝石一样大了。

在这个蜡人也彻底消散之后，胡子先生的手和那根手杖一起静静地垂了下来，他终于又重新掌控了自己的身体，他无力地坐在那张床上，把手杖放在一旁，用戴着白手套的双手捂住脸，想好好痛哭一场，却发现再也没有眼泪了。他的心里空落落的，他明白，自己已经彻底失去了一切。他摊开双手，在灯光的映射下，那手套如同染满了鲜血，他把那些人都杀了。

他拿过那根手杖，用那尖锐的底端对准自己的心脏，在他准备用力的那一刻，那颗血宝石亮了起来，一道红光罩住了他。

胡子先生捡起那顶落在地上的礼帽，掸了掸上面的灰尘，戴好摆正，打开门走了出去。

他先是走到地下室隔壁的一个房间，打开衣橱，里面挂着很多件一模一样的燕尾服，他认真地挑了很久后才拿出其中的一套，然后对着镜子认真地穿戴，临出门前还小心地捋了捋自己的两撇胡子。

在胡子先生前往胖子住处的路上，侦探也已经离开了暗黑森林，和胖子交谈。

"这么说，你已经记下了前往那片暗黑森林的路线？"胖子坐在宝座上，闭着眼睛，右手一直在摸着左手食指上的那个大戒指，上面嵌着这个世界上最大的一块钻石。

"是的，老板。"侦探在他的身旁站得很直，脸色依然冷漠。

"你摸清了那座森林里的一切情况了吗？是不是像那个小胡子所说的，他们是不可招惹的人？"胖子的语速很均匀，完全没有以前气喘吁吁、力不从心的虚浮感，"还有，你如何确定他们没发现你进了那里？"

"他们发现我了，不过还有一些人会去他们那里，他们并没有与外界隔绝，有时候他们也要通过魔法去帮一些人，以此换取他们需要的一些物品，所以并没有注意到我。他们确实很厉害，不过……"侦探停了下来。

"不过什么？"胖子皱起了眉头，他对侦探的这种欲言又止很不满，以往侦探从来都是言简意赅。

"他们内部曾爆发过一场内乱，两个最厉害的魔法师一死一伤，很多魔法师都离开了，之后那里就元气大伤，一直没能恢复过来。我想，我们还是有机会的。"侦探说。

"具体情况。"胖子说。

"目前那里有一些怪兽和一些只会普通魔法的魔法师，攻击力不大，不难对付，唯一棘手的是一个老巫婆，不过好像她也没什么魔力了，甚至不能离开她的那间屋子，值得提防的是她的水晶球。进入那片森林的人都逃不过她的感知，值得庆幸的是，她已经失去了预知的能力。"

"这倒是有点麻烦，如果我派人从空中进攻的话，有什么问题吗？"

"很难，无法确定地点，我不知道他们有没有其他的后路，要是让他们跑了，想要再找到他们就很难了。"

"你有什么办法？"

"擒贼擒王。"

"那个老巫婆？你有办法控制她？"

"不是，她不是问题，只是一个没有任何攻击力的老巫婆而已。他们中最重要的是那个受伤的魔法师，剩余的魔法师都被他掌控。他才是最可怕的一个，而且你一直想要找的宝藏的秘密就掌握在他那里。"

胖子保持沉默，等着侦探把话说完。

"他目前也暂时没有办法用魔法进行攻击，但是他要跑我们谁也没有办法。他无孔不入，但是他肯定想不到我们有这把椅子。"说完，他看了一眼胖子屁股下的那把椅子。

"这把椅子？"胖子好像能感觉到侦探的目光，双手在椅子的扶把上摸了摸。

"是的，这把椅子正是当年和他作对的那个魔法师为他专门打造的，只要他坐在这上面，就会被吸掉所有的魔法，只是后来他通过那个老巫婆的预言提前知道了那个魔法师准备叛乱的事，大战一场后那个魔法师死了，这把椅子没有派上用场。"

"看来这一切都是为我安排好的啊，我注定要得到他们所有的宝藏。"胖子睁开了眼，看着前方，他的耳朵动了动，似乎听到了什么。他知道这个时候会从那扇门走进来的一定是胡子先生，他已经做了交代，除了他其他人一概不见。

"那个小胡子，没有什么异常吧？"

"没有，他确实是在按照你的指示办事。他们也答应帮他忙，会先派一个人来看下那条狗的真实情况，他们对它好像也很感兴趣。我觉得这可能是一个最好的机会，或许我们根本不用跟他们发生多余的冲突就能把他骗出来，让他坐在这把椅子上，到时候，一切就由你掌控了。"

"你先退下吧。"胖子点点头。

在侦探转身走向那根柱子的时候，胖子突然又开口："你如何得到这些信息的？"

"你不相信我？"侦探转回身看着胖子，胖子也看着他，他们都不说话。

还是侦探先开了口："在暗黑森林里有一座祭坛，上面有一个魔法卷轴，那个卷轴会自动记录这个世界上所有魔法师的经历。"

胖子眯着眼睛再次点了点头，侦探走了几步，彻底隐身到那根柱子后的阴影里去了。

胡子先生刚好走了进来，他跟胖子说他已经说服了一个魔法师，过几天就会过来。他没有向胖子透露关于暗黑森林其他情况，胖子也没有刻意追问。

随后胡子先生告辞离开，当天晚上，他在地下室接见了一个不速之客，让他感到诧异的是，这个人正是胖子最得力的手下——侦探。

17. 灵魂契约

"是尊敬的巫师大人安排我过来的。"一见到胡子先生，侦探就表明了自己的来意。

"你一直是她的人？"胡子先生暗暗吃惊，不免想到自己时刻也被监视着，他对这个人的手段可是一清二楚。

"身体是那个胖子的人，不过我现在是巫师大人的人。"侦探想笑，但是这具身体已经习惯了冷漠，笑起来让胡子先生看了很是别扭。

"巫师大人让你来解除他身上的魔法？"胡子先生继续问。

侦探点了点头，也不再尝试微笑："你能否先离开这里，我施展魔法的时候不希望有人在身边。"

胡子先生很干脆地退出了这个房间，不过他马上就去了隔壁的那个房间，通过监视器看着侦探的一举一动。

这个侦探被占据了身体之后似乎也少了原本的警惕性。他径直走到 Z 的身前，把右手掌放在 Z 的脑袋上开始念咒语，很显然，他的魔法并不是十分娴熟，一会儿之后他的身子就开始轻微颤抖，豆大的汗珠从他的额头上滑落下来。

终于，他放下了搭在 Z 的脑袋上的手，往后退了两步，开口说话了："你现在应该能听到我说的话了，你可以眨下眼睛回答我。"

Z 像是从一场睡眠中醒了过来，他想挪动身子却发现依然没办法做到，想到之前发生的种种事，确定自己并不只是做了一场噩梦。他的眼睛眨动了两下。

"我可以让你恢复成原来的样子，不过你需要跟我签订一份灵魂契约。我知道你是一个钓梦师，我们梦魇大人受伤了，我需要你帮我去钓一些梦，一些噩梦，帮我们大人恢复。我们订下的契约在大人完全康复之后就会自动解除，当然，如果你不按照这份契约执行的话，到时候你会再次变成蜡人，并且永远无法再恢复成人。该说的我都跟你说了，同意的话，你可以眨下眼睛，我就和你订下契约，然后就为你恢复自由。"侦探的声音很冷漠，他不认为Z会拒绝。

Z瞪大眼睛看着他，却一眨也不眨。

侦探终于忍不住再次走上前把手搭在Z的脑门上，念动咒语，他的脸色也更加苍白了。"好了，现在你可以开口说话了。"

Z动了动嘴唇，多少有点不习惯，他开口说话了，听到自己的声音觉得异常陌生。

"你们大人是什么人？"

"这个世界上最厉害的魔法师。"

"为什么需要我去帮他钓梦？"

"因为现在只找得到你这一个钓梦师了。"

"这个世界上原来有很多钓梦师吗？"

侦探皱起了眉头："我不负责为你解答问题，你只需要告诉我，你愿不愿意帮我们大人钓梦，其他的你不要管。"

"我没办法保存梦，除非你们大人时刻跟在我的身边。"Z说。

"我们大人现在不方便出现，不过，你有食梦狗。"侦探说。

听到"食梦狗"三个字，Z的心一下就揪紧，他恨不得一下就见到它，可是他又害怕看到它。他感到内疚并深深地懊悔。"我失去它了。"他说。

"它还在，我可以把它带来给你，只要你愿意签订这份契约。"

Z想摇头，却已经动弹不得："我从来没有让它保存过噩梦，不知道会给它造成什么样的影响。"

"你恐怕不知道，现在它和你一样，也变成了一个蜡像，它可跟你不一样，不会永久保存。虽然现在它暂时把自己的生命停止了，但它身体里的那些能量也会慢慢耗光，到时候就会彻底消亡。"侦探不回答Z的问题，他知道怎么说更有用。

"那些噩梦只是暂时储存在它的身体里，到时候你取出来给我们的大人之后，还可以再给它去钓好梦。目前对你来说，最重要的就是恢复自由，然后才能恢复它的自由，否则你们只能永远为蜡像。"侦探再次说道。

Z看着侦探，依旧只有冷漠的表情，看不出他的任何心思。不过正如他所说的，除此之外，别无他法，Z同意签订灵魂契约。

在和Z签订灵魂契约并为他彻底解除魔法之后，侦探带着疲倦的身体离开了这个地下室。

看着他的背影，Z本来迫不及待想深呼吸几下，可是他看到了四周的植物，马上压下这个念头。他比平时更加小心地呼吸，在感觉到并未吸进任何异味之后才敢让这些空气真正进入自己的身体。他再次闭上眼睛，回想自己变成蜡人之前的经历。他开始去感受已经恢复自由的身体，他觉得自己就像是一个笨重的木偶人，每个关节都很僵硬。他做出的动作都让他很强烈地感觉到正被一个提线木偶师操控着一样。他既是木偶，又是提线木偶师。

在这段时间里，胡子先生一直站在地下室的门口犹豫着要不要进去和 Z 打招呼，他不知道应该怎么样去面对 Z 的愤怒。

Z 终于彻底适应了自己的身体，就像是他再次回到了舞台，操控着木偶开始流畅地表演。他打开地下室的门看到了胡子先生。这让他们都想到了第一次见面时的场景，两个人只是看着彼此，不说话。

"我的狗在哪里？还给我。" Z 先开了口，平淡的语气反而让胡子先生有点不知所措。

"在胖子那里，我带你去跟他要回来吧。" Z 点了点头，不再说话。胡子先生犹豫了一下又说："你刚才跟那个人签订灵魂契约的事我都看到、听到了，如果你想带着那条狗逃走，我劝你还是先完成你们的约定。"

"我想怎么做，不关你的事。" Z 说。

"我知道你想救那条狗，可是你不明白违背这灵魂契约的后果。你想想，就算你救回了那条狗，你自己变成了植物人，那条狗还跑得掉吗？"胡子先生小心地说。

"你这次又有什么建议？" Z 的声音更加冷淡了。

"或者一切没你想象得那么糟，"胡子先生有点尴尬，"你可以去完成你们的契约，然后再和它一起走。"

"还有比现在更糟的吗？" Z 笑了。

胡子先生紧紧地握了一下自己手中的手杖，再缓缓松开。他跟 Z 对视："我知道你认为是我害了你，可是，从头到尾，我强迫过你做什么了吗？我跟你说过你可以随时离开，我也警告过你不要去吸食那些迷幻植物，一切都是你自己做出的选择不是吗？"

Z 跟他对视了一会儿，眼皮慢慢下垂，低声自语："是，都是我自己做出的选择。"他猛地睁大眼睛对胡子先生说："可是，是你把我变成了蜡像，如果我没猜错的话，这里的蜡人都是被你变成的吧。"

"如果不是我，你当时已经死了。"胡子先生说。

"死了？"Z 问，他只记得那场大火，之后就昏迷过去了。

"不信的话，你自己可以过来看一看。"说着，胡子先生转身朝地下室隔壁的那个房间走去，Z 跟了上去。

这个房间不大，正中间有一个很大的屏幕，此时全是雪花，当有人在那个地下室里出现的时候，监控才会自动启动。胡子先生拿起桌子上的一个遥控器，开始倒放。Z 看到自己躺倒在地上，四周的火焰正在向他包围，吐出的火苗已经燃着了他的衣物，他就要被火焰彻底吞噬。此时胡子先生打开门冲了进来，他举起手中的手杖，不知道念了什么，天花板上集结出大片的乌云落下大雨把火浇灭了。他翻开 Z 的眼皮看了看，然后举起手中的手杖，再次念起咒语，Z 变成了一个蜡像。

胡子先生暂停了影像，"看到了没，当时我发现你几乎已经没有气息了。"

Z 看着屏幕上静止的图像："我宁愿死，也不想变成一个蜡像。"

"不，你可能不会死，但是那时候你即使醒来也只是个疯子，你吸食了太多的迷幻植物，脑子里全部是那些幻想。你愿意当一个疯子吗？"

Z 的脸色有点苍白："我想看看其他的，从我进入这个地下室开始。"

胡子先生再次回放，一直到 Z 和食梦狗跟着胡子先生进入这个地下室为止，然后把手中的遥控器递给了 Z。

Z 在一张椅子上坐了下来，看着屏幕中的自己。他记得当时自己成为大明星和在吸食那些迷幻植物时所享受到的虚荣、骄傲、快乐，而现在看过去却是那么虚假、疯狂、可笑。

他就这样度过了一个漫漫长夜，一直到再次看到自己变成蜡像的那一刻。遥控器从他的手中滑落，他先是笑了几声，然后抱着头低声哭泣，他没有看到胡子先生的脸色也变得苍白。遥控器掉到地上之后，那个屏幕跟着颤抖了几下，此时正在播放的是他用手中的手杖插入那些蜡像胸口的场景。

Z 无力地弯下腰，捡起那个遥控器，关掉了屏幕。

Z 抬起头来对胡子先生说："你知道那个人说的梦魇大人是谁吗？"

"一个黑暗大魔法师，他需要以噩梦为食，这样他就可以制造出无边的黑暗、混乱和恐惧。他一直想让这个世界变成一个充满恐惧的黑暗世界，而他会成为这个世界的掌控者。"

"你说一切没有那么糟还是在骗我吧？" Z 讽刺地笑了笑，"你认为我就算履行完我和他签订的契约，帮他恢复能力之后，他会放我走吗？要是我没猜错的话，他需要依靠别人为他去获取那些噩梦，他自己是没办法做到的吧？"

胡子先生想到自己从监控得知 Z 是钓梦师这个信息的时候，整个人都忍不住发抖。他一直忍不住低声说着："报应，一切都是报应啊！"因为他父亲的遗言就是要他保护好钓梦师，让他们不要被黑暗森林中的人发现，但他却主动把这个钓梦师交了出去。

_144

"他会放你走，也不会放你走。"他说。

Z 疑惑地看着他。

"他自己也能够去获得噩梦，只是现在他受伤了没办法做到而已。不过他和你们钓梦师不同，他只能强行夺取那些人的噩梦，而作为梦的载体的人也会因此变成一具再也不会做梦的行尸走肉。如果一直这样下去，等那些载体全部死亡，他也就失去了食物来源，再强大也会消亡，所以他应该会一直保留着一些人。但是他即使再强大也没办法违背和你签订的灵魂契约，因为那对他也有约束。所以我想，他应该会先放你走，然后等他足够强大了再彻底控制你。"胡子先生说。

随着胡子先生的描述，Z 看到了很多场景也想到了很多。这个世界被一片黑暗笼罩，所有人都活在噩梦中，又在不停地做着更可怕的噩梦。那些被他强行夺取噩梦的人变成一具具没有自我意识的木偶。

"不，我不能帮他恢复，我不能让这个世界因为我而被他彻底掌控。可是不这样的话，我就会彻底变成一个蜡像，食梦狗也会。我也找不到梦想木偶剧团，再也见不到小梦了。"Z 在心中挣扎，将指甲深深按进手心。"都是我贪慕虚荣，就惩罚我变成蜡像吧，可是食梦狗，是我害它变成了雕像。对不起，对不起。"

"我不能去帮他获取噩梦。"Z 深吸了一口气，看着胡子先生，眼神痛苦却坚定。

胡子先生看着 Z 摇晃的身体和悲哀的表情，能感觉到他内心的悔恨悲痛。他自己的心也一阵阵纠痛。"这一切都是因为我那无聊的该死的兴趣，我的自私，我已经害了那么多人，我为什么还要回到那片黑暗森林，到底是为了什么！"他再次挣扎，内心里有很多不甘，"难道我真的错了吗？不，我没错，我要报复。爸爸，我就是要变成你最

不希望我变成的那种人！你们每个人都讨厌我，都想利用我，你们全
毁灭了又和我有什么关系！"他想大声吼出来，可是牙齿又把嘴唇咬
得紧紧的，已经流出了血，"可我为什么还会感到这么痛苦？"他举
起手想要去捂住自己的胸口，看到了手杖上的那块血宝石。它发出了
一道温和的光射到他的心脏处，像小时候爸爸在摇着摇篮，轻轻抚摸
他的头。他闭上眼睛，在脑海中看到了爸爸的形象。

"这一切都因我而起，就由我来结束吧。"很长一段时间之后，
胡子先生睁开了眼睛说道。"我们还有办法的，你可以履行你的灵魂
契约，带着你的狗逃离，梦魇他也不会恢复。"他对 Z 说。

"还有办法？" Z 不信任他，摇了摇头，"不，无论如何我都不
会去帮他获取噩梦。"

"你想听我说一段故事吗？"胡子先生的大拇指一直在轻轻地
抚摸着手杖上的那颗血宝石，"你看看我这手杖和你最初看到的有
什么不同？"

18. 钓取噩梦

Z 和胡子先生一起去胖子的住所，胖子依然在拿着放大镜观察食梦狗。他们进来之后也不打扰他，只是在一旁静静地候着。过了小半天，胖子才挪动他那臃肿的身躯向自己的宝座走去。他的速度很慢，每挪动一步就要停下来喘几口气，可是他挪动的节奏又让 Z 觉得特别怪异。在他没停止挪动之前，Z 被他完全束缚住了，只能聆听自己的心跳，而胖子的挪动如同一根分针，各自按照自己固定的节奏一格一格地移动。

胖子就像是一个时间的朝圣者，永远无法抵达终点。

"小胡子，"胖子开口说话了，又停了下来，看了 Z 一眼，"你不是……把他变成……蜡人了……吗……你不是……说……你无法……把蜡人……恢复成人吗？"

"他们已经安排一个魔法师过来了。"胡子先生答道。

"他在哪里？"胖子又停住了，然后回到原有的节奏，"你怎么……不带……尊敬的……魔法师……先生……一起……过来呢？"他并不在意 Z 是一个蜡人还是一个真人，对他来说，Z 根本不重要。

"他暂时还不想出现在其他人的眼前，"胡子先生很平静地说，"他让我们先过来和你说一声，让我们把那条狗带过去给他看看。"

"噢？"胖子的眼神闪了几下，"你觉得……这样……我会……

放心吗？"

"魔法师大人说了，这条狗在你这里也没有用，他说他已经猜测到那条狗究竟有哪些奇特的地方。他也说了，如果真的是那种狗，他会给你一个满意的补偿。"

"满意的……补偿？"胖子饶有兴趣地看了胡子先生一眼，也不去问他究竟是哪种补偿，他再次去看Z，"那么……Z……你愿意……告诉我……那条狗……有什么……特别的……地方吗？"

"它是一条食梦狗。"Z直接说。

"食梦？"胖子盯着他，喘了一口气，"继续说。"

"它可以储存梦境，而我是一个钓梦师，我可以把我钓出来的梦储存在它的身体里。"Z说完看着胖子。在第一次主动对人说出自己的身份之后，Z感到了一种从未有过的轻松。

"钓梦师？"胖子显得更有兴趣了，他看着胡子先生笑了，"小胡子……没想到……你……也有……看走眼的……时候啊……明星……只是……最无聊的……玩物……而已……把一个……钓梦师……包装成……一个……歌唱明星……也只有……你……想得到。"

胡子先生点点头，不过他依旧很平静，在做出决定之后他就彻底放松了，而且他知道，这个胖子再厉害也有弱点。"魔法师先生说了，这条食梦狗对你没什么用，顶多就是一个独一无二的玩物，钓梦师对你也没用，他说的补偿是到时候会让厉害的梦魇大人来你这里做客，他会传授你点金术，并且把传说中宝藏的秘密告诉你。因为宝藏对他来说，同样也没什么用，只是当时一时的兴趣而已。这是一个很不错的交易，你觉得呢？"

胖子沉思了片刻："你们……先下去吧……我考虑考虑。"

胡子先生摘下帽子，微微鞠躬，和 Z 一起走出了这个房间。

在他们离开之后，那个侦探从柱子后面的阴影里走了出来。

"你怎么认为？"胖子说。

"如果真按照小胡子所说的，这确实是一个非常不错的交易。"侦探说。

"你信任他们？要是他们带着那条狗直接逃到了暗黑森林，我岂不是什么都得不到了。"

"不是信任他们，而是信任魔法师。你放心，我会一直盯着他们的，而且，除了相信之外，你认为还有其他更好的办法吗？拒绝魔法师会让他们反感的，到时候他们真要直接过来把食梦狗带走，我们也拦不住，而且，我也了解过了，魔法师是很看重自己承诺的。如果他们不遵守自己的承诺，那就会成为他们的心魔，导致他们的魔法能力下降。"

侦探认真地看着胖子的眼睛："能够邀请梦魇大人来这里做客，不是你一直以来最期待的事情吗？"说完，他瞅了一眼胖子正坐着的那把椅子。

胖子轻轻摸了一下椅子的把手，终于点了点头："从现在开始，你要做好所有准备了，我不希望出现任何的差错。但是到时候那个梦魇过来了，跟随他的其他魔法师怎么对付？"

"这个你放心，从那羊皮卷上我也知道另外一些事情，跟随他的魔法师也都跟他签订了灵魂契约，到时候只要他坐上这把椅子，我们就能马上掌控他，就等于我们也掌控了那些魔法师。你想一想，我们会掌控一群完全听命于你的魔法师。"

"那个羊皮卷上还说了什么？"胖子微笑地看着侦探。

　　侦探的眼睛闪了闪，也笑了。"我告诉你也行，不过，你答应我的事也要做到啊，我已经很久没见到苏珊娜他们了。也不是我不想告诉你，本来我是担心你太心急露了馅儿，想在梦魇大人到来后再告诉你的。"说着他指了指那胖子手中戴着的戒指，"这个戒指是我当时和这把椅子一起发现的，谁拥有这枚戒指，谁就是这把椅子的掌控者。到时候等他坐在上面之后，你就能跟椅子产生联系，从而控制他了。"

　　胖子低头看了看自己手上的戒指，在心里冷笑了一声。"果然不能信任任何人，要不是我早就控制了你的家人，估计你不会把所有的秘密都告诉我吧，等这件事完成之后，哼！"他挥了挥手，"你去叫人让他们两个过来把食梦狗带走吧。"

　　Z抱着食梦狗和胡子先生一起回到了地下室，食梦狗的身体僵硬冰凉。

　　侦探看着他们的背影，喃喃自语："果然被巫师大人说中了，这个小胡子也不简单啊，亏那个胖子一直看不起他，谁利用谁还不知道呢！"

　　当天晚上，Z去钓梦来喂养食梦狗。这座城市很大、很繁华，直到深夜还有很多地方灯火通明，街上也有不少的行人。Z必须小心地隐藏好，保证自己不被人发现他正飘浮在空中。他觉得自己的行动不如以前那样顺畅，飘浮在空中的时候，身体上总有某个部分不属于他，让他很不自在，后来他发现，那不属于他的部分，是灵魂契约，是那团黑色的雾气在影响着他。这也让他明白，在解除契约之前，无论如何他都逃离不了被控制的命运。

　　他进入一个个沉睡者的房间，他无法判断出哪些人正在做噩梦。

他知道噩梦都很凶猛，一不小心他就有可能被它们拖入梦境并吞噬。这让他更加谨慎，以至于飘荡了大半夜也没能钓走一个梦。他看到了不少梦，短暂的好梦、平静悠长的梦和几乎把做梦人给控制了的噩梦。为了能让自己更顺利地钓走噩梦，他必须先重新熟练钓梦的技术。不知道为什么，他对钓走别人的好梦突然感觉到歉意，虽然他很清楚这些梦可能对做梦的人不是那么重要，他们醒来也不一定记得住，但起码，它们可以让做梦的人感受到片刻的快乐和美好。那沉睡的身体露出的笑容第一次让 Z 觉得它们是如此的美好。这段时间糟糕的经历使他明白，那些细微的美好是值得被珍惜和守护的，钓梦师要做的应该是钓走别人的噩梦，而不是他们的好梦。他知道小梦钓走的那些好梦是为了通过她的表演呈现给更多的人看，让更多的人感受到美好。但是，从一个人那里获取快乐再分享给更多的人就是理所当然的好意吗？

"我知道了，" Z 像突然从梦中惊醒一般，"小梦是想让我明白一些道理，我们不能只想着去钓走别人的好梦满足自己，忘了去回馈这些提供好梦的做梦人。或许只有提线木偶师才有可能成为钓梦人，可以把钓来的梦通过表演呈现给更多的人看。我们并未真正钓走了他的梦，而是帮他保存加工。小梦希望我能表演提线木偶剧，应该就是暗示我这一点。这个世界其实就是每个人共同营造的一个梦境。"

想通了这个问题，Z 的心稍微平静了一点儿。他发现自己特别迷恋那些平静悠长的梦，他不去钓走它们，而是体味着它们给自己带来的安宁。

他从未这样认真看待别人的梦。他对梦的思考让他意识到一个新的问题，那就是小梦之所以不让他去钓噩梦，是因为它们没地方保存。

所以说，噩梦对食梦狗一定有很大的伤害。

他在一个屋顶上坐了下来，望着地下室所在的方向。他不知道在那些噩梦进入食梦狗的身体之后，会给它造成什么影响。他想的是先去钓一些好梦，到时候再把这些梦编成提线木偶剧去表演给这些做梦人看。

除了胡子先生之外，侦探也在那里，对于Z的第一次行动，他必须要盯着。当Z拿出那些发光的彩色光团之后，侦探一下就生气了："你在耍我？不是说让你去钓噩梦吗？你钓的都是好梦。如果你想违反我们的契约，现在就可以告诉我。"

Z跟他解释，但是侦探还是没有好脸色。他对着那些光团念动咒语，它们瞬间破碎了，像星光一样洒落在地板上，只是他没有注意到，这些碎光都被胡子先生用他的手杖偷偷收走了。

"我必须警告你，下次我不希望再看到你去钓那些好梦，你要知道，现在的食梦狗处于最原始的状态，是最好的载体。一旦你用好梦唤醒它，它的身体里就会留下隐患，以后你即使把再多的噩梦储存进它的身体，那些噩梦也会变得不纯粹、不稳定，你懂吗？你这个浑蛋，你给我记好了，我会一直在这里看着，绝不允许任何一个好梦储存进它的身体！要是你反对的话，你现在就可以和我说。"他说话的时候一脚把一棵观赏植物给踹断了。他已经把原来的那些迷幻植物都运回黑暗森林给那个巫婆了，它们能为她提供能量，这也是她当时为什么给胡子先生提供种子的原因。

Z感到了愤怒，他的拳头紧紧握起却被胡子先生按住了。胡子先生摇了摇头，趁侦探还在发火，低声说："忍。"

第二天，Z再次出去钓梦。他明显感觉到，那个灵魂契约对自己的约束更大。那一团雾气里的一双眼睛一直在默默地注视着他，这让他很不舒服，却又没办法摆脱。

一个晚上过去，经过几番努力，Z总算是钓了好几个噩梦，这比钓好梦辛苦多了。在回去的路上，那些黑色的光团一直挣扎着想要从他的控制中逃走，他的整个身体都沉甸甸的。一路上，他停下来休息了好几次，紧赶慢赶，终于在第一道阳光落下之前飞回了地下室。

一落到地上，Z觉得自己几乎站不稳了，差点儿瘫倒。侦探看到他怀里的黑色光团后，一直紧锁的眉头终于松开了。侦探催促着Z赶紧把这些噩梦储存进食梦狗的身体里。

Z很紧张地把这些噩梦光团储存进食梦狗的身体，然后眼睛一眨不眨地看着它，要是有什么不对，他会第一时间把那些噩梦给弄出来。

食梦狗开始有反应了，先是它那已经光秃秃的身子长出了毛，不过和以前的洁白柔顺不同，这些新长出来的毛是灰黑色的，很硬，像是一根根尖锐的刺。

等身上的毛都长出来之后，食梦狗的眼皮动了动，但是又无力地合上了。它还是没有能够醒来，但是Z从它之前抖动的眼皮知道此刻的它一定很痛苦，但却无法释放出来。

"就是这样的，很好，你要去钓来更多的噩梦，它很快就会重新拥有生命的。"侦探很是兴奋，脸上都开始发光。

"我还要钓多少梦才能让它醒来？才足够让梦魇大人获得足够多的能量？"Z恨不得马上弄来更多的噩梦。

"越多越好，越多越好。"侦探围绕着食梦狗打转。

Z休息了一个白天，但他根本没办法好好睡一觉。他能感受到食梦狗此刻正在感受的痛苦，那些从它身上冒出来的刺也在狠狠地扎着他的身体，他的心脏，他的每一根神经。

当天晚上，Z又出发去钓噩梦了。当他再次把新钓来的噩梦储存进食梦狗的身体之后，它终于睁开了眼睛，不过它的眼睛是血红色的，好像每根血丝都因为痛苦而爆开了一样。它的爪子也变得越来越锋利。侦探拿出一条锁链把它锁起来，并在它的脖子上套上了一个两面都带刺的项圈，它一旦试图攻击他们，魔法师就会念动咒语，那项圈就会缩小，尖锐的刺狠狠地扎进它的肉里，它流出来的血都是黑色的。这一切都让Z痛苦万分，他想去安慰它，却根本没办法靠近。它似乎不认识他了，冲着他疯狂地咆哮。

接下来的日子，Z每个白天都无法好好休息，每个夜晚又出去拼命地钓噩梦，身体和精神都越来越差，脸色蜡黄，比他当时变成蜡人的时候还要严重。随着他钓来的噩梦越来越多，食梦狗也不断地发生着变化。它长出了獠牙，身躯也越来越庞大，呼吸声如同打雷，呼出来的气带有很强的腐蚀性，观赏植物都被毒死了。

侦探也更加地兴奋，他对Z很满意，也说服了胖子，让Z进入防守严密的监狱去钓因犯的梦。原本Z以为那些凶恶的人不会做噩梦，因为他们似乎对什么都不会感到恐惧，但是他发现自己错了，越是凶恶的人内心就有越大的恐惧，做的梦也凶残无比，这些梦折磨着他们。不过，最大的噩梦并不是这些暴徒所做的梦，而是那些被冤枉的人。Z发现这个秘密之后，把它告诉了侦探，而侦探又让胖子把那些被冤枉的人都集中到了一起。这些人的噩梦虽然没有那么凶残，但是它们却极度冰冷绝望，虽然Z已经习惯如何去钓噩梦，但是每次去钓这些人梦的时候，依旧紧张不安，他能感受到那种刺骨的冰冷。

不知道 Z 把多少噩梦储存进了食梦狗的身体里，它变成了一只巨大的怪兽，却没有往常那样暴躁不安，眼睛不再是血红色的，而是散发出幽冷的绿光。Z 甚至不敢去和它对视，绝望渗透进了他身体的每一处。

侦探不再时刻在地下室里盯着，他已经彻底放心，寄存在他身体里的那个魔法师太久没离开过那片暗黑森林，也想趁着没有回去之前，好好地享受一下。

这一个晚上，Z 出去了一会儿就又回到了地下室隔壁的房间。胡子先生已经在那里等着他，他们要开始实施他们之前商定好的计划。

19. 驱魔人

这个房间里的监控设备都已经不见了。胡子先生正静静地躺在一张单人床上。他双手交叉放在身前，贴在心脏位置的手杖上的那颗血宝石发出来的光像是一个粉红色半透明的鸡蛋壳，把他整个人包裹在里面。胡子先生已经睡着了，小胡子微微上翘，在微笑。

Z 飘浮在他的上空。这段时间他一直生活在噩梦之中，这种平静的笑容反而让 Z 有点陌生，害怕自己破坏了这样安详的氛围。

Z 第一次碰到这样的情况，他还没有认真观察胡子先生的梦，但胡子先生却主动在梦里跟 Z 打招呼："过来吧，Z，到这里面来。"

Z 慢慢地朝粉红色的光罩靠近。虽然在此之前，胡子先生已经向他说好了自己的计划，但此时他依旧有点不安，毕竟，这一长段的时间里，他遇到的每一个人都在试图控制他，他没有任何的安全感，只能身不由己地被别人牵着走，至于最终选择接受胡子先生的计划，只是因为这听上去比其他人想要完全控制他好得多，他没有更好的选择了。他依旧无法完全相信这个胡子先生，他不知道接下来还会发生什么样的变故。

Z 先用自己的手去触摸那个光罩，如同触及清澈的溪水，清凉的感觉蔓延到他全身。他迷恋这样身心干净的感觉，不知不觉整个人都沉入到光罩里面去了。

Z进入了胡子先生的梦境。他看到了两个人，一个是胡子先生，戴着高高的礼帽，穿着燕尾服，彬彬有礼，胡子先生的身边站着一个四五岁的小孩，打扮得像一个小绅士。

胡子先生伸出戴着白色手套的右手："你好，Z，很高兴认识你。"他的声音听上去和Z记忆里的胡子先生有点不一样，Z有点疑惑地握住他的手："你好，你是胡子先生？"

他笑了，望着身边的孩子说道："我是他的父亲，他才是胡子先生。在他的梦里，他一直都这么大，我没想到他长大后打扮得跟我一模一样。你可以叫我R，我是驱魔人。"

"驱魔人。"Z喃喃自语，他想起胡子先生跟自己说的故事。

"我知道他已经跟你说了我的故事，不过我想让你看看当时的场景，可能你会更相信一些。"驱魔人R说完，带Z一起走到了一扇窗口前。

外面是一片生机勃勃的森林，树木高大，遍地鲜花，巨大的瀑布从看不到顶的山峰上飞流而下。Z很惊讶地发现，这些人里有魔术师哈哈，有斑马7号，有书店老板，还有牧羊人小男孩，也有驱魔人R和孩童时期的胡子先生。他转过头去看驱魔人R，他笑了笑："我知道你遇见过我的那些老朋友，真是怀念啊，估计我是没有机会再见到他们了，如果我们的计划，"他叹了一口气，"希望能够成功。你以后要是有机会再见到他们，记得和他们说，我没有辜负他们对我的期望。"

Z有很多疑问，但是驱魔人R又开口说："好好再看看吧。"

这个时候，从远方飘来的乌云笼罩住了整片森林，森林里的人们都停下来惊恐地望着天空。乌云里有一双阴冷的眼睛正盯着下方，然后传出了沉沉的笑声："我忍了这么久，终于等到这样的机会了，看今天你们还有谁能逃离我梦魇的掌控。"

　　各种各样的怪物向下方冲去，引起了大片的混乱，有人逃离也有人反抗，所有的植物都在瞬间枯萎了。巨大的瀑布被鲜血染红，像是没有热度的火山爆发。驱魔人 R 紧急安排森林里一些人逃离，并拿出一根手杖交给了一直在哭泣的儿子，让他也逃离这里。

　　"爸爸不要离开我，我怕。"

　　"不要怕，你先离开这里，等爸爸战胜了他们就去找你。"

　　"你骗人，我不要离开，我就在这里等你。"

　　"乖，这样子爸爸没办法照顾到你，爸爸发誓，永远都不会离开你。"驱魔人 R 已经没有太多的时间和他告别了，一边说一边招来一只动物让它驮着他逃离了这片森林。

　　接下来驱魔人就飞向空中和梦魇人斗到了一起。Z 根本看不清他们战斗的场景，但他明白，那个梦魇占据了绝对的优势，森林里留下来战斗的魔法师要么死去，要么就被他控制，变成了黑暗魔法师。

　　这场战争不知道持续了多久，Z 突然听到空中传来一声巨响，一团强光射透了乌云，空中传来梦魇的惨叫声："啊！你居然还隐藏了这样的手段，该死的 A……"紧接着那些四散的乌云又合在了一起，只是稀薄了不少。

　　驱魔人 R 的身影也在空中浮现了出来，看上去比那团乌云还要虚弱："我就知道你一定不会放过这个机会的，我已经为这场战争准备了很久，我答应过 A，不会让你得逞的，只不过还差一点儿时间。"说着，驱魔人 R 的身影在缓缓消散。

　　那片森林彻底被黑暗笼罩。Z 看着漆黑的窗外，久久说不出话来。驱魔人 R 和胡子先生也都不说话。

"A 究竟是什么人？"Z 问驱魔人 R。

"他是我最尊敬的主人，这个世界的制造者，"驱魔人 R 的眼睛里有热烈的光芒，可是又慢慢黯淡了下去，"可是，没有人知道他到底去了哪里，发生了什么事。但我知道，他一定没死，不然这个世界早就崩塌了；那个梦魇也不会杀死他，只是想控制他，控制这个世界。"他看着 Z："你刚才进来的时候，我大概翻看了你的记忆，我知道你遇见过我的那些老朋友，他们都是 A 救出去并藏起来的。他们有些人在这场战争中失去了自己的父母，或者受到了严重的伤害，关键是，他们都在慢慢丧失自己的魔法。一定是 A 出了什么事，但我不知道 A 到底出了什么事。"

Z 想到在那个幻想家的游乐园时老妇人园长和自己说过的话。"或者以后你会知道的，可能，不知道会更好。好了，希望我们这次计划能够成功吧。我希望你们能快乐地活着，这个世界的疑惑是永远都解释不清楚的。"

看到驱魔人 R 并不想多说什么，Z 只能默默地点点头。

驱魔人看着他，突然变得严肃起来："到了这个时候，我也不想跟你隐瞒什么。这个计划能否成功我也没有把握，这里面还是有一定的危险性的。现在，我再给你一个选择，以我现在的能力，我可以帮你解除签订的灵魂契约，你可以带着食梦狗逃走，但我知道梦魇现在还派人四处搜寻其他的钓梦师。我从你的记忆里看到了那个叫小梦的钓梦师，如果到时候真让他找到钓梦师的话，我怕这个世界真的就会被他彻底掌控。现在你的食梦狗已经被那些噩梦侵蚀，即使你到时候把那些噩梦都取出去，它也无法彻底康复，只有我才能帮它清除那些隐患。"

Z 低头想了一会儿，然后抬起头来说："其实我还是没有其他选择，而且我不想被掌控，我们还是按照计划吧。"

驱魔人R伸出右手摸了摸他的脑袋，然后把手掌心贴在自己的胸口向他鞠了个躬："请接受我，一个驱魔人最高的敬意。"

"只是，我还有一个疑惑，我刚才看到，你在那场战争中已经消亡了，可是为什么现在你还能存在？"Z说。

"当时，我让儿子逃离那里的时候，把自己的一部分灵魂储存在给他的那根魔法杖里，那样我就可以永远陪着他、守护他了。你还记得这里的那些蜡像吧，当他把手杖插进那些蜡像的心脏的时候，我就主动吸食了那些血液，慢慢恢复了意识，可以出现在他的梦里，"说着，驱魔人R的眼睛里流露出既痛苦又自嘲的神情，"我还是太自私了，要是当时，我没有把自己的这部分生命力分离出去，或许我真的能够做到和他同归于尽吧！"

Z看了看小孩子模样的胡子先生，他紧紧握着驱魔人R的手："爸爸，对不起。"驱魔人R把他抱了起来："对不起你的是我，这次我又不能履行我的誓言了，以后你的梦里再也不会有爸爸存在了。等计划完成之后，你就离开这里，好好去生活吧，答应爸爸，不要再去伤害任何人，过最平淡的生活。"

"我答应你，爸爸。"胡子先生把自己的脑袋贴在驱魔人R的胸口，流下了眼泪。驱魔人R的眼里也溢出了泪水。

胡子先生对Z说："再给我们一点儿时间，好吗？我想再看看我的爸爸。"

Z点了点头，没有去打扰他们。

许久之后，驱魔人R放下怀中的儿子，对Z说："现在，可以实施我们的计划了吗？"

　　Z 从胡子先生的梦里退了出去，他飘浮在半空中，对着胡子先生伸出自己的双手。

　　驱魔人 R 从胡子先生的梦里飘了出来，胡子先生的眉头微微皱起，满是不舍和悲伤。那原本包裹着胡子先生的粉红色光罩包裹住了驱魔人 R，变成一个粉红色的光团，静静地飘浮在 Z 的面前。光团里驱魔人 R 回头看着沉睡中的胡子先生，掉下的一滴眼泪落在了胡子先生的眼角，然后慢慢滑落下去。

　　Z 带着那个光团来到了地下室，此时离天亮已经不远，但是侦探并没有过来。Z 小心地把这个粉红色的光团送进食梦狗的身体，在它刚吞食下光团的时候，整个身子开始不停地颤抖，所有的毛发都竖了起来，它睁开双眼，恶狠狠地盯着 Z，不停地咆哮，显得无比地暴躁。

　　过了好久，它才慢慢地安静下来，冰冷地看了 Z 一眼，闭上了自己的双眼。

　　几天之后，当食梦狗的舌头上长满了尖锐的刺后，侦探带着 Z 把食梦狗运往暗黑森林。他们不再偷偷摸摸地走，而是乘一辆六匹马拉的巨大的马车直接从胡子先生的地下室前出发。马车驶向那片暗黑森林的途中，Z 根本无心欣赏外面的风景，他一直坐在食梦狗的身前，充满愧疚地看着被关在铁笼子里的它。他想起小梦给它唱的歌，想起那个小女孩给它说的故事，喉咙里一阵发痒。他开始轻声唱起了歌，这些歌来自胡子先生和驱魔人 R 父子的诀别给他带来的感触。不知不觉中，食梦狗的目光开始变得柔和，慢慢地靠近铁笼子边缘，伸出舌头去舔 Z 抱着自己膝盖的双手。

　　正在驱赶马车的侦探听到 Z 的歌声后感到很不安，可是又不知道为什么不安，他只能高高地扬起马鞭抽在那些马匹的身上，让它们在痛苦的嘶喊中跑得更快一些。

马车终于停了下来。Z下车后打量了四周，发现这里正是他之前从胡子先生的梦里看到的那片森林。地上全是腐败的落叶，踩下去几乎可以淹没整个小腿。叶子上有各种各样的小虫子，树干上也有无数的蛇在对他吐着芯子。森林深处不时掠过一些黑影，一些深幽的眼睛时隐时现。

侦探让Z在马车旁等着他，然后走到老巫师的房门前。不大一会儿，Z听到无数"吱吱"的声音，数不清的蝙蝠从那门里涌了出来，裹起他和装着食梦狗的铁笼子飞进了房间。

Z站在房间里感觉特别怪异。房间看上去很小，比那个铁笼子还要小，却又装得下一切。他先是看到了那个水晶球，然后看到了水晶球后面的老巫师，Z感觉自己似乎在哪里见过她一样。

老巫师不再看Z，而是看着食梦狗，眼里有奇特的光彩，这让Z很紧张，怕她看出点什么来。她满意地点了点头："你做得很好，这些噩梦足够梦魇恢复了，现在你让他过来吧。"

在侦探离开之后，老巫师闭上了眼不再发出任何的声响。Z只听得到自己的心跳和食梦狗的呼吸，不敢有任何动作。

突然间，一阵狂风撞开了门，无数的树叶不停地涌进来却又马上消失。Z看到水晶球里升腾起黑色的雾气，一个披着斗篷、脸部只有一片阴影的人出现在那个水晶球里，脸上两团幽蓝的火焰缓缓浮现出来。他先是看了Z一眼，然后看到了食梦狗，火焰跳动了几下，燃烧得更旺了，"哈哈哈哈，我看还有谁能够阻挡我！"说着他又把目光移向Z，"你叫Z是吧，你做得很不错，等我恢复了之后，你就跟着我吧，到时候你想要什么都可以。"

Z 没有答话，那个老巫师轻哼了一声："你不要得意太早了，到底想不想要现在就恢复？"

火焰闪了闪，没有再说话。

"你现在把那些噩梦取出来，放进这个水晶球吧。"老巫师对 Z 说。

Z 迫不及待地走到食梦狗的身前。他终于可以把储存在它身体里的噩梦都取出来了。但是他很快就发现，把噩梦从它的身体里取出来要比以前把那些好梦取出来困难多了，它们好像在食梦狗的身体里生了根，和它的身体融合在了一起，剥离它们就好像是在剥离食梦狗的肉。食梦狗的爪子抓破了坚硬的地面，眼里有血珠冒了出来。

Z 小心翼翼、痛苦万分地剥离着噩梦光团，然后按照老巫师的指示把它们放进了水晶球。Z 并没有发现那个粉红色光团的存在。食梦狗的身体在慢慢缩小，锋利的爪牙也在退化，尖刺一般的毛发也都缩回了身体，不过这个过程让食梦狗颤抖不已，它们不像是缩回去，倒像是深深地插进去一样。

Z 终于从食梦狗身体里取出了最后一团噩梦。它无力地看了 Z 一眼，然后倒在了地上。Z 想去看看它身体内部的情况，却被老巫师叫住了："放心，它死不了，你现在就好好看着。"

Z 和她一起看着那个水晶球，它好像已经承载不了越来越多的黑雾。它们从水晶球里冒了出来，在这个房间里继续增加，然后它们冲破了这个房间的屋顶，像火山喷发一般。

空中传来了梦魔疯狂的笑声："哈哈哈哈，我回来了！这个世界是我的，是我的，谁也阻挡不了我。"

整个世界都在他的狂笑声中颤抖。

20. 逃离噩梦

此刻，梦魇正站在 Z 的面前。他依旧披着那件斗篷，不过已经变成了一个实实在在的人，身边也没有黑气环绕。他的眼睛也不再是跳动的火焰，跟普通人没什么区别。

"你做得很好，"梦魇的声音也很普通，"你是我最忠实的仆人，告诉我，你想要什么。"

Z 怀里抱着食梦狗，看着梦魇的眼睛，说道："我想请你解除我和你签订的灵魂契约。"

梦魇笑了："真是有趣啊，你不打算追随我吗，这个世界早晚都是我的。"

Z 摇了摇头："以后的事以后再说。"

梦魇扭过头去看老巫师："是你让人和他签订灵魂契约的吧，给他解除吧。"

老巫师招来侦探，让他解除了跟 Z 订下的灵魂契约。Z 顿时感到脑海里轻松了很多，像是那根控制他的线被斩断了一样。

"现在，让我们出去征服全世界。"梦魇又发出了沉沉的笑声，隐藏在森林里的所有的眼睛都亮了起来，无数的声音朝这边汇集过来。

"不必这么着急。你才刚刚恢复，我们不宜像以前那样大张旗鼓地做事。据我所知，这个世界上还有很多隐藏起来的魔法师，到时候引起他们的反抗也是不小的麻烦事。你现在刚刚恢复基本的能力，我们不如悄悄行事，等你吞噬足够多的噩梦，恢复到巅峰状态，这个世界自然就是你的了。"老巫师平静地说。

"你有什么办法？"梦魇眯起眼睛。

老巫师招手将侦探叫了过来："离这里最近的一个城市有一个人，一个无比贪婪的人，他很想知道你宝藏的秘密，一直安排人四处探查你，现在还想请你去他那里做客，想跟你谈合作的问题。"

"合作？他也配！"梦魇不屑地冷哼了一声。

侦探单膝跪在梦魇的面前，右手握拳放在胸口行了个礼："尊敬的大人，当然不是合作，我们可以利用他现有的权势，更好地控制那些愚蠢的人类。有时候给他们一些表面上的好处比直接威胁他们更容易、更方便征服他们。最近这段时间我一直在他那里，发现他的手段还不错，让很多的人越来越疯狂，让人在快乐中彻底迷失自己。他们被他玩弄在手掌之中而不自知，反而感谢他，有时候快乐比痛苦更可怕，因为它更虚无。当他们彻底迷失的时候，就再也逃不脱被控制的命运了。"

"你的意思是我以前太粗暴了？"梦魇冷冷地看着侦探，"快乐？我要看到的是他们的痛苦，无穷尽的痛苦。"

"不是的，大人，在绝对的实力面前，任何手段都是多余的，我只是说，我们可以更轻易地控制这些人……"侦探的额上冒出密密麻麻的汗珠。

梦魇冷哼一声，吓得侦探不敢再说话了。梦魇环视着四周说道："任何时候都不要来教我怎么做事！"

"据我所知，那张以前被 R 盗走的椅子也在他那里！"老巫师突然笑眯眯地说了一句。

梦魇顿时愣住了，然后开始笑："好，我就去和他好好合作一把。"

一天之后，梦魇、老巫师、侦探和 Z 以及食梦狗来到了胖子的住所。胖子得到侦探的通知，早早在门口等着了。胖子看到梦魇大人后，一改以往的尊贵形象，满脸献媚："您就是伟大的梦魇大人吧，我真没想到自己有这么大的荣幸能够邀请您前来做客。"他说完之后，就开始不停地喘气。

"你就别在我面前装了。"梦魇冷冷地说了一句。

胖子的脸色有些不悦，但马上又堆满笑容。

一群人走进了大厅。梦魇看到那把椅子，忍不住轻笑了一声。

"大人，请上座，请上座。"胖子把梦魇引到那把椅子前，点头哈腰。

梦魇看着这把椅子，转身要坐下去，突然又站住了："这主人的位置恐怕不是那么好坐的吧！"

胖子的脸上开始有细密的汗珠冒出。他不敢看梦魇的眼睛，低着头说："大人这说的是什么话，只有大人这样的人物才配坐这把椅子啊。自从我听过了大人那些伟大事迹，我就让人用全世界最好的珍宝打造了这把椅子，为的就是等待您今天的到来啊。"

梦魇大笑了起来，胖子的汗珠冒得更多了，却又不敢抬手去擦。"难得你这么有心，那我就不让你失望了。"说完他就坐在了那把椅子上。

胖子往后退了几步，悄悄扭头看了侦探一眼，侦探对他点了点头，这时胖子的心才算安定了一点儿。

"说吧，你想要什么。"梦魇说。

"魔法师大人说，您会让我学点金术，会告诉我您宝藏的秘密，还有……"胖子小心地说。

"还有什么？"梦魇目光一冷。

"我想请梦魇大人把这个钓梦师和那条食梦狗赏赐给我。"胖子不愿意马上使用手中的戒指念动咒语控制已经坐在椅子上的梦魇，他想要再观察一下梦魇的反应，而且他心里总觉得侦探好像还隐瞒了什么。

"你果然是贪婪啊，居然还想得到食梦狗和钓梦师。你不知道他们对我有多重要吗？"梦魇说。

胖子的身体一抖，忍不住想握起拳头把戒指对准那把椅子开始念咒语，但却听到梦魇又说道："可以，我答应你。"

胖子的心顿时一松："我先告诉你我的宝藏的秘密吧。我的宝藏就是这个世界啊！"梦魇终于忍不住抬头狂笑。

胖子意识到不对劲了，急忙念了咒语。

"你对我做了什么……"梦魇停止了笑声，发出恐惧的声音。他的身体不停地挣扎，却无法脱离那把椅子。

胖子开始狂喜，这次轮到他开始狂笑了："就算你是梦魇又怎么样，还不是要被我控……"但是他的声音戛然而止，因为他发现梦魇不再挣扎了，不仅是他，还有那个老巫师和侦探，都在用戏谑的眼神看着他。

"难得看到这么愚蠢好笑的人。你不知道这把椅子本来就是我为自己打造的吗？你没有认真研究下这把椅子吗？这上面刻的可都是我梦魇最引以为傲的事迹。我就给你展示一下点金术吧！"说着梦魇抬起自己的右手指向了胖子。

"啊，不……"胖子的声音还没完全发出来，就已经变成了一座金像。

"你这么胖，变成金子倒是值不少钱啊。"梦魇冷漠地说。紧接着，他的目光一冷，看到了一早就站在大厅一个角落里的胡子先生。"真没想到，你居然敢在我的面前出现。你的勇敢真是愚蠢啊！"说着他也对胡子先生抬起了手。

"等一下。"老巫师赶紧喊道。

"你为什么还要阻止我？"梦魇冷冷地看着他。

"他不会任何的魔法，你已经杀死了R，难道也不放过他吗？"老巫师说。

"哼！既然到了这个地步，我就把话讲明白了，"梦魇目露凶光，继续说道，"你以为我真的相信你和R手下那个哈哈是反目为仇的姐妹吗？你们本来就是一人双魂啊！你以为我不知道你是R故意安排在我身边的？要不是看你对我还有用处，我早就收拾你了。现在，我就送你们一起去见他吧！"说着他把手指对准了老巫师。可是梦魇的身体在这个时候开始剧烈地颤抖。

Z不由自主往后退了一步，但是马上又站住了。他摸了摸怀里的食梦狗，也狠狠地盯着梦魇。

"你想不到，我还没死吧，"驱魔人R的声音在梦魇的身体里响了起来，"你一定也想不到，我早就偷偷改造了这把椅子上的魔法阵。不过现在，我就用自己来做你的镣铐！"

"不，你给我滚出去，我要彻底灭了你。"梦魇怒吼，身上开始冒出无数的黑烟，他把手插进自己的身体里，想要把驱魔人给扯出来。

侦探脸色一变，正要朝梦魇奔跑过去的时候，老巫师举起手中的水晶球念动咒语。侦探站住了，脸色惨白，一只巨大的蝙蝠从他裂开的身体里飞了出来，被吸到那个水晶球里。

"快，把那手杖插进他的身体。"驱魔人 R 的脸在梦魇的身上浮现出来，对着胡子先生所在的方向急忙喊道。

"爸爸，不……"胡子先生的身体也在不停地颤抖，他已经泪流满面，无法移动自己的身体。

"快，我坚持不了多久了。"驱魔人 R 大声喊。

"不……"胡子先生举起手杖，艰难地移动脚步，朝他们走去。这时候老巫师轻轻叹了口气。她走过去夺过胡子先生手中的手杖，迅速地插到了梦魇的身体里。

梦魇的身体在消散，最后变成了一颗红黑相间的宝石，嵌进了椅背里，可黑色明显要比红色更强势一些。

"爸爸……"胡子先生已经失魂落魄了。

"孩子，答应爸爸，离开这里，去过平静的生活。"宝石里发出最后的声音。

老巫师看着胡子先生，摇了摇头，走到 Z 的面前。Z 看着她："你真的是……"

老巫师点点头，然后转了个身，变成了魔术师哈哈。她开口说道："是我特意送你来这里的，你恨我吗？"

Z 摇了摇头。

"只有你能帮我们完成这件事，钓梦人是梦魇最需要也最无法避开的诱惑，但我又不能直接告诉你。孩子，你要面对的事情还有很多，当你感到困惑的时候，需要帮忙的时候，先问问自己，记住，一切都只能靠你自己。"说完，她朝大厅的门外看了一眼，那里有一道不起眼的影子晃了一下。"果然还是没有人能逃脱束缚，即使你逃离了，还是想要回去啊。"说完，她的身体一晃，变成了一道亮眼的白色光芒射向了那块红黑相间的宝石。

"不，你竟然……"声音彻底消失了，红和白两种光芒终于抵挡住了黑色光芒的侵占，那块一直闪闪发光的宝石也慢慢收敛了耀眼的光芒，变成了一块没有生气的宝石。

整个大厅瞬间安静了下来，许久之后，Z 听到了脚步声，是胡子先生正迈步向那把椅子走过去。

Z 对着他的背影开口说话："一切都结束了，我们还是离开这里吧。"

胡子先生拿起那根掉落在椅子上的手杖，轻轻地抚摸了几下，转身坐了下来，对着 Z 笑了笑，然后摇摇头。"你能原谅我吗？"

Z 看着他，点了点头。

胡子先生低下头，看着手杖低声说："爸爸没办法和我永远在一起，但我可以永远和他在一起啊。还好，这个胖子够谨慎，做了不少的机关，不然这椅子在这里被人发现总不是什么好事啊。"

他拿起手杖敲了敲地面，然后转过来插进自己的胸口，他看着 Z 微笑着说："那个梦想剧团，在匹诺曹的监狱里，你快去找吧。"他开始慢慢地变成一尊蜡像，笑容和眼角的一滴泪水也凝固了。

一阵声响，这张椅子连同胡子先生变成的蜡像缓缓地沉到了地下。

Z 抱着食梦狗走出胖子的房子。门外有一辆汽车，站在一旁的司机看到他就跑过来说："你是 Z 吧？胡子先生让我在这里等你，送你去一个地方。"

Z默默地点了点头，上了车。

像是时光倒流，车经过了胡子先生的地下室——他们相遇的那条小巷，那座废弃的建筑。今天是新一届的超级大明星总决赛的日子，Z也曾经站在那广场舞台上接受人们狂热的欢呼和尖叫，现在这一切对他来说，像是刚从一场噩梦中醒来。他不敢去看那些闪闪发光的广告牌。他躲在昏暗的车里，感觉广告牌上的每一个人都是他，他恨不得能快一点儿离开这座彻夜通明的城市，逃离这座让人逐渐沉溺的虚幻之地。

经过大广场的时候，车只能像一只蜗牛慢慢向前移动，浪潮一样的尖叫声不停地向车窗里灌去。Z痛苦地捂住了自己的耳朵，原本他迷恋的一切如今让他感到窒息。他想到侦探跟梦魇说的话："有时候快乐比痛苦更可怕，因为它更虚无。"

车被卡在马路中间再也无法动弹，新一届的超级大明星产生了。外面狂热的呼喊声越来越大，人们越来越兴奋，开始拍打路上的车辆，向车里的人炫耀他们手中的牌子。Z看到他们张大嘴巴歇斯底里地说着话，脑中异常混乱。他想起自己当时成为超级大明星的时候，看到他们为自己疯狂地欢呼呐喊时心里的骄傲和满足感。他突然感觉到害怕。Z紧紧地抱住食梦狗，把脸埋了下去。

狂欢一直在持续，城市上空烟火璀璨，随之而来的烟雾笼罩了一切，车窗外什么也看不见了，只听得到嘈杂的声响。司机把车熄了火，随手放起了音乐。他们默默地坐在车里，等着人群散去。

"这是我最喜欢的歌。"司机突然说了一句话。

Z抬起头从后视镜里看到司机的半张脸，他又说话了："他是上一届的超级大明星，不过我只喜欢听他前面几场比赛时唱的歌。"

Z没有回应他的话，他小心地、认真地听着歌。渐渐地，他看到了斑马7号梦里那些消失又出现的台阶，想起了魔术师哈哈和自己说的那个大象跟百灵鸟的故事。他的手不自觉地开始轻轻抚摸食梦狗，想起自己以前只唱歌给它听的日子。他把脸贴在食梦狗的脑袋上，在它的耳边轻声说着："对不起，原谅我，好吗？"

伴随着他的抚摸和道歉，食梦狗原本冰冷的身体慢慢有了温度。

"你就是Z吧？"

"不，我不是那个Z，"Z说，他又在心里说了一句，"我不是你们认识的Z，不过那已经不重要了，我是要带食梦狗去找到梦想木偶剧团的Z。"

"那你是谁？"

Z保持沉默，幸好司机也没有再问。这个时候已经是凌晨了，终于能看到车外的场景，人群终于都散去了，留下遍地狼藉。

司机把车发动了起来。

"再见，魔术师哈哈。再见，驱魔人R。"Z没有再去看这座城市一眼，只是在心里默默告别，他犹豫了一下，"再见，胡子先生。"

21. 爱撒谎的木偶

Z抱着食梦狗睡了过去。他太疲惫了，睡得很沉很沉，完全没有知觉。等他醒来的时候司机说已经到达了目的地，这并非某个具体的地点，而是另一座城市的入口处。等Z下车之后，司机没有做任何的交代就直接开车离开了。

Z抱着食梦狗走进了这座新的城市，走着走着，他突然在心中产生了这样一个疑问："这是我到达的第几座城市？"

在这样一个问题产生之后，他开始无法遏制地问自己更多的问题，比如，上一个拐角处他看到了什么？之前路过的那个男人到底有没有戴帽子？他怀疑自己是不是得了健忘症，他是真的记不起很多事情了，他拼命想要回想自己所忘记的，可越是努力去想，他就忘记得更多。"忘记"就像是一只会设陷阱的狐狸，它不时会抛出一些从你那里偷走的"记忆碎片"当作诱饵，让你上当，然后从你那里偷走更多。

Z的头脑一直晕乎乎的，似乎还没完全从在车上的那场睡眠中清醒过来。他在一个路口处站了好一会儿，皱着眉头想自己为什么会来到这里，可是那些记忆再也没有苏醒的迹象。他只记得自己是一个钓梦师，怀里的狗是一条食梦狗，是他害得它成了现在这样。他记得关于梦魇的一切，记得一个模糊的白色影子以及"监狱"和"梦想"四个字。他想不清楚它们代表的是什么，这让他很痛苦，随后他决定逃避这种痛苦，开始控制自己不去想，试图用行走来让自己不去回忆。

"我们能记得的叫回忆，那失去的呢，是不是叫时间？"

"想要寻找的东西，总是寻找不到。"

要是实在忍不住要问自己一些和回忆有关的问题，他给自己设定了一个唯一的答案：梦想。

这座城市有些历史了。相比他们之前走过的那些城镇，这里每栋房子间的道路更加曲折一点儿。风吹过那些小巷子，发出"呜呜"的声音。整个城市是依着一个大山坡建起来的。Z 抱着食梦狗慢慢地走着，他喜欢这里，感觉整座城市的空气里都弥漫着一股亲切的气息。

这里该是这个城市的中心广场了，广场上有很多人围在一起，Z 感觉那里好像有什么东西召唤着他。他顺着这个召唤从人缝中钻到前面去，这对他来说一点儿难度都没有，再小的缝他都钻得过去。

原来，里面有人正表演着提线木偶剧。瞬间，他为数不多的记忆里又多了关于自己是个提线木偶师的事。Z 饶有兴趣地看着正在表演的提线木偶剧，他都忘记自己已经有多少年没有好好看过提线木偶的表演了。

透过那块遮挡着的布幕，他能看得出来，幕后表演者是一个女的。

身边的人都看得津津有味。

"这真是我见过的最好看的木偶。"Z 忍不住在心里赞叹道。

他开始认真地看着正在进行的表演。渐渐地，他看入了迷，连怀里的食梦狗也慢慢地睁开了眼睛。

Z 站着，打量着四周，他不敢确定这是不是他第一次到达的城市。他甚至突然对自己"已经去过很多城市"这个念头感到怀疑，无法确定自己是否真的去过那些城市，或是那些城市只是存在于他的梦中、他的幻想中。

这个城市建在一座连绵的山脉上。从远处看过去好像就是普通的高山，走近了才发现，原来那些悬崖峭壁都是一栋栋摩天大楼。城市的主干道由山脚处曲折旋转直抵山顶，像是一座巨大的旋转楼梯。

路口绿灯亮的时候，Z却回过头去，很多人从他身边匆匆忙忙地挤了过去。他之所以要回头是因为觉得背后不妥，感觉好像有一个幽灵一直在偷窥他。

他的背后是一家童装店，处于街道的拐角，有一个两面成直角的玻璃橱窗。橱窗里摆着一个模特，她穿着粉红色的裙子、白袜子、黑色小皮鞋，头发是卷着的，眼睛很大，眼睫毛特别长，看上去像个芭比娃娃。

"这真是我见过的最好看的木偶。"Z在心里赞叹。

这个时候，她的眼睫毛轻轻动了一下，又动了一下。

Z被吓了一跳，他原本以为她只是一个惟妙惟肖的木偶模特，所以才会靠这么近打量她，没想到她居然是一个真人。

她好像已经习惯了Z这种一直盯着她看又一下被吓得退缩的目光。她换了个姿势，在橱窗的花架秋千上坐了下来，她是那么轻盈以至于秋千没有任何的动荡。她双手轻轻抓着秋千两边的绳索，头依然是微微抬着的，没有看Z。

Z顺着她的目光转过身去，看到绿灯变成黄灯，再变成红灯。再往上看，最高处是一个钟塔，时间是下午四点十五分。

Z再回过头去看着她，眉头皱了起来，脑袋里嗡嗡作响。他觉得这个女孩子特别熟悉，却根本回想不起来。他把屁股靠在街口处的红色消防栓上，抱着食梦狗认真地看着她。她每过十五分钟换一个姿势，但是她的头都是微微抬起的，从不正视 Z 一眼。

钟声敲响五下的时候，她从橱窗里走了下来，提起放在收银台后的一个小包，然后走到更衣室里。

女老板一边和她说话一边朝 Z 这边看了几眼，她笑了一下，然后朝门口走来。她用双手推开那个玻璃门，力气小得好似童话里的小女孩。

她微微抬着头，背对着 Z，径直走了。Z 慌手慌脚地追了上去。

紧追几步之后，在离她十米之外的地方 Z 放慢了脚步，不紧不慢地跟着她。他们的脚步声逐渐地变成了一种节拍。

如此走过几条街巷，她快 Z 也快，她停 Z 也停。

太阳已经慢慢地落到大街的那一头去了，下班的时间到了，人流如潮水般涌了出来。Z 努力地伸长脖子确定她的位置，怕一不小心就跟丢了她。

她走上斑马线的时候，黄灯亮起，Z 只好站住了，眼睁睁看着她被人流和车辆淹没。

绿灯亮起，Z 赶紧走上斑马线，但是他又马上放慢了脚步，因为在晃动的人群当中他又发现了她，她就站在对面，踮起脚尖伸长了脖子朝他这边张望。

她说 Z 真是一个怪叔叔，这么大了怀里还抱着一只玩具狗，让她开始对他产生好奇。

"你不像个坏人，"她说，"如果你请我吃冰沙的话。"

"你真像一只鸵鸟。"Z 在冰店里这么说她的时候，她正低着头吃她的草莓沙冰，那姿势好像恨不得把自己的脑袋埋进去一般。

她终于吃饱了，这个时候，她才正视着 Z。

"你为什么要跟踪我？"

"我只是想向你打听一个东西。"

"什么东西？"

"梦想。" Z 小心翼翼地说。

"梦想？"她也小心翼翼地回问。

"我看到你的时候以为你会知道。"

她耸了耸肩膀，摊开她的双手。

一起走出冰店之后，Z 和她说再见。他们面对面站着，她还是微微抬着头，Z 忍不住伸出一只手去摸了摸她的头发："真是个小丫头。"她笑了起来，她说："你知道吗，刚才那个老板娘问我，你是不是我的爸爸，刚从监狱里出来的爸爸。"

Z 笑了一下，然后说："嗯，再见，真高兴遇见你，我的乖女儿。"

Z 转身走了，一边走一边还在想刚才怎么和她打招呼，怎么和她一起走进那家冰店，怎么坐在那里认真地看她吃草莓沙冰。

"真是我见过的最好看的木偶。" Z 不由自主地哼起歌来，在遇见这个小女孩之后他心里多了一些快乐的感觉。这个时候，食梦狗的耳朵微微动了动。

街灯一盏一盏地亮了起来。Z 这才意识到自己正处于一个陌生的城市之中，而他还没找到暂时的安身之所。这座山城海拔很高，到处都是电线杆，有各种各样的鸟飞过屋顶。不管他站在哪一个屋顶上都好像站在平地上一样，不管他站在哪一块平地上又都好像站在屋顶上一样，这让他产生了空间错乱的感觉。

Z 听到钟声敲了八下。顺着声音，Z 走到街角处，又看到了那个钟楼。他站住了，静静地抬头看着那个大时钟，而身后一直跟着的脚步也消失了。Z轻轻地闭上眼睛，嘴角微微翘起，他能感觉到小女孩在被他跟踪时的那种心情。他在心里想，她应该就在他背后，又或者是在很遥远的地方，望着他。

Z睁开眼睛转过身去，却发现她不知道什么时候已经悄然走到了他的身后。她的呼吸落在他的背上，像一阵清风吹拂过一棵孤独的树。

她说："我都叫你爸爸了，你怎么能抛弃我呢？我和你一起去找梦想好不好？"

她说："爸爸，妈妈给我起了名字，叫樱儿。"

这个晚上Z和她一起住在钟楼的顶层——那个大钟的背后。爬上钟楼的时候，她小心翼翼地跟在他的后头，拉着他的衣角，紧张的样子如同在探险。

估计是为了让自己不把注意力放在害怕上，她总是不停地提问。

"你为什么要寻找梦想？

"我们为什么要住这里？

"为什么你要一直抱着你的玩具狗？"

……

被她一问，Z脑袋里的那些记忆碎片更加混乱了。他跟她说："你再问为什么，我就不让你跟着我了。"

她吐了吐舌头，不再说话。

正点时的钟声让他们无法入眠，他们干脆从钟楼的一个洞口钻了出去，沿着狭窄的台子走到大钟的前面，坐了下来。

她把Z怀里的食梦狗抢了过去，放在自己的怀里轻轻抚摸着。两个人一起看着这个城市。Z发现他有点喜欢上这个城市了，海拔高，天上的星星和城市里的灯火混在了一起。

什么也不用去想的感觉真好，就这样静静地坐着。Z在心里想。

樱儿给他介绍能看到的每一个角落。她说那个灯火通明，还有探照灯来回晃动的地方是监狱。

"爸爸就住在里面。"她说，"还有很多人都住在那里面。"

她指着最高的山头上的摩天轮说："那里是这个城市的最高点，明天我们就去那里好不好？或许我们能从上面看到要找的梦想。"

她说着说着就睡着了，从Z的胳膊上倒到他的大腿上睡着了。

Z狠狠地打了个喷嚏。

樱儿在用她的头发拨弄他的鼻孔。她笑嘻嘻地说："你不是要去寻找你的梦想吗？我们该出发啦。"

他们昨天晚上居然在大钟前睡着了。Z低头看了一下，吓了一跳，这么高，要是昨天晚上做个梦翻个身，就该摔个粉身碎骨了。

清晨的阳光照在钟楼上，快六点了，他们刚好隐藏在分针下的阴影里。几只鸽子停在楼顶上"咕噜咕噜"地叫着，低头看着他们。

爬下钟楼后，他们用城市广场的喷泉洗了把脸，然后朝摩天轮的方向前进。

他们转了好几趟汽车才在小山的山脚下停了下来。从这个角度看过去，摩天轮就在下一个拐角处。一路上很少看到步行的人，路旁有很多的油菜花和废弃的工厂及民居。

在拐了几个弯之后，Z郁闷地发现，那个摩天轮似乎离他们越来越遥远了。樱儿在一栋灰色的建筑前停下来。

是监狱。Z想起她昨天说过，她的爸爸就住在里面。看到她现在的表情，才确定她并没有骗他。

Z 问她："要不要进去看看他？"

她摇了摇头，然后拉过 Z 的手，离开了那个地方。

她说："我印象里的爸爸就是你这种模样。我喜欢这种模样。"

Z 问她："你从来没去看过他吗？"

她摇了摇头说，"没有。"

"你有多久没看到他了？"

"从我出生到现在刚好是八年，他是无期徒刑。"

很久的一段时间里，他们都没有再说话。

他们终于到达了游乐园的门口，排了半个多小时的队，才买到了票。摩天轮慢慢升起，樱儿很兴奋。"和我想象中的一样好玩。"樱儿说。她有时把双手做成喇叭形状放在嘴边大声叫喊，有时张开双臂做出飞翔和拥抱的动作。

Z 鸟瞰着这座山城，很美很大，大到很难从这里找到"梦想"。

一整个下午，他们都在排队买票坐摩天轮。

樱儿似乎要把一辈子要坐的摩天轮一下子坐完一样。她张望最多的方向就是那座监狱。

这个晚上，他们偷偷留住在摩天轮里。樱儿累了，她蜷曲着身体，坐在座位上睡着了。她把自己的头埋在左手的臂弯里，像是一只鸟把头埋进自己幼小的翅膀里。

新的一天，樱儿带 Z 去了动物园。

樱儿很熟悉这个动物园，就好像是她的家一样。她叫得出所有动物的名字。不少的动物对她也很友好，而且越上年纪的动物对她的感情越好。Z 总是在一旁安静地看着她和它们说话，那神情如同他遇见过的其他的小女孩对着她们的布偶。

逛遍了整个动物园，吃了好几支冰激凌后，她很抱歉地跟Z说："我问了这里所有的动物，它们都不知道梦想到底是什么，但它们说，这么想让你去寻找的东西，一定是很快乐的东西。"

樱儿决定请Z去动物园旁边的马戏团看演出。"那里可能有你要找的梦想，因为那里的人都很快乐。"她说。

说是请Z，其实是拉着Z从大布帐篷的一个小破洞偷偷地爬进去。到了马戏团后，Z心里一阵恍惚，这种恍惚让他很激动，又很不安。他很想留下来好好去回想为什么会有这样的感觉。

正在表演的是飞刀射活人的节目。为了提高节目的观赏性，女飞刀手邀请观众上去当活靶配合表演。恰好Z被选中。所有人都给Z鼓掌。Z不好意思拒绝，就把食梦狗交给樱儿，然后走了上去。他的手脚都被小心地锁在转盘上，不能动弹。转盘开始转动，女飞刀手很认真地看着Z，然后蒙上了自己的眼睛。她举起飞刀开始向Z瞄准，Z紧张地闭上了眼睛。在这个时刻，他突然看到马戏团里所有的演员都在他的脑海里一闪而过，他想要挣扎，却发现自己被绑得死死的。

只听见"啪啪啪"几声之后，观众发出了惊叫，Z感觉膝盖旁边冷飕飕的，张开眼睛一看，一把飞刀就插在他裤子的破洞上，紧贴着他的肌肤。

等他走下转盘后，发现自己的腿有些软，但是观众却发出了热烈的掌声。Z只好强装笑颜，虽然心里多少有些愤怒。

Z跟着退席的观众一起往外走。他把气都撒在樱儿的身上，板着脸不理她。

樱儿半跑着跟在后面："我看过很多次她的表演了，从来没出过错。"

樱儿说："她喜欢我爸爸喜欢了很多年，我妈妈跟我说，有很多很多人都喜欢我爸爸。"

Z认真地看着她，就像刚才那个女飞刀手认真地看着他。Z在想樱儿会不会也想向他投掷飞刀，看不见的飞刀，不会对身体造成伤害却再也拔不出来的飞刀。

樱儿说："你看，你多像我的爸爸。她才会选中你。当时她第一次上场表演，爸爸自告奋勇当靶子，她就在那时候爱上我爸爸了。"

Z停下来说："算了，我不怪你，不过我真的不能陪你一起玩了，我要去寻找梦想。"

"你对这个城市不熟，还是我陪你去吧。"她说。

"你一直在说谎。"Z说。

22. 樱儿的梦想

樱儿咬着下嘴唇，大眼睛里含着泪花。"我只希望你陪我玩几天，我太孤独了，就玩几天好吗，几天后我就会自动消失的，"她咬着下嘴唇，低着头轻声说，"这是我的梦想。"

Z看着她可怜兮兮的样子，实在不忍心拒绝。"好吧，我再陪你玩三天，就三天，"说完他看了看樱儿，不希望她太失望，"我的小狗生病了，我得去好好给它治病了。"

"嗯，就三天。"樱儿踮起脚尖摸了摸Z怀里的食梦狗，它的眼皮眨了眨。

这一天，樱儿让Z陪她去一座小城堡，说是以前妈妈经常带她去那里玩。

"你妈妈呢？"Z问。

"妈妈说她要去找我的哥哥，很快就会回来找我们了。"樱儿的眼神有点黯然，"她已经离开我们六年了。"

"对不起。"Z想问"我们"是谁，又觉得这个时候不合适问。

"没关系，"樱儿摇摇头，"我们去小城堡吧，我一个人都不敢去，我总觉得所有人都好陌生。不知道为什么，第一眼看到你的时候，我就感觉很亲切，你是一个好人。"

汽车绕了几圈山路之后停了下来，接下来的路需要他们自己来行走了。山坡特别陡，樱儿爬了一会儿之后就说自己爬不动了，要Z背她，她蹲在地上不肯起来。"如果我有她这么一个女儿，肯定拿她没办法。"Z这么想。Z蹲下身子，左手抱着食梦狗，让她跳上他的背。她真是轻盈。她的头靠着Z的后脑勺，双手环着Z的脖子，屁股落在Z的右臂上。Z像个小老头那样，弯着腰慢慢往上走。她倒是开心，有时朝Z的耳朵边吹风，有时还唱着歌。

到了一片草地，她从Z的背上跳了下来。Z仰面呈"大"字躺着，食梦狗压在他的胸口。

太阳很晃眼，Z眯着眼睛，先是看到了迷幻的光环，然后又感觉到自己的心跳开始迟缓下来，记忆里的那个白色身影又清晰了一点儿。

Z就这样迷迷糊糊地睡了过去。

等他醒来的时候，樱儿正趴在地上，双手托着下巴看着他。Z想起以前有一个跟她长得很像的女孩也曾这样看着他。

"我说，你睡够了没有？你再不起来，天就黑了。"樱儿对着他说道。

在太阳快下山的时候，他们终于来到了传说中的小城堡门口。

一片落魄荒凉景象。

石头门是歪着的，门牌上长满了青苔，几乎看不到路，玻璃窗碎了好几扇。院子里长满了杂草，正中间的那个水池早已经干枯。水池的中间有个很大的青石底座，不过上面的雕塑已经不见了。樱儿眯起眼睛看着那个青石底座跟Z说："你看见了吗？"

"看见什么？"Z问她。

"大象。"她说，"那里原本应该是一只大象。"

"那里什么也没有。" Z 说。

"可能，它也离开了；可能，它现在正在找它的百灵鸟。"樱儿说。

Z 低下头看她，想要说什么，却又不知道如何开口。她轻轻地在他的脑袋上拍了一下，有个被他忘记的某个东西闪烁了一下，又消失了。

樱儿越过那个水池，朝那座房子走去。"那么，你从哪里来的呢？"她边走边说。

房子是用石头建的，内部全部是木头结构。因为年久失修的缘故，房子的一切都很脆弱，只有像樱儿这样轻盈的人在上面行走才不会有声响。"樱儿就像是一个影子。"有时候 Z 这样想。他怀疑自己是不是正在自己的梦中，她是他的幻想，是他的某种记忆，或是他心中的某种念想。

但是她确实就存在于他的身边。他们在一个像书房一样的房间里看到了一张油画，画面上早已布满了蜘蛛网。

是一只戴着皇冠的大象，端坐在一把椅子上，手里拿着一把嵌着宝石的手杖。他的身边是一只百灵鸟，一只正在它身边歌唱的百灵鸟。

Z 久久地看着这张画，一直存在他脑海里的关于梦魇的记忆正在慢慢地变得稀薄，他不再那么恐惧了。

他看着身边的樱儿。她微微抬着头看着他，眼神清澈，像是一只百灵鸟。

他们逗留一阵后离开了那个小城堡。走到路口回头看的时候，他们看到夕阳透过高大的乔木照在小城堡上，十分安宁。

仿佛从来没有人进去过一般。

Z 和樱儿坐在汽车的后排。

汽车沿着蜿蜒的山路向下行驶，落叶飘零，铺陈在前方路上。汽车不大，窗户开着，凉爽的风拂面而来。车窗上的玻璃在风中发出清脆的声响。

汽车在一个拐弯处停了下来，路边有小小站牌，铁锈斑驳。

有一个女人左右手各牵着一个孩子上了车，一男一女，都只有两三岁的样子。两个孩子坐在 Z 前排的同一个座位上。他们采了很多的三叶草，一人拿了一朵，把草梗剥成长长细细的一条线，连着三叶草的瓣，放在车窗外随风旋转。

他们趴在窗口，小小的脑袋挤在一起。他们笑得很开心，如同挂在窗口的两盏小风铃。一盏是贝壳的，一盏是玻璃的。三叶草开始纠缠在一起，他们笑得更开心了，像是两盏小风铃在风中互相撞击着，纠缠着。

Z 看着看着就忍不住笑了。他转头看看樱儿，她也在看着他笑。

"给我唱支歌吧。"樱儿说。

Z 开始唱歌，小孩子们停止了笑声，很安静地看着 Z。他们手中的三叶草轻轻地抖了一下，然后就飞走了。

Z 和樱儿回头去看，看到它们旋转着，飞过飘零的树叶，飞过树林的阴影，飞向来时的路，往山谷里飘荡着坠落。

车子在一个小镇上停了下来。

樱儿带 Z 走向田野中一栋房子的楼梯。楼梯很陡，走上去后发现还有几个分岔口。她在楼梯右边的一个绿色小门前停了下来，顶上有一盏昏黄的小灯。樱儿从自己的领口里掏出挂在脖子上的一把钥匙。在她要开门的时候，头上的灯突然灭了。他们一起抬头去看的时候，灯又亮了起来。

房子应该很多年没住过人了。所有的家具都落满了灰尘。

樱儿告诉 Z，这是她出生的地方。

Z 看着这个房间，脑袋里像是有一个接触不良的灯泡，亮起来又暗掉，再亮起来，再暗掉。

他们在这个房间里住了下来。当天晚上，等樱儿睡着了，Z 离开这个房间，想去给食梦狗钓一些梦回来，却发现这附近没有任何人。

他回来看着睡得甜美的樱儿，知道她肯定在做着不错的梦，可是他不忍心去钓她的梦，他怕自己会吓着她。

第二天，他们依旧在这里待着。白天，他们一起在小镇外那条宽广的马路上走着。晚上樱儿对 Z 说："这是最后一个晚上了，你给我说个晚安故事吧。"

Z 努力回想自己看过的故事，可依然想不起来。他只好在她的耳朵边轻轻地说着话："这个城市有很大、很高的房子，有很长很长的隧道。这里有宽敞的新建的大马路，在雨天或者阴天的时候，马路边的建筑显得特别的低沉陌生，但却很安静。

"马路边有起起落落的小麻雀。它们飞着，但可能不知道要飞向哪里。就好像我们不知道要走到哪里一样。

"外面的世界很嘈杂，但这一切都与我们无关。明天肯定会到来，我们不知道要走向何方，但是我们依然会继续走下去。我去找我的梦想，你等待你的爸爸妈妈回来找你。

"……"

虽然 Z 不知道自己在说些什么，但樱儿却听得十分认真。

最后的一天，Z 推出房子里的一辆单车，载着樱儿，骑上了那条空旷的马路。他想起了那个马戏团，他就是在那里学会了骑单车，教会他的人正是那个小丑喜欢的舞女。

"不知道他们现在怎么样了。"Z为自己当初没有为他们做过什么而感到遗憾。他开始发现，自己从未真正关心过别人。

他慢慢地骑着。路上，樱儿还采了小黄花夹在Z的耳朵上。

天空开始下起了小雨，路上已经没有了行人和车辆。他们骑到两个山包中间的时候，水泥路断掉了。Z把车子停在水泥路的断口上，两个人在那边大声地叫着，满山谷里都是他们俩的回音。

他们骑到了一个有红绿灯的十字路口。

黄灯的时候，Z说："我要离开这里了，我要去寻找我的梦想。"

她说："找到之后你打算做什么？"

绿灯亮了。

Z却停在那里，想着她说的话。

樱儿却突然不见了。

她站在这宽阔的马路上，看到这马路旋转着向下而去。她好像是坐在旋转滑梯上，回头看了Z一眼，然后放开双手消失了。

Z去了和樱儿第一次去的冰店。他看到墙壁上的一张纸条，上面画着一只大象和一只百灵鸟。

纸条上写着：

你要去找你的梦想，而和你在一起开心地生活几天就是我的梦想。

离开这座城市之前，Z回头往那个监狱的方向看了看。

樱儿真的一下子就消失了，好像她从来没有真实存在过。

这个时候，Z怀里的食梦狗动了动，它睁开了眼睛，和Z静静地对视着。

"这几天我很开心，我遇见一个小女孩，她叫作樱儿，要是你看到她，我想你也一定会喜欢她的。" Z 对食梦狗说。

"汪。"食梦狗叫了一声。

"你的意思是，让我去找到她？" Z 问食梦狗。

"汪。"食梦狗又叫了一声。

Z 爬上钟楼，绕着大钟外围的小平台走了一圈。没有樱儿在身边，Z 突然感觉很害怕，好像一个走钢丝的小丑，那些飞翔的小鸟随时都能把他叼走。他想，如果时钟可以倒着走，这样，樱儿就会慢慢出现在他倒流的时间里。

可惜，这不是一座幻想之城。

他又去了那个巨大的摩天轮，绕了一圈又一圈。

他去了那个小城堡，小城堡依旧荒芜凄凉，只是那张挂在墙上的油画已经不见了。

他还去了那个小马戏团，去向那个女飞刀手打听樱儿，可是她和他说，她不认识一个叫樱儿的女孩。

她再次邀请 Z 上台配合她的飞刀表演。他看着飞来的飞刀就好像看到樱儿用一把把无形的飞刀扎进他的身体一样。

最后，他想，他能去的就是那座监狱了。他并不期待能在那里找到樱儿，他只是想，在离开之前，要是能帮樱儿了却一个心愿也好。他也想看看樱儿说的她那个长得跟他很像的爸爸。

Z 在监狱外面徘徊了很久，他不知道樱儿的爸爸叫什么名字，他不能进去跟警卫说："我来看一个跟我长得一样的囚犯。"

不过，再没有比这更好的办法了。

监狱大门紧闭，但没有警卫。Z绕着这座监狱的围墙走了一圈，发现一个虚掩着的小门。Z推开走进那座监狱，里面却空荡荡的，什么也没有。

一座空荡荡的监狱，比那座小城堡还像城堡。他穿过一条条悠长迂回的走廊，像是迷宫一样。每一个牢房的门都关着，可是里面一个人也没有。

不知道走了多久，他突然听到了一个声音。

也许是因为回声的缘故，这个声音如同从每一个牢房里发出的一样。Z站住了，不知道发出声音的人在哪里。

"喂，我在这里。"这次发出声音的人拍打着一个牢房的门，Z这才发现了他。

Z从那个门上的小窗口往里望去。那个人往后退，坐在床上，身上穿的条纹囚服已经分不清黑色和白色了，头发和胡子都长在了一起。

"你叫我？"Z问他。

"这里难道还有其他人？"他说。

Z回头看了一下四周，答道："没有。"

"你放我出来吧。"他说。

Z摇了摇头："不行，我没有这个权力。"

"我给你这个权力。"他说。

Z还是摇头。

"你不要害怕，其实我是这里的监狱长，是那些囚犯跑了，把我关在这里了。这里一个人都没有，你不觉得奇怪吗？"他说。

Z犹豫了一会儿，点了点头。"确实很奇怪，"然后他又说，"可是就算囚犯都跑了，也该有人来救你，放你出去啊。"

"没有人知道这里发生了什么，"他说，"这里已经被人遗忘了。那些囚犯并没有跑出去，而是跑到另外一座城里去了。"

"另外一座城？"Z问。

"这个说来话长。你还是先放我出来吧，这样说话很难受，"他说，"你来这里肯定是要找某个人吧，你可不像是观光客。"

Z犹豫了很久，最后还是按照他所说的，找到了钥匙，把他放了出来。

他问Z到这座监狱的目的，Z说是为了来见一个人，可是他不知道那个人叫什么名字，他只知道那个人长得跟他很像。

他认真地看着Z，说道："在我的记忆里，好像是有一个跟你长得很像的人曾经被关在这里。"

"不过，"他指了指这座空荡荡的监狱，"你看，这里现在没有其他人了。他们都去了另一座城市。"

"哪一座城市？"Z问。他还没想好自己下一个准备去的城市。

"那个城市没有名字，也不好抵达。"他说。

Z更加好奇了。

"那座城市就在这座城市的下面，这座监狱就是进出口。"他说。

"我可以去那里吗？"

"谁都可以去。但不是谁都去得了。"他说。

"为什么？"Z问。

"我也说不上来。"他说，"我知道很多人去了那里，可是，只有一个人回来过。"

樱儿。不知道为什么，Z突然想到了她。"是不是一个小女孩，一个像是骄傲的鸵鸟的小女孩？"Z问他。

　　"小女孩？"他摇了摇头，"我不知道，我并没有真正见到过那个人。你要知道，在黑暗中待了太久，我基本已经瞎了。但我知道有一个人去了那座城市，又回来了。"说着他突然激烈地咳嗽了起来，"今天话说太多了，晚上你可以住在这里，随便挑一间，你也可以好好想一想，到时候再告诉我，你去还是不去。"

　　但是他还是又问了 Z 一句："你为什么觉得会是一个小女孩？"

　　"其实，我在找这个小女孩，她说她的爸爸就关在这座监狱里，就是我刚才跟你打听的那个人。"

　　他点了点头，不再说话。

23. 匹诺曹的监狱

Z 不知道自己已经在这座监狱里待了多久。

在这段时间里，Z 和这个监狱长一直待在一起，也知道了他的一个名字——匹诺曹。

他说这是原来那些囚犯给他起的外号，但是他很喜欢。

他跟 Z 说，要进入那座城市，需要等待一个时机。但是他说那个时机并不能确定，可能是很久，也可能很快就到了。他说这个时机到来的时候，Z 就能清晰地感觉到。Z 现在需要做的事情就是静静地等待，知道自己真正唯一在等待的是什么。"唯一的等待"是进入那座城市的钥匙。他怕 Z 不明白，还特意跟他说："就好像这里的囚犯为什么会逃离这里进入那座城，是因为有一次我不小心透露了这个地下城的秘密，而他们都明白了各自'唯一的等待'，有的囚犯唯一的等待是出狱，有的囚犯唯一的等待是死亡，有的囚犯唯一的等待是他生命中最爱的那个人能够来看他一次。"

接着，他说："首先，你应该忘记'行走'这件事。行走是等待的对立面，你只有放弃了行走，才会发现等待的存在。"

"行走是寻找但也是逃避，行走是自由但也是被放逐。你要忘记行走，你必须成为这座监狱里真正的一名囚犯，只有囚犯最接近等待，真正意义上的等待。"

　　"我如何成为一名囚犯？"Z问他，不知道为什么，当匹诺曹说Z必须成为一名囚犯的时候，他的内心竟有一种莫名的期待，就好像"成为囚犯"这件事情是他行走的路上必定要经过的一个路口一样。

　　"承认自己的罪。"他看着Z说。

　　Z陷入了长久的沉默，然后问他："你有罪吗？"

　　"我也有罪，"匹诺曹说，"所以，我是这里的看守，也是这里的囚犯。"

　　Z再次陷入长久的沉默。

　　"有的人被爱囚禁，有的人被恨囚禁，有的人被疾病囚禁，有的人被孤独囚禁，有的人被欲望囚禁，有的人被记忆囚禁，有的人被未来囚禁。"匹诺曹说。

　　"我被寻找囚禁。"Z说。

　　这次轮到匹诺曹沉默。他好像不是沉默，他只是看着Z。

　　"我是我的看守，也是我的囚犯。"Z抬头看他。

　　他点了点头。"我相信，你很快就会找到那把钥匙。现在，你愿意像一个真正的囚犯那样，被关在牢房里慢慢等待吗？"

　　Z把自己和食梦狗一起关进一间牢房。匹诺曹说他会每天送来食物，他还递给Z一个本子，让他把自己能想起的一些东西记录在上面。

　　Z从未写得那么认真小心，或者这跟他本身就存在不多的记忆有关。但他却发现一件让他不安的事情，当他写下一个字的时候，和那个字相关的记忆就在他的脑海里消失了。

　　为此，当匹诺曹送食物给Z的时候，Z问了他，他说这是一本"遗忘之书"："但凡被你说出的就是你将要遗忘的。"

"你将用遗忘来获得唯一的等待。"这是匹诺曹最后和 Z 说的话。

Z 不知道自己写了多少个字,忘记了多少记忆。他突然觉得自己已经迷恋上"主动遗忘"这件事,在他之前的行走和寻找中,因为害怕"被动遗忘"而去回避记忆,他从未像现在这样,进入自己的内心,去认真地看一看自己还记得多少东西,就好像是,他吹出一个个美丽的泡泡,然后亲手点破它们。

就像是在雕刻一块石头,把多余的部分一点点去掉,最后会呈现出他内心真正想要雕刻出来的东西。

樱儿。他不停地写着那些字的时候,内心里一直在反复念着这个词:樱儿。但他无法将这两个字写出来。

Z 感觉到累了,趴在那个本子上睡着了。

Z 做了一个梦。

在梦中,他站在一座向下而去的旋转楼梯的入口处。他迈出脚步,一直向下走去,开始的时候,他还能看到一些光亮。这些光亮是在他脑袋中存在的"记忆碎片"。他无法不知道自己走了多久,只知道那些光亮在慢慢地熄灭。

后来,那片"梦想"的光亮也消失了,在他面前只剩下最后的一片光亮——樱儿。

他不再试图去看清自己所处的环境,他把所有的注意力都集中在了"樱儿"这片光亮上。他原本是沿着旋转楼梯一直向下而走,现在却是向上而走了。

等他意识到这种情况的时候,他已经站在了一个出口处。那片"樱儿"的光亮慢慢地飞进了 Z 的脑海。

这里就是那座地下之城的入口处了吧。他想。

Z所站立的地方前有一座大门，门顶上挂着一块巨大无比的招牌，上面用无数的亮晶晶的小灯泡组合成闪闪发亮的"梦想"二字。

Z知道自己正要踏入不知道尽头在何处的黑暗中。

在这条通道里，他看不到任何东西，但是他依然没有任何疑虑地放心前行，仿佛有人在前面等着他一样。而那个人正是他想要见到的人。

不知道在这种黑暗中行走了多久，Z开始感觉有一阵风迎面吹来，之后他听到了像树叶一样沙沙作响的声音。Z听到了一阵飘忽不定的歌声，像是隐藏在树叶背后发出的声音。

Z看见了光斑，越来越大。他想弯身去触摸那些光斑的时候，有一扇很厚实但却又感觉毫无分量的大门慢慢地在他的面前打开了。

一道紫色的光线慢慢变大，覆盖了那点亮晶晶的光，覆盖了Z的整个身子。

他已经站在了门的里面。

紫色的光已经消失了，取而代之的是插在四周墙壁上的火把舞动着的火光。

正对着Z的，是一个很大的舞台。舞台的中间有一个女孩子正在唱歌，除了她之外，便再没有其他的东西了，甚至连个麦克风也没有。这个空间里除了那个大舞台外，四周还有四个小台子，大概有三层楼那么高（这个空间只有普通的一层楼高），顶端正在往外喷水。奇怪的是，那些喷出去的水不知道去了哪里，好像凭空消失了一般，只看到它们不断地喷出来，却不见它们落下。

有四个舞女正在跳舞，她们的动作很机械，像是木偶人一样。Z认真去看，发现她们一样的衣服、一样的身材、一样的发型，根本无法分清。

有很多人正围绕在几个舞台周围的桌子上，喝着酒。奇怪的是，Z不论从什么角度去看，只能看到他们和那几个舞女的背影。

唯一和他相对的，是那个唱歌的女孩子的脸。

Z想过去看清楚她的模样，可是他无法控制自己的身体。他像是走进了一个人的梦里，被做梦的人控制。

这个人让他在她的梦里做了一个梦。

Z不知道这是哪一天，不记得自己为什么会在这座城市。Z很想拉上一个人，问他自己为什么会在这里。

Z只知道，今天他要去匹诺曹的住处。他是Z在这个城市里唯一认识的人。

匹诺曹住在一个古老的小城堡里，Z并不指望能从匹诺曹那里得知关于自己的事情。他自己都不知道是什么时候来到这个城市的，他只知道自己已经在这里很久了。

自从Z认识匹诺曹后，就没见他出过门。他有一个保姆，也是他制造出来的一个木偶，而他却像依赖自己的妈妈一样依赖她。他们在一起很多年了。

Z要乘电梯到达一座新百货大楼的顶楼，再跳上正在旋转的摩天轮，才能到达他那里。

在新百货大楼等户外电梯的时候，Z抬头看到巨大的钟表上一格格像墓穴一样的时间刻度，看到相邻待拆迁的旧百货大楼的一个玻璃橱窗里，有一个裸体的塑料女模特坐在里面，微微侧着身子，低着头（也可能是抬着头），像是在看Z，又像是什么也没看。

　　Z 站在电梯里还能看到她，电梯上升，她越来越小，最后只成了玻璃上的一点儿反光，可 Z 知道，她会一直在那里。

　　走出电梯的时候，Z 听到长长的走廊那边传来很奇怪的歌声，Z 一句也听不懂。走廊的一边是一格一格的玻璃窗，向阳。Z 在走廊尽头处默默数着数，他要在数到第十四的时候，跳上摩天轮才能顺利到达匹诺曹的那座城堡。

　　城堡的中间广场上有一只巨大的大象雕塑，象鼻子正在往外喷水，水池中有很多只小梦雕塑。

　　Z 推开那扇蓝色大门，看到匹诺曹正拿着一个放大镜坐在一个轮椅上在大厅里到处转，冲入耳膜的歌声一下就变得清晰了。这是一个音乐盒正在播放的音乐，有一个舞女在慢慢旋转。她抬着骄傲的头，闭着眼睛。

　　大厅里陈列了好多个木偶。匹诺曹是个木偶制造师，他做的每个木偶都是从同一个模型里做出来的。他很爱她们，每天都要和她们说很多的话。他说她们都不一样，在他的心中，她们各自都有编号和名字。

　　Z 理解是，人老了，就会像小孩子一样，喜欢自言自语，变得很怪癖，有很多怪行为。匹诺曹就属于这种情况。

　　一段时间没见到匹诺曹，Z 发现他苍老了很多，原本光滑的脸上多了很多皱纹和老年斑。Z 注意到他的腿上盖了一条红色的羊毛毯子——他不记得他以前是坐在轮椅上的。

　　看到 Z 走进来，他放下放大镜，手平放在羊毛毯上，那层如同死灰一样的皮下垂得很厉害。

　　他说自己已经时日不多了，他老是梦见自己的爸爸。

　　他的保姆给他们端来了西瓜，切成了很小的块。他先吃了一块，红色的汁水从他颤抖的嘴角流了出来，保姆在他的下巴处垫上了一块蓝色格子的手帕。

他用手帕擦擦嘴角，然后告诉 Z 他的人体模特丢了一个，编号 X，中文名叫小梦。他说他本来就患有出门恐惧症，现在这样子更是无法出门了，所以想让 Z 帮他把她找回来。他说，他就 Z 这么一个可以信任并委托的朋友了。

他给 Z 提供了几个关键词和一条线索。

动静，真假，矛盾与共同存在，以及最近有一个离家出走的少女，她总是流连在百货大楼里。

Z 接受了他的委托，他觉得这事挺有趣。

临出门的时候，他又在后面和 Z 说。

"记住，世界只有一个，每个人眼中的世界都是不一样的。小梦离开了我这里，就变成了另一种模样。一切，如同冬天里被吃掉的西瓜。"

Z 回过头去，看到门正在慢慢地关上。他看到房间里那些没有五官的人体模特，都脸对着他，仿佛要从缓缓闭合的门缝里奔跑出来一样。

门彻底关上的时候，Z 好像一下看到了她们的表情和模样，真的全都不一样。

她们，到底是谁呢？

Z 跳上摩天轮，跳回那座新百货大楼顶楼，走过忽明忽暗的长长的走廊。Z 的影子也时隐时现，在光滑冰冷僵硬的大理石墙壁上。

"或许，如此深刻地忧伤和怀念生命中曾经出现过的女人，是因为我开始感觉到孤独了吧。"Z 在电梯上看到下面繁华的街道时这般想到。

可是，他无法确定，自己的生命中是否曾经出现过一个可以让他怀念的女人。

"小梦"，Z反复念叨这个名字。多么熟悉的名字，可是他想不起和这个名字有关的任何记忆。

再次到达地面的时候，Z依然无法感觉到真实。不同以往，每次从匹诺曹的工作室离开后，他都会觉得自己刚刚从臆想的世界里抽身离开，觉得这个世界亲切无比。

Z看到对面橱窗里的女模特，依然保持着原来的那个姿势，给人时光不曾流逝的感觉。

日落天沉，已经快接近黄昏了。

什么是真实的，什么是虚假的？

Z带着依然无法自拔的困惑慢慢地走回自己的住处。他想认真地看一看身边存在的这些景象。他充当了一个在自己过往的历史里四处游荡的恍惚者，那些熟悉的街巷，有的已经变得陌生，有的沉淀得太深，似乎只在梦里或者幻觉里存在过。

无数实体和虚体重叠起来，却没有任何的冲突与矛盾，一切都是永恒共存的，他并没有分身却能同时行走在无数个不同的时空里。

他恍惚了很长的时间，身边的一切像是与他脱离。回到住处后，Z轻轻地抚摸了食梦狗。自从来到这座城市后，它就一直在沉睡。这座城市里只有木偶，Z没有地方去为他钓来好梦。Z整个人趴倒在床上，迷迷糊糊地睡去。

他做了一个梦，梦见自己去了曾经去过的那片废墟，看到那里无数的木偶残肢，它们张大着嘴巴在笑。她们说："我是小梦，我是小梦，带我回家……"

　　醒来的时候，Z看了看窗外钟楼的时间，刚好是午夜十二点。

　　床尾相对的电视机已经很久没有被关掉过，所有的按钮都已经坏掉了。他看了一会儿电视，看久了，就发现自己投影在电视机的屏幕里。他和所有的一切都是共同存在的。

　　电视终于变成了雪花屏，然后是各种不一样的雪花屏。

　　他起床，在窗口站了一会儿，想了想匹诺曹跟他说过的那些线索。他决定出去走走。

　　深夜的城市慢慢变得安静。野猫从一条小巷闯向另一条小巷。这个时候Z也在想匹诺曹的木偶小梦，会不会正躺在某个垃圾筒旁边，任野猫从她的身体上跳到垃圾筒。

　　Z想，匹诺曹给的几个关键词，本身就可能是一个假象，动静已经包含了无处不在的可能性，而所谓的共同存在，就是指全世界所有的木偶都可能是小梦。

　　他能依靠的也就是那条线索了。

　　经过旧百货大楼的时候，他抬头看了看橱窗，漆黑一片，什么也看不到。

　　Z来到了新百货大楼下，户外电梯停留在半空中。整栋大楼一片死寂，玻璃上反射出一些冰冷的光。

　　他在门口看到一个女人站在那里，面朝着商场，一动不动。

　　"难道这个就是匹诺曹要我帮他寻找的小梦吗？"Z在心里嘀咕。

　　他不知不觉靠近了她。

　　当他看到玻璃门里自己影子的时候，看见她也正在看着他。她的眼神过于平静，直瞪瞪的空洞，让 Z 无法阅读。

她不会说话，眼睛一眨不眨。但是 Z 却能感觉到她正在和他说话。

她说："带我进这个百货大楼。"

Z 弯身背她从地下车库进入大楼内部。她的身体光滑冰凉。

商场里黑乎乎的，Z 看到玻璃橱窗里的每个木偶都在看着他们。Z 看到那些橱窗里的木偶们都张大着嘴巴。无数的笑声在这个新装修的商场里盘旋着。Z 听到笑声里夹杂着一个女人的声音："我是小梦，带我回家。我是小梦，带我回家。"

"你冷吗？" Z 问道。

"我一直冰冷。"

"要不要找些衣服给你穿？"

"不要了，我刚出生就没穿衣服。"

这个晚上，Z 一直背着她在商场里逛。他们看了商场里的每一个木偶，他知道，这些木偶都不是他要找的。可是他又觉得，小梦一定就在这里。

他没有问她的名字叫什么。

"如果她是小梦，我该怎么办？把她送到匹诺曹那边去，重新变成一个没有生命的人体模特？如果她不是小梦，那我是否应该立刻放下她去寻找小梦？" Z 的嘴里轻轻地念着，"最近有一个离家出走的少女，她总是流连在百货大楼里。"

24. 梦想木偶剧团

Z 醒来的时候已经是下午了。电视正在播放一则讣告——著名木偶制造师匹诺曹离奇身亡，尸体未见，然后是通缉启事。

Z 看到自己的投影刚好和那个通缉犯的照片重叠在一起，仿佛就是他的影子。

他从床上起身，看到窗外人来车往时想起小梦还没找到。

旧百货大楼已经开始拆迁，那个人体模特依然坐在橱窗边。她一直都是那个姿势，坐在橱窗里，抬头，也可能是低头。看他，不看他。橱窗上映着树的影子。他站在树的影子里。

Z 又在新百货大楼前看到她，像昨天晚上那样待在玻璃门前。

他背着她进了百货大楼。

她伏在 Z 的背上，两颗心靠得很近。

她说："我没有名字，感觉不到肉体上的疼痛，感觉不到炎热与寒冷，我不知道自己从何处来，最后会到哪里。我只知道我遇见了你。"

她说自己没有心，却依然感觉到心疼。因为她爱上了 Z，却知道不能在一起。

"为什么不能在一起？"

Z 想回头去看她，却发现在他背上的只是一个和橱窗里一模一样的木偶。

"一回头一切都不存在了。"大楼里响着这个声音，Z知道，那一定是小梦的声音。

Z把木偶扔在百货大楼的地板上，迅速逃离了那里。

在奔跑的过程中，他的脑海里一直有整座百货大楼的场景。所有的木偶都站在玻璃橱窗里，衣着华丽时尚。她独自躺在冰冷的地板上，眼睛直直地盯着天花板。天花板上是匹诺曹的工作室，那里挤满了木偶，她们的头上都戴着半个西瓜皮。

旧百货大楼正在连夜拆迁，Z刚跑到楼下的时候，那堵玻璃橱窗"哗啦"一下碎掉，上面所有的投影都在瞬间瓦解……

橱窗里面有很多木偶，Z不知道哪个是坐在窗口处的那个模特了。

她们都看着他，又不看他。

"我是小梦，带我回家。我是小梦，带我回家。"

Z静静地躺在床上，他在想，匹诺曹是谁，他是Z梦里的一个人物，还是Z只是他制造出来的一个木偶。

"小梦，到底是谁，她在哪里？"Z在心里想。

Z躺在床上看电视。电视里一直在播放一段监控录像——一个人在每天晚上都会背着一个木偶在最新的百货大楼里逛。主持人在旁边说："这个人一定是个梦游症患者。"

Z转头看窗外。对面的玻璃橱窗里立着一个木偶，红绿灯下站着一个木偶，垃圾箱里躺着一个木偶……

对面的楼顶上坐着一个木偶。

Z醒来，看到自己躺在一个监狱的小牢房里。

他的床头有一个空白的本子，里面夹着一张照片，正面依稀是一个城市的轮廓，背面的字迹已经模糊不清。

Z抱着食梦狗从那间牢房里走了出来，整座监狱里都没有人，连那个匹诺曹也不见了。

Z走出了这座监狱，在他推开那扇大铁门的时候，一阵风吹来，阳光刺痛了他的眼睛，他闭上了眼，瞬间发现自己脑海里那些失去的记忆又都回来了。

马戏团，影子I，小梦，幻想家的游乐园，梦想木偶剧团……

食梦狗在Z的怀里不停地挣扎。Z睁开了眼睛，看到有一个提线木偶剧团正在演出。从那双操控木偶的双手来看，应该是一个女人。

"梦想木偶剧团"，Z的心里马上冒出这个名字。他一下变得紧张，寻找了好久，经历了那么多曲折，这个剧团突然间就这样冒了出来，这反而让他有点不敢相信。他不由轻轻咬了下舌尖。他心里一阵欣喜，心跳加快，他无法让自己的内心平静下来，他害怕这不是他要找的梦想木偶剧团。

最后，Z决定到晚上找到那个女孩，去钓她的梦，从她的梦中获取相关的信息。在它们结束演出后，Z偷偷跟着她们记下了她们的住处就离开了。

Z坐在海滩边的礁石上，潮湿的海风吹拂在Z身上，Z喜欢这样的感觉。他静静坐在那里，食梦狗也静静地趴在他的身边。那些激起的小小的浪花，偶尔会溅到他抱着膝盖的手。Z看到有一个女孩子手里提着鞋子静静地面对着大海站着，海风拂动她的长发。他看到她轻轻抬脚，在她往前走去的时候，食梦狗站了起来，朝她轻轻叫唤了几声，不过她并没有回过头。等到女孩走远了，Z才从一阵恍惚中清醒过来。那个女孩留下的侧脸让他觉得很熟悉。

"不是的，她不是小梦。"Z对自己说。

到了晚上，Z找到她们的住处，溜了进去。他找到了那个女孩，她和那个小女孩木偶一起躺在床上。他浮在空中看着她，她身上盖着一床白色的被子，呈"S"形背对着窗口躺着。虽然这个时候的天气还有点凉，可是她的整个背部还是露了出来。月光就落在她的背上。

小女孩木偶一直瞪着眼睛看着他，让Z感觉很难进入钓梦的状态。房间太小，Z飘浮在天花板上，他能感觉到女人身上散发出来的气息。

Z调整了很久，就在他准备把那些细细的线放进她的睡梦中的时候，那女人转了个身面对着他。

"我的身体好看吗？"她并未张开眼睛。

这是Z第一次准备去钓别人的梦时被发现。听到她开口说话，他被吓到了，心里一紧张，身体也开始发抖，差点就栽了下去。

他像一个最灵敏的贼一样，"嗖"的一下就从门缝间钻了出去，一直跑到海边，心还在"扑通扑通"地跳。

"她怎么能看得到我呢？"Z坐在礁石上，怎么也想不明白。

Z一个晚上都坐在海边的礁石上发呆，等食梦狗第二天过来找到他的时候，他决定要再去找那个提线木偶剧团。他依旧没能鼓起勇气去和那个女孩打招呼，接下来，Z跟着食梦狗又跟踪了她们三天，看了她们好几场表演，Z认为她们应该是这个世界上最好的提线木偶剧团了。

第四天，Z和食梦狗依旧在人群里看她表演的时候，那个女孩不知道什么时候来到了Z的身边。她约他一起去海边走一走，这多少把他吓了一跳。

"你是不是可以看到别人的梦？"她直接问Z。

"是。"Z 也不隐瞒。

"那么，你是钓梦师了吧？"她双手把被海风吹乱的头发理顺，然后撩到耳朵后面去，"你一定是个很优秀的提线木偶师吧？"

"曾经或者算是。"Z 承认。

"钓梦师必须由最出色的提线木偶师才能担任，"她说。"她找你，应该也是找了很久。"

"她？"Z 迟疑了一下，然后不由自主地说道，"是小梦吗？"

"嗯。"她点点头，"要是我没猜错，是她让你带着食梦狗来找我们的吧。"她把食梦狗紧紧抱在自己的怀里，轻轻地抚摸它，"已经六年了啊，不过你还是一点儿没变。"她像是自言自语，又像是在和 Z 说话，"不过这个技艺要是传给别人后，姐姐自己就会失去这个技艺。因为这个世界上不能拥有太多的钓梦师，不然这个世界就乱了。"

Z 听到她这么说心里很疑惑："这个世界上有多少个钓梦师？"

"据我所知，就剩你一个了。"她回答。

"你也不是？"Z 问。

"我不是。"

"可是我觉得，你的技艺并不比我差。"

"我是编梦师，"她说，"一个钓梦师配一个编梦师，这是提线木偶剧能得以保存下去的最大秘密。没有一个人能同时担任这两个身份。"

"我还能见到小梦吗？我想再见见她。"

"我也不知道她在哪里，我也找了她好多年了。"她叹了一口气。

Z 还有很多疑惑，可是她阻止他再次发问，因为她自己内心也有很多疑惑。她问他："你愿意加入我们木偶剧团吗？或许我们可以一起慢慢弄清一些事情。"

Z犹豫了，"我已经很多年没有表演过提线木偶剧了。"

"不需要你表演，"她说，"你只要负责去钓梦，我来把它们编出来。我们剧团的剧目快表演完了，再没有新的剧目我们也无法演出了。"她回头看了看那个海边城，"或许，我们这个剧团已经是这个世界上最后一个提线木偶剧团了吧。"

Z看着她那忧伤的眼神，最终还是点了点头，答应了下来。他不想提线木偶剧团从这个世界上永远消失，或许只有跟她们在一起，他才有机会慢慢解开自己内心的疑惑。

"我叫小想。"她说。

Z加入了梦想提线木偶剧团。他知道了小想和小梦是孪生姐妹。

梦想木偶剧团原本很大，甚至拥有过自己的剧场，有很多人不远千里花钱来看她们表演。按照观众们的说法，他们会看到自己的"梦想"。不过后来人们不再专情于"梦想"，他们更看重实在的东西，这个剧团也日渐萧条了，最后她们不得不跟其他小剧团一样，到处流浪。不过她们认为只要尽她们的努力，或许能慢慢改变这个现况，毕竟还有那么多的人会做梦。后来小梦突然离开，她把钓梦的技艺传授给Z，让Z前来寻找她们。

Z告诉小想，他觉得自己有时候是个贼，去偷别人的梦。小想告诉他说只有很少的人醒来后会在意自己的梦，大多数的人根本不会留意的，钓梦师是去把他们的梦钓走，并不是偷走。就好像作家、画家、音乐家、导演，把人们不在意的、遗失在世界中的一些美好事物重现出来。从某一种意义上来说，他们也算是造梦师。不过造梦师和我们编梦师不一样，他们更多的是去提炼出可以制造梦的素材，我们则是从别人的梦里直接获取，然后重新编排，再分发给那些大小剧团。不过我们都属于"梦之殿堂"的后代成员，后来有一些成员被噩梦控制，成了"邪梦师"。

小想开始滔滔不绝给Z讲她从剧团那里听来的故事，小想说这些都是古老的传说，并不知道真假。

Z和小想相处得很融洽，Z最喜欢看她编织梦的时候的样子。当他遇到她这个编梦师之后，才发现自己之前对待那些梦的方式是多么的粗劣，而它们到了小想的手里，却能焕发出那样美好的光彩。她的身体就是梦的加工厂，这些梦被组合在一起，就变成了一部精彩好看的木偶剧。

Z喜欢看她静静地躺在床上，等着他把那些梦安放到她的身体里。他手指尖的那些丝线触碰到小想身体的时候，他觉得好像是自己的指尖正拂过她的皮肤，而当那些梦缓缓流入小想身体的时候，他内心的念头也跟着它们偷偷跑到小想的身体里去。她闭着眼睛在挑选那些梦的时候，他就默默站在一旁，他可以通过她眼睫毛的变化感受到那些梦在她身体里流淌。有时候他甚至想把自己也变成一个梦，安放在她的身体里，去看她是怎么样去挑选那些梦的。

现在会做梦的人越来越少了，他们并不能编排出多少比以往更加精彩的剧目，为此他们很担忧。更何况，现在喜欢看木偶剧的人也是一天比一天少，他们也很少会从他们精心编排的剧目里找到属于自己的"梦想"，他们大多只是在打发时间。

这些人之所有还会看她们表演，更多的是因为那个特别的小女孩木偶。Z深知这一点。

　　小想从不让别人去碰触它，时刻把它带着自己的身边，她只跟 Z 说，那是小梦留给她的唯一的礼物。

　　Z 仔细观察过它。它除了空洞的眼神外，几乎看不出和其他小孩子有什么区别。发质柔软、皮肤细腻，那些木偶人所拥有的生硬关节在它身上也毫无体现。其实说它眼睛空洞也不恰当，当有光影落在它眼里的时候，它眼里透露出的光芒比 Z 在山中看到的干净的泉眼还要清澈。有时候对着它的眼睛看久了，他觉得自己好像被它的眼神迷住一般。食梦狗整日围着它转，甚至把自己最笨拙的动作都在她面前表演了一遍，不过她就一直保持着一个安静的姿势，无动于衷。

25. 小梦的笔记本

没有演出的时候，小想喜欢找 Z 聊天，她说自从小梦离开剧团后，剧团的其他成员也都慢慢散去，很久没人陪她好好聊过天了。不过基本上都是让 Z 说他的经历给她听，她说自己很爱听别人的故事。而 Z 问她关于剧团的一些事特别是小梦的事的时候，她都刻意回避了。

食梦狗身体已经完全恢复了，它并没有记恨 Z，反而对他更加亲近。Z 经常会和小想一起唱歌给它听。这一切都让 Z 想起自己和小梦在一起的那些日子。

Z 跟小想说到自己在幻想家的游乐园的时候，小想也显得特别快乐。她也记得游乐园里的每一个人，她说要不是想着要去找到小梦，她可能就会一直在那里待下去，安安静静地生活，然后表演提线木偶剧给他们看。她说再也没有人比游乐园里的那些人更懂得欣赏她表演的木偶剧了。

"你知道幻想家游乐园里的那些幻想家和你在其他地方遇见的人有什么区别吗？大多数人都只记得记忆里不好的部分，那些痛苦的、悲伤的，并因此总是埋怨。而幻想家们记住的却都是他们记忆里最快乐的部分，可惜很少有人能意识到这一点。"

"就像好梦记不住，噩梦总缠身。" Z 紧接着感叹，"要是你们一直留在那里，那我就可以早点遇见你们了，也就不会发生后来的事，现在回想起来还是很像一场噩梦，难于摆脱。"

小想听 Z 说到他遇见胡子先生的事时也一直处在一种紧张的状态，听到了食梦狗经受的那些苦难。她忍不住把它抱在怀里轻轻地抚摸它，Z 也去抚摸它，两个人的手指不经意碰到一起后都愣了一下。倒是食梦狗似乎一点儿都不在乎那段经历，反倒去舔他们两个人的手，像是在安慰他们。

听到最后，小想长吁了一口气："你拥有什么样的能力就要去尽什么样的责任。当你是提线木偶师的时候，你就要表演给别人看；当你是钓梦师的时候，你就注定会跟梦魇发生关系。你想，即使我们一辈子躲在游乐园里，也逃不开梦魇的追捕，因为你对于他来说太重要了，也只有通过你，才能避免灾难的发生，幸好，你在遇见梦魇之前遇见了那么多人，发生了那么多事，正是这些人和事，让你选择站在了梦魇的对立面。无论如何，这是一种好的结果，不是吗？"

Z 点点头："不知道为什么，我总觉得有看不见的绳子在控制着我，好像我也只是一具木偶。如果不是遇见那个影子 I，估计现在我还一直在那个马戏团里表演我的提线木偶剧。"

"我从未听其他人说过这个影子的事。不过，你希望自己此刻依旧待在马戏团里表演你的木偶剧，还是在这里跟我说着你的经历？"

Z 想了一会儿："不管我希望什么，现在我正坐在这里不是吗？"

小想笑了，特别甜美。Z 再一次想到了小梦。

"其实我一直不觉得我们的命是被安排好的，或者说我们在被人操控。我们所经历的一切其实都是自己做的决定和选择。姐姐离开我们是她自己的选择。我曾想找到她问她为什么要离开我们，现在我心里才算清楚了，我并不是想找到她然后问她为什么要离开我们，而是想要找到她，是我自己的选择。"

随着和剧团接触越来越深入，Z 已经彻底把自己当成了这个木偶剧团中的一员。两个人、一个木偶和一条狗，生活得很开心很平静，一直走在寻找小梦的路上。

他们忘记了时间，不记得走过了多少个城市，钓走了多少人的梦，编排出了多少个新的剧目。他们只知道所到达的地方，人烟越来越稀少，看他们表演的人也越来越少。

他们到达的地方，是一片废墟。沙滩的尽头有一块巨大的礁石，像是一座磁铁小山，上面吸满了各种各样的贝类。Z 爬到那座礁石上，往前望去，再也看不到沙滩和任何的路，只有连绵起伏的大礁石，如同一只只在黑夜里蛰伏的巨兽。Z 曾在别人的梦里看到这样的场景，当时还被惊吓到了，觉得自己不及时把垂钓的丝线收回的话，它们一口就会把自己给吞噬了。

"或者，这里就是海的尽头了吧。"Z 跟小想说。

小想也无法得出结论。他们决定在这里废弃的老房子里休息几天，然后再考虑是不是要原路返回。

"我们原路返回的话，那些看过我们表演的人还会再来看我们的表演吗？"

"我们这个提线木偶剧团也走到尽头了吗？"

Z 的问题让小想无法回答。

晚上，Z 爬上那块大礁石对着面前漆黑的大海发呆。Z 可以看到一轮圆月，可是月光却一点儿也没有落到那海面上，就像是两张不同的照片被拼贴在同一个画面里。这个夜里他没有溜进别人的房间，去钓他们的梦。Z 笑自己："好像从来没有好好这样享受下夜晚。每个夜晚都沉浸在别人的睡梦中，难怪自己一直不知道自己究竟做过什么样的梦。"

Z 想起自己当初离开马戏团的时候，就是为了能够去海边看一场日出。隔了这么长的时间，Z 才重新想起。这么想着，Z 觉得自己有点好笑。当初的想法就是这么简单，似乎每天都可以实现，却又总是被自己忘掉，被其他未知的念头掩盖。就好像那些做梦的人，他们明明在梦里可以拥有很多的简单美好，但一觉醒来就忘了。

他继续对着面前的海面发呆，等着太阳升起的那一刻。面前的大海看上去多么平静，却又能感觉到内部的汹涌，多像人们的梦境。这时候，Z 听到从他们的住处传来了一声女孩子的惊叫声。

是小想的声音。

Z 几乎是从礁石上滑下去的，一屁股坐在了沙滩上。Z 冲到小想的房间，看见食梦狗蹲在小木偶的边上。

小想靠着那石头墙壁坐在床上，手里拉着一条被单捂着自己的身子，胸脯还在不停地起伏着，额头上全是汗，头发凌乱地贴在上面。

"刚才我做了个噩梦，很可怕的噩梦，"小想说，"一个很恐怖的感觉还停留在我的脑海里。只是一种感觉，甚至连影子都没有。我说不清楚。"

Z 不知道怎么去安慰小想，他站在那里，像是黑暗中的一道影子。Z 有一个错觉，感觉有一道阴影从她的眼睛里一掠而过。他抬头去看，天花板上却空荡荡的，然后他突然感觉到月光落在自己的身上，看到自己的影子被拉得很长，落在背后的墙壁上。他向窗外看去，外面依旧是那片漆黑的大海，离这个窗口很近的圆月亮，好像正向这个窗口压近，几乎要塞满整个窗户。

"或许我知道为什么感觉到恐怖了，"小想又开口说，"我已经很久没有睡着过了，自从我姐姐走了以后。有一次我试图进入自己的梦里，去看我姐姐有没有在我的梦里留下什么信息。可是我失败了，编梦师不可以进入任何梦。从那以后，我就再也没能睡着过了。可是今天，我居然睡着了，还做了一个梦。我想，应该是睡着和做梦这两件事让我感觉到了恐惧。"

"你确定自己是做了一个梦吗？"Z问。其实他知道，或许现在小想只是需要有人和她说说话。她身上没有穿任何的衣物，像他第一次溜进她房间所看到的那样，他怕自己走近一点儿，就会掉进她身体里去了。她本身就像一个梦一样，一个像是一汪清水里面只有一条银白色的小鱼一样的梦。和她走了这么久，他对小想产生了一种说不清楚的感觉，想要接近又不敢接近。他总怀疑，是不是自己老把她和小梦重叠在一起的缘故。无论如何，在没有再次遇到小梦之前，他无法分清自己对她们两个人到底是什么样的一种感觉。

"是的。一个一闪而过的梦，什么也想不起来了。"小想双手捂住了自己的脑袋，抓着自己的头发，似乎那个梦就纠结在她的头发上，她想把它给揪出来。那条床单从她的肩膀上滑了下去，Z犹豫了一下，还是走过去帮她把床单捡起来，盖住她的身体。他走过去的时候，影子刚好覆盖在她的身体上。她好像又受了惊吓，全身又是一阵颤抖。

Z往后退了一步，影子也从她身上离开，然后Z站在那里，看着她。

过了很久，小想才再一次慢慢恢复了平静。

她抬起头来对Z说："明天晚上，你再来钓我的梦吧，我总觉得，我要做的梦会和我姐姐有关。"

Z答应了。

小想让他陪自己度过这个晚上，Z走过去，背靠着墙壁坐了下来。大半个晚上，他们都没有说话。他们一直坐在那里，看着窗外那轮又圆又大的月亮，而那个小木偶，一直瞪着大眼睛，看着天花板。食梦狗一直趴在她的身边看着它。

第二天一大早，阳光照在Z身上的时候，他醒了过来。小想正看着他。

"我睡着了？"Z问她。

"嗯。"小想说，"有做梦吗？"

"没有，只是觉得一直有人看着我。"Z说。

Z和小想爬上了另外的几块礁石，可是依旧看不到有什么其他的路。

第二天晚上，Z飘浮在小想房间的天花板上，等待着小想入睡做梦。

"我的身体好看吗？"

小想本来是穿着睡衣躺在床上的，身上盖着一条薄薄的白色床单，后来她躲在床单里脱掉了睡衣，以及内衣内裤。她把它们扔在地板上，然后转了个身，背对着窗户侧躺着，慢慢把整个背部露了出来。这是她睡觉的习惯，好像每天身体不吸收足够多的月光就无法入睡。

Z此刻正背靠着天花板飘浮。他看着小想。

"她就像是一个需要充月光的木偶。"Z这么想。

在Z走神恍惚的时候，小想还以为他睡着了。她最后还是忍不住抬起手指尖去碰了一下 Z 垂下来的准备去钓起她的梦的丝线。她心里想她是不是也可以去钓 Z 的梦？

　　小想的指尖碰到 Z 垂下来的丝线的时候，Z 一下从自己恍惚走神的状态里清醒了过来。他想躲避小想的碰触，身体不自觉地移了个位，刚好处在小女孩木偶的上空。这个时候，月亮升到了窗口处，Z 的影子落在了那个小木偶的身上。

　　Z 在看到一抹影子落在小木偶眼睛里的瞬间感觉自己整个人都被小木偶那双眼睛给吸了进去。Z 感觉自己像是掉进了大海里。周围漆黑一片，有波浪一阵阵地涌过来。他调整好自己，然后向黑暗的更深处游去。渐渐地，他能看到一点儿光了，像是暗夜里的星光，又像是一朵朵飘浮的水母。他看到了一扇亮着微弱灯光的窗户，他向那边飘过去，并从缝隙间钻到那个房间里去，里面除了一张小小的床，四面徒壁，他甚至找不到那微弱灯光的来源。

　　他飘浮在天花板上，看着床上那两个光着身子紧紧抱在一起的小孩子，一个小女孩和一个小男孩，他们看上去是一对孪生兄妹，如同一对小天使，身上散发着光芒。

　　"或许这就是那微弱灯光的来源了。"Z 在心里想。

　　"我现在是在那个小木偶的梦里吗？"Z 静静地浮在那里，他发现那个小女孩长得和小想的木偶一模一样。她正在做梦，梦里是一本发黄的上了锁的笔记本。

　　他忍不住把手中的丝线垂下去，试图去打开那个锁，看看笔记本里有什么。

　　就在这个时候，他突然听到有人轻轻叫着他的名字："Z，Z。"

　　他忍不住回过头去看，然后一个巨浪向他扑来。他被卷出房间，从那片海里被甩了出去。

他一下失去了知觉。

也不知道过了多久，他再次听到有人叫他的名字"Z，Z"。

他努力睁开眼睛，看到小想在他的面前，是她在叫着他的名字。他发现自己正躺在她的怀里，他努力撑着身子坐了起来，头脑里依然像是有阵阵海浪在轰鸣一般。他掐了一下自己的大腿，感觉到疼，确定自己不是在别人的梦里。

他离开小想的怀抱，背靠着墙壁坐好。

"我这是怎么了？"他问小想。

"你刚才掉进樱儿的梦里了，"小想指着樱儿，"吓死我了，我以为你再也醒不过来了。姐姐曾经跟我说过，要是不小心掉到别人的梦里，最好不要去叫醒，因为会像突然叫醒一个正在梦游的人，很危险。可是樱儿的梦太深了，我怕你无法自己出来。"

"樱儿的梦？"Z再次感觉到头疼，"我怎么会掉到一个木偶的梦里去。他转头去看樱儿，她依然躺在床上，睁着她的大眼睛，看着上方。

小想咬着下嘴唇，犹豫了很久说："其实，樱儿不是一个木偶。"

"不是一个木偶？"Z的头更疼了，又掐了一次自己的大腿。

"自从我姐姐离开之后，她就一直这样了，没有任何的变化，一直保持着原来的样子。她并没有醒着，她一直都在做梦，不肯醒过来。"小想说。

"一直在做梦？"Z再次看了看樱儿，"那她怎么表演木偶戏？"

"你也看到了，是我在牵引她。自从我姐姐走后，我们这里就没有钓梦师了，只有依靠樱儿。她一直在做梦，有时候我透过那些线，似乎能感觉到她的一些梦，不是很明显，但多少能给我一点儿梦的感觉。"

Z 不知道该说些什么。

"你在樱儿的梦里，有没有发现什么？"小想忍不住问他。

"她和一个跟她一样大小的小男孩抱在一起。在她的梦里，她还在做梦，梦里有一本上了锁的笔记本，我想去钓那个笔记本，想去打开它的时候，就听到有人在叫我的名字，然后我就被排斥出她的梦了。"

"一个小男孩？一个上了锁的笔记本？"小想想了想，然后突然站了起来。她忘记了自己没有穿衣服。她走到房间的一个小角落里，那里堆着几个箱子，她打开其中一个箱子，从里面拿出一个本子，和Z梦见的一模一样。Z拿起床单给她披上，她这才意识到，不由得一阵脸红。

"你看看，是不是这个笔记本？"

"就是这个。"

"这一直放在樱儿的箱子里，我一直以为是姐姐留给樱儿的，想着等樱儿什么时候醒来自己看，时间久了我就给忘记了。"

"我们要不要打开看一看？"Z问她。

"嗯。"小想回头看了看樱儿，她依旧一动不动地躺在那里。"我觉得，一切都好像是暗示一样。她遇到了你，让你变成一个钓梦师，然后你又遇到了我们。我们到了海的尽头，我睡着了，还做了梦，然后你又掉到樱儿的梦里去发现了这个笔记本。我想，这可能是姐姐的指引吧。"

他们打开那个笔记本，发现里面并没有什么文字，只是画了一座建筑。

26.樱儿的身份

"你和我说过那个胡子先生安排好一个司机送你离开后,你下车看到了我们正在表演提线木偶剧,看着看着入了迷,然后你就醒了,发现自己到了一座新的城市,遇到一个小女孩,然后你去了一座监狱遇见一个叫作匹诺曹的人,再然后你又到了一座新的城市,遇到一个也叫匹诺曹的木偶制造师,并受他的委托去寻找一个他制造的叫小梦的木偶,后来那个叫匹诺曹的人死了,你也放弃了寻找那个叫小梦的木偶,最后你离开监狱再次遇见了我们。"小想很努力地想去把Z说的这段经历整理清楚。

"是。"Z有点疑惑地点点头。

"你一直以为第一次遇到我们的时候只是你的幻觉,是你在车上睡着后遗留的残梦?"小想说。

"嗯,我确实是这么想的。"Z说。

"我一直在想,到底哪些是真实的,毕竟你自己也说过在那一段时间里你几乎失去了所有的记忆,你是在再次见到我们之后所有的记忆才重新恢复的。你第一次见到我们应该也是真实的,那并不是你的梦境。"

"可是,如果那不是梦境的话,为什么我会在见到你们之后就莫名其妙去了另一个地方呢?"

"你在第一次和第二次见到我们时相隔的那段时间应该是陷入了樱儿的梦境，或者说，是你在看我们的演出的时候，樱儿主动把你拉入了她的梦境。"小想的语气变得肯定起来。

"那是她的梦境？不可能。我分得清楚梦境和现实。"Z反对道。

"樱儿的梦境和别人的梦境不同。你说你遇见的小女孩八岁左右？"

Z点点头。"鸵鸟，我不知道还能不能遇见她，她那么真实，不可能只是一个梦境里存在的人物。"

"樱儿今年也刚好八岁，我跟你说过，她在小梦离开之后就一直没有变化，她的身体还是两岁时候的样子，但她一直活在自己的梦里，也就是说在她的梦里她刚好也是八岁了。所以，你遇见的那个鸵鸟其实就是活在自己梦里的樱儿。"

Z转头去看像木偶一样静静坐在一把椅子上的樱儿，他完全不敢相信小想说的话："她以前也把别人拉到过她的梦中吗？"

小想摇了摇头。

"那你为什么如此确定？"

"你不是说过吗，她说你像她的爸爸。而且你说你看到她的时候感觉好像认识她，我想，这应该是姐姐的缘故。"

"她的爸爸？还有，小梦？"Z更加疑惑了。

小想避开了这个问题，继续说道："你后来进入了那个监狱，再从那个监狱去了另一个城市，这是因为在她的梦里，她能获悉你脑海里存在的一切。你去了另一座城市，是她让你在她的梦里根据你脑海里仅存的记忆做了一个梦，这第二座城市是你自己的梦境。"

"第二座城市是我自己的梦？"

小想继续用自己的猜测为 Z 解释，她肯定这些和那个匹诺曹有关。

"嗯？" Z 一直觉得"匹诺曹"这个名字很耳熟。

"你听过木偶奇遇记的故事吗？"小想说。

Z 猛然想起之前在江边小女孩给食梦狗说的童话故事。

"这是姐姐没有离开前给樱儿说过的一个童话故事，她很喜欢这个故事，说自己长大后想要做个木偶人之类的话，不过"，说到这里小想很疼惜地看了看樱儿，"姐姐离开的时候跟她说，匹诺曹在变成真正的小男孩之后过得并不开心，因为他一直觉得自己还是像个木偶人一样活着，他很愤怒，他想向那些操控他的人报复，所以他制造了无数的木偶人。而姐姐她发现我们这些人也都像一个木偶人一样活着，她很不开心，她选择离开一段时间，争取让大家都成为真正的人。我不知道当时姐姐为什么要跟她说这些，或许是因为这个，樱儿就在自己的梦里编造了匹诺曹这个人，一个囚犯，一个看守，一个木偶制造师，并让姐姐在你的梦里变成了一个木偶。她一直觉得姐姐是被匹诺曹抓走关了起来，变成了一个木偶。"

"可是，在遇到你们之前，胡子先生就跟我说过，你们就住在匹诺曹的监狱里。他们应该不是樱儿梦中的人物了吧？"Z 说。

"他们不是，"小想摇头，"你只有在见到樱儿之后才会进入她的梦中，至于为什么胡子先生会告诉你这个信息，他又是从哪里得到这个信息的，我也不知道。实际上我们并没有被一个叫匹诺曹的人抓走。"

两个人陷入了沉默，他们都没有发现，在不远处，有一把椅子的影子微微晃了一下，食梦狗朝那里叫了两声。一直不动的樱儿也转动脑袋看向了那把椅子。

食梦狗的叫声把他两个人从沉默里拉了出来。

小想继续说："你说在第一次遇见我们之前，你已经得了健忘症，你的记忆在慢慢消散。我以前听姐姐说过，她去钓梦的时候，发现过一些健忘的人，他们的记忆并不是消失了，而是被人为地封存了起来，你应该也是碰到了这个情况。我估计就是那个梦魔在你脑海里做的手脚，在他为你解除灵魂契约的时候，我不认为像他那样的人会这么轻易放过对他来说那么重要的人，而你后来恢复了记忆，正是樱儿在梦里帮了你，在她的梦里她能控制一切，正如她不必询问你就知道对你来说最重要的人是姐姐。"

Z 还想开口说点什么，可小想不愿再去多做解释。

"我如此确认，是因为，姐姐就是樱儿的妈妈。"小想对 Z 说道。

"你是说，小梦？" Z 一下反应不过来。

"我知道姐姐为什么会突然离开我们，她要去找樱儿的爸爸。我想找到她不是要问她为什么离开我们，而是担心她会出什么事，她会选择把钓梦的技艺传授给你，有一部分原因是你真的很像樱儿的爸爸。"说完，小想静静地看着 Z，她一直不知道该如何开口告诉他这件事。她看得出来，Z 非常喜欢小梦。

听到小想这么说之后，Z 无法想象，不肯相信。

小想慢慢地咬住自己的下嘴唇。这段时间的接触，她发现自己慢慢地喜欢上了 Z，跟他在一起的感觉很舒服，可是她又很清楚，Z 喜欢的是她的姐姐，就像当年，那个男人喜欢的也是她的姐姐。

他们彼此对视，小想看到的是 Z 和那个男人重复交替出现，最后慢慢变成了真实的 Z，记忆里的那个男人彻底消失在了 Z 的背后，变成了他的一个影子。而她也很清楚，Z 此刻看到的不是她，是小梦。

小想忍不住摇了摇头，想把要浮现出来的泪花收回去。

在 Z 那里，时间变得无比漫长，他看着坐在对面的小想，想起第一次遇到小梦的情景，想起小梦牵着他的手一起飘浮在半空中，想起樱儿叫他爸爸。他看着小想那慢慢黯淡下去的眼睛："你能告诉我更多的事情吗？他是个什么样的人？为什么要离开小梦？"

小想没有直接回答。她低下头不再看 Z，试图让自己平静一点儿，可是她做不到，脑中一片纷乱。她深吸了一口气又缓缓呼出："我有点累了。"说着她站了起来，向门外走去。

Z 看着她离开的背影，看了看樱儿和食梦狗。他也站了起来，走出这个房间。

小想正向大海走去。远远地望去，像一只轻飘飘的蝴蝶。Z 没有朝她走去，而是走向沙滩的另一边。

小想在海边站着，任凭海浪拍打着她瘦弱的身躯，而 Z 坐在一块礁石上，抱着双膝。他们都忘记了时间。那轮月亮在不知不觉中消失了，就像是一盏被突然关掉的灯。此刻正是黎明前最黑暗的时候，海水更汹涌了。

Z 扭头朝小想所在的位置看过去，那里几乎什么都看不到，他不免有点担心，滑下礁石，朝那里走去。而此刻，小想似乎感应到了什么，也朝 Z 所在的方向看去，然后也朝他走去。

黑暗中他们相遇了，虽看不清对方，但都能感觉到彼此从恍惚中清醒后的疲惫。

"还是先回去好好休息吧。"Z 先开了口。

"嗯。"小想低声说。

两个人并排朝住处走去，和往常一起散步不同，他们刻意地保持一些距离。走到房门前的时候，Z忍不住又开了口："你觉得小梦她会出事吗？"

"我和她是孪生姐妹，一直有感应，可是最近，这种感应却突然消失了。"小想把手放在自己房间的门把上，没有回过头看Z。

Z没有再发问，也把手搭在自己房间的门把上，准备开门进去。

"你还愿意陪我们一起去找小梦吗？"小想问。

Z开门的动作停了下来。此刻门已经打开了一条缝，微弱的光溜了进去，落在他那张床的边缘处，Z看着那张床："明天我们就上路吧，去问问别人知不知道那个建筑在什么地方。"

"嗯，谢谢你。"小想也打开了自己的门。

"我想告诉她，她交代我的事情，我已经做到了。"Z又莫名其妙地补充了一句。

小想走进了房间，顺手把门关上，快要合上的时候，她听到Z在门外说了一句"晚安"。

"晚安。"小想把门关上后，对着门说道。

关掉灯之后，小想一直靠着墙壁在床上坐着，偶尔回过头去看看同样睁着眼睛的樱儿，更多的时候是看着屋外的黑暗。一道无声的闪电划过，顷刻间暴雨落下，食梦狗跳上了床，在小想的身旁趴着。

"今天，我给你们说一个什么故事呢？"小想轻声说。

Z走进房间后并没有直接睡觉，他拿出放在他这里的小梦的笔记本，抽出那张图认真地看着上面的建筑。在他看图的过程中，突然听到了一个叹息声，Z吓了一跳，迅速地把笔记本合上，打量着这个房间，发现并没有其他人。这让他想起了一个和影子I对话出的场景。他抬头望向天花板，有一只飞蛾在绕着灯泡转："是你吧，影子Ⅰ。"

影子Ⅰ的声音有点无奈，"你看着那只飞蛾干吗？我跟你说过了，我不可能是那愚蠢的飞蛾。"

Z的目光从灯泡上移开，看了看自己的影子。

"你到底是什么人？"Z问。

"这不重要吧。"影子说。

"你为什么要让我离开马戏团，你有什么目的？"

"这也不重要吧。"

Z不知道该怎么问了。

"你真的认不出那座建筑吗？"

"你知道它？"

"当然知道，那座建筑就是你曾经待过的马戏团啊。"

Z翻开笔记本又看了看那张图，但他无法确定这是他生活过的马戏团。他开口再跟影子Ⅰ说话，发现影子没有应答他了。

Z继续对着那张图发呆："真的这么巧吗？我去了你原来待过的地方，你却去了我原来待过的地方。"

门外，影子Ⅰ也在困惑："绕了这么大一个圈子，原来他就在那个马戏团啊。奇怪的是，我当时为什么没能感应到他。不管怎么样，我找到这个Z也算是找对人了，看来他们真的有关系。"

Z没有关灯，在床上躺着，不时抽出那张图来看，他在想小梦为什么会留下一张他原来待过的马戏团的照片？她要找的那个男人是马戏团里的哪一个？见到小梦之后该怎么面对？回到马戏团之后他会怎么样？

他就这样躺着，不停地问自己问题。

一整晚 Z 都没有入睡。第二天一大早，Z 打算出去吹吹风，让自己的脑袋不再这样疼痛下去。恰好，遇到了也正准备出门的小想。

小想微笑着和 Z 打了个招呼，假装已经忘记了昨天的事。"你准备好了吗？我们什么时候出发？"

"嗯，随时都可以，"Z 说，"不过……"他停了一下，想着怎么跟她说那个建筑的事。

"不过什么？"小想问得有点急，刻意隐藏起来的情绪一下又浮现了出来，"你改变主意了？不跟我们一起走了吗？"

"不是的，我是想说，我已经知道那张图上的建筑在哪里了。"Z 连忙解释。

小想意识到自己还是不够平静，有些不好意思："你怎么突然就知道它在哪里了？"

"它是我原来待的那个马戏团，"Z 挠了挠头，"我原来不知道在哪里，是因为我从来没有在外面看过那个马戏团。我对自己生活的地方一直都不了解。你还记得我给你说的那个影子 I 吗？是它告诉我的。"

"影子 I？"小想四处看了一下，"它在哪里？"

"我也不知道，它说完就离开了。"

"你相信它说的？"

"嗯，"Z 点点头，"虽然我不知道它为什么要告诉我，但我能感觉到它并没有骗我。"

"但我总觉得它不能让人放心，好像有什么目的。"小想又看了看周围，低声对 Z 说，"不管怎么样，你得小心点。"

Z 也看了看四周，点了点头。

"既然这样，那我们就马上出发吧。你还记得怎么回到那个马戏团吗？"小想说。

"不是很清楚，我们先原路返回吧，边走边看。"Z 没办法给出一条具体的路线，他已经离开马戏团太久了。

他们把樱儿、食梦狗和行李放到剧团的马车上，那匹马已经很老了，还不知道能走多长的路。他们恨不得马上到达那里，但也没办法去催促它。往回走的路途让 Z 的心情越来越紧张，而小想则是兴奋不已。

他们遇到了第一个问题。Z 当时是坐着胡子先生安排好的车来到的这里，并且在路上睡着了，所以他不知道该怎么返回去。这个晚上，影子 I 再次出现在了 Z 的房间里，它告诉 Z 它可以暂时隐藏在 Z 的影子里带领他们回到那个马戏团，但是 Z 得答应它不能告诉小想，也不能让食梦狗靠近，它说它害怕那只狗。

Z 答应了它，除此之外，他没有更好的办法。

第二天，Z 告诉小想自己想起了该怎么去往那个马戏团的路程。小想没有多问，只是有意无意地和 Z 做了一些眼神交流。

他们到了 Z 遇见胡子先生的那座城市，但是胖子的那座房子已经消失了。他们没有在那座废弃的建筑前多做停留，没有去梦想家的游乐园。他们没有经过 Z 遇见牧羊人的那个城镇。Z 是按照影子 I 的指引驾着马车往前走的。在回到 Z 遇见小梦的那个城市时，他让影子 I 回避了一天。Z 带着小想和食梦狗以及樱儿在那里待了一天，重新走了一遍他当时跟小梦走过的地方。食梦狗来到这里后显得特别开心，一路小跑，没有停下过。

Z 和小想在一棵树下坐了很久，却没能听到"嘀嘀咕，嘀嘀咕"的声音。

27. 重回马戏团

日落时分，他们终于看到了马戏团。夕阳在建筑的背后，看上去如同虚拟的背景，这让 Z 想起了幻想家的游乐园。正是在这个时候他感到自己的身体变轻了不少，他知道，影子 I 已经离开了。

Z 和小想把食梦狗、樱儿、马车安顿好后一起去了马戏团。站在门口的售票处，Z 犹豫了很久都不敢进去，他不知道该怎么和以前一起生活过的表演者打招呼，他还是很畏惧团长。

Z 和小想商量决定这个晚上由他先偷偷溜进去，弄清楚小梦究竟在不在这里，等情况清楚之后他们再决定接下去怎么办。

"你要小心点。" Z 正要飘浮起来的时候，小想双手握住了 Z 的右手，她的手柔软、温暖、潮湿，她有点担心地对他说。

Z 先是愣了一下，然后看着她的眼睛轻声地说："嗯，你就在这里等我，我很快就会回来找你的。"

夜幕完全降临之后，Z 趁马戏团最热闹的时刻从空中溜了进去，像一个影子一样隐藏在各种影子中。他想到此刻影子 I 肯定也这么干。他觉得每片阴影里都隐藏着不同的人。他在窥视别人，同时也在被人窥视。

马戏团似乎没有变化，还是那些表演者，只不过换了一个人在操控着他们。Z 想到了小梦，他期待着看一场小梦的提线木偶演出。

　　Z 怀着一颗紧张而又兴奋的心去了他曾经在那里表演过的小剧场，可是他没能在这里看到小梦，甚至没能看到提线木偶剧的演出。剧场已经被改造成了一个儿童电影放映厅，荧屏上的那些怪物奇异无比，不仅在现实中无法看到，在他游荡过的那么多的梦境中也都没见过这些东西。Z 感觉失落极了。

　　Z 在空中久久地飘浮着，他想要溜到荧屏后面，如同他当时躲在布幕后面一样，但那块荧屏紧紧地和墙壁贴在了一起，他根本无法做到。

　　这里已经完全不属于他了。他开始后悔回到这里。

　　从这个放映厅出去之后，他停在一盏路灯背后的阴影里，看着下面热闹的场景，Z 感到了强烈的不安。

　　"我是要离开这里继续和小想一起去寻找小梦，还是留下来，重新开始在这个马戏团里生活？还有人会看我的提线木偶剧演出吗？他们还愿不愿意接受我？"

　　"要是一直找不到小梦，我们就这样一直找下去也好啊。"Z 被自己脑海里的这个念头吓了一跳，但马上又想，"还是把钓梦的技艺还给小梦，然后一个人独自离开吧。"他轻轻叹了一口气，决定回自己原来居住过的那个房间去看看。

　　这个小房间倒是没有什么变化。Z 进门后打开了灯，在床边坐了下来，抬头看着那盏灯，等了好久也没能看到飞蛾。他没有期待会在这里再次遇到那个影子 I，他没有发现，在这个房间里，他自己的影子都不存在了。

　　在这个空房间，空白的脑海里突然浮现出了一首诗。在那个书店进行大量阅读的时候，他被一种叫作"诗"的东西打动了，并记下了很多，想着再次见到小梦的时候可以读给她听，不过在他离开那些书本之后，他发现自己记不了那么多。当他试图强迫自己去把它们回忆起来的时候，它们都混在了一起。后来他觉得这样似乎也不错，他只要记住那些感觉就可以了。有空的时候，他将脑中浮现出来的那些诗自由地组合。他一直认为是这些诗抵消了他不再表演提线木偶剧的那种失落感。

> 我的午夜是如此困顿
>
> 像是一块石头投入河
>
> 却没有涟漪
>
> 像是一块石头投入河
>
> 却没有涟漪
>
> 我爱你
>
> 却只在午夜爱你

"我到底爱谁呢？"Z低声自语，不自觉转头往马戏团的大门处看去。他知道小想此刻正在那里等着他。他想到她在那里等着自己的时候，心里有一种从未获得过的感激和满足，但他没有想太多，他还未能分清楚自己对她和小梦的感情的区别。他想到的是他未离开这个马戏团时认识的小丑，Z认为可以从小丑那里打听这段时间来马戏团发生的事情。

但是接下来却让Z更加失望，因为他连那个小丑也找不到了，这让他产生了他想要找的人都消失了的恐惧感。不过值得庆幸的是，为了验证是否自己要找的人都消失了这个可怕的念头，他决定去找那个小丑爱着的舞女并找到后，他摆脱了这种恐惧感。

看到舞女后，Z 从空中慢慢飘落下去。他的脚并不能完全站在地面上，所以他刻意站在一架钢琴后面，他不知道该怎么开口和她打招呼，于是在她看到自己之后跟她说自己原本是想找小丑的，可是不知道为什么小丑好像已经不在这个马戏团了。舞女的语气有点冷漠，明显不想和 Z 谈到小丑，而且，她对 Z 的突然出现似乎也没有感到任何的意外，只是眼神闪烁了几下而已。这让 Z 有点不知道该怎么和她继续聊下去，只好直接问她："其实我想跟你打听另外一个人，她也是个提线木偶师，叫小梦，应该来过这里。你记得她吗？"

舞女直接地摇了摇头。"我没听说过这个人。"为了证明自己，她还转身问身边的一个年轻帅气的男人（Z 不记得以前马戏团里有这个人），"你听说过这个人吗？"

那个男人对她微笑着摇了摇头，然后握住她的手抬起来在手背上亲了一口，转头看着 Z："这里确实没有这个人。"

"这样啊。"Z 知道他们并不打算与自己有更多的交流了，只能有礼貌地跟他们道别。他记起小丑和自己说过马戏团老板反对小丑和舞女在一起。为此他为自己当初没有为他们做过什么感到自责，同时他也想起了那个马戏团老板。Z 觉得他是自己能够询问到小梦消息的最后一个人了。

Z 决定先离开这里，明天让小想去找马戏团老板。但是 Z 却发现，他已经无法离开这个马戏团了。明明大门就在那里，他却无论如何也无法接近。他想飞到最高处再离开这里，却发现不管他飞得多高，那些围墙都会挡在他的前面。

正如 Z 所确定的那样，小想一直在马戏团的大门口等着他出来。Z 在马戏团里四处寻找打听小梦的时候，她脑海里的思绪也一直起伏不定。在 Z 焦急地想要从马戏团里出来的时候，她也在焦急地等着他，他们就隔着一堵围墙，却看不到彼此。

一直到阳光开始照耀到这片土地上，小想也没能等到 Z 从那个马戏团里出来。她越发感到不安，忍不住移动脚步朝马戏团走去。她知道不管有没有找到小梦，Z 都会及时出来跟她说一声。可是到天亮也没有 Z 的消息，她担心 Z 会不会出了什么事。他以钓梦师的身份偷偷溜进去的，必须在天亮前回到飞上空中时的地点才能完全落到地面上，不然他就再也回不来了。

很快，这种不安变成了恐慌，整个马戏团都在阳光中慢慢地消失掉。小想开始拼命朝还未完全消失的马戏团跑去，但是她的速度根本就比不上光的速度，她一直在光线里奔跑着，绝望地看着前方的建筑一点点消失掉。

小想站在一片空地上。这里原本是马戏团所在的位置，而现在已经完全消失了。

"这一定是个梦，这一定是个梦，我只是太困所以睡着了，一定是这样的，我要醒过来，我要醒过来。"她脸色苍白，睁大眼睛慌乱地打量着四周。

她越来越茫然无措，神情恍惚，不知道是一个晚上的等待让她过于疲惫，还是她此刻过于焦急，明晃晃的阳光让她几欲昏厥。她无助地站着，身体渐渐失去了力气，双腿开始发软，最后瘫坐在了地上。她多希望这个时候 Z 会突然出现在她的身边把她搀扶起来，告诉她自己没事，是她刚刚做了一个噩梦，可是他始终没有出现。小想已经失去了环顾四周的力气，只能低头喃喃自语："姐姐，是你在跟我开玩笑吗？不要再开这样的玩笑了好不好？不，不，不是姐姐，姐姐不会和我开这样的玩笑的。一定是 A，一定是你，你这个浑蛋，你伤害了姐姐还不够，还非要来伤害我们吗？求求你了，这事和 Z 无关，是我要求他一起来找我姐姐的，他和我姐姐没有任何关系，求求你放过他吧，求求你。"她开始出现了幻觉，好像 A 此刻就站在她的面前。她伸出手想要拉住他，却什么也拉不到。"是姐姐她主动把钓梦的技艺传授给他的，真的和他没有关系，对了，我的姐姐在哪里，你把她怎么样了，她在哪里？"她看到他一脸冷漠的样子，突然间心中的怒火又开始燃烧，"你这个浑蛋，把我的姐姐还给我。是，Z 喜欢我的姐姐，那又和你有什么关系，是你这个浑蛋抛弃了我姐姐。"她歇斯底里地喊着，声音开始沙哑了，她想到自己曾经那样默默喜欢过一个男人，可正是因为这个男人让他们经历了这么多的痛苦，她开始笑了："是啊，我喜欢 Z，我就是喜欢他。"

小想坐在那里又哭又笑，像个疯子，这么多年来她内心里一直压抑着的情感终于不可抑制地爆发了出来。

"唉，这确实是一个梦。"有一个声音叹息道。

小想停止了哭泣，猛地抬起了头，可是她看不到眼前有任何人。"这真的只是一个梦？"她的声音有点颤抖，紧接着她感觉有什么东西拉了自己一下，她的影子在动。

"你是……影子 I？"小想问自己的影子。

"我是 I。"那个声音回答，"不过我是不是影子，我也不知道。"

"你刚才说，这是一个梦。难道我在我自己的梦里？可是我怎么离不开自己的梦？"小想迫不及待地追问。

"不，"影子晃了晃，像在摇头，小想听到它这么说心又揪紧了一下，"这确实是一个梦，不过这不是你的梦。"

"我在别人的梦里？"

"我的意思是，你们看到的那个马戏团只是一个梦境。Z现在陷入那个梦境里了。"

"怎么可能？我看得到那个马戏团。它怎么可能只是一个梦。这里根本就没有做梦的人。"小想不敢相信。

"唉。"它又叹息了一声，似乎也不知道该怎么向小想解释了。不过它的这种反应倒是让小想选择相信它了。

"你说Z陷入了那个梦境，可是现在那个梦消失了，我该怎么办？"她又小心地问它，"Z并没有跟那个梦境一起完全消失，我还能找到他，是不是？"

"我不知道该怎么说，"这个影子I似乎很爱吊胃口，过了一会儿它才继续说，"我只能说，你们的运气太好了，不管是你进了那个马戏团，还是你和Z一起进了那个马戏团，你都只能永远陷入在那里面了，Z没法救你出来，但你却能救他出来。不对，不是你们运气好，而是这是小梦造的一个梦境，只有Z进得去。"

"什么，这是姐姐构造的梦？她为什么要这么做？"小想有点想不通，不过现在可顾不上这些，"你说我能救他出来，怎么救？这个梦已经消失了啊。"

"别急，你听我说。你有没有听过梦猎师？"

"梦猎师？和姐姐有什么关系？"很明显，她并不知道。

"看来小梦告诉你的事情并不多啊。"

影子I说完后又开始沉默，这让小想更加着急："你能不能告诉我现在我该怎么办？"

影子Ⅰ答非所问："梦猎师会构造出一个梦境，可以说，这个梦境就是他布下的陷阱，诱惑那些对他构造的梦境感到好奇的人进入。他依靠这些人让自己的梦境越来越庞大，诱惑更多的人进入，从而渐渐吞噬掉这个世界上所有的人，"说着它又忍不住开始自言自语，"不过自从Ａ来到这个世界上，他就把所有的梦猎师都消灭了，他是唯一的梦猎师。可是这个不完整的梦境不可能是他构造出来的，这上面我感觉到了小梦的气息。小梦不是一个梦猎师啊，除非……可是她这么做会付出生命啊，难道她……"

小想被它说得越来越糊涂，但却不知道该如何开口。

"这么跟你说吧"，影子Ⅰ终于要说重点了，"被构造出来的梦境就像是一个海市蜃楼，只是没有投射这个幻境所对应的真实存在，所以它并不是真的海市蜃楼。这个梦境会在太阳落山的时候出现，而在阳光照到的时候消失。"

"你是说，等太阳落山了，这个马戏团就会再次出现，我就能救出Ｚ了？"小想的眼睛发出光彩，她似乎看到了救Ｚ的希望。

"是的，也只有你能救他出来。"影子Ⅰ很肯定地说。

"到时候我该怎么做？"小想问。

"你确定要救出Ｚ吗？"影子Ⅰ再次问小想，"你可要想好了，小梦特意为Ｚ构造出这个梦境肯定有她的用意，她应该是希望Ｚ按照原来的生活一直平静生活下去，说不定Ｚ进去之后根本就不想离开那里了。如果你真的把Ｚ从这个梦境里拉出来，这个马戏团就会彻底消失，甚至很有可能他连对它的记忆都会消失。你不怕他到时候会恨你吗？最关键的是，如果 Z 不愿意离开那里，你强行这么做的话，他只能跟着这个梦境一起消失，你要想清楚。"

"我不知道他会不会恨我，我只知道，如果我不把他拉出来，我会恨我自己。而且我知道，要是 Z 知道自己所生活的地方只是一个梦境，他肯定会赞成我这么干的，没有人愿意一辈子生活在一个梦境里，不是吗？"小想的脸色很苍白，但她已经做好了决定，"如果他跟着这个梦境一起彻底消失，我也会去找他的。"

"是吗？没有人愿意一辈子生活在一个梦境里？"影子 I 的声音听起来有点嘲讽的意味。

太阳下山的时候，小想已经带着食梦狗和樱儿回到了马戏团所在的地方。果然如影子 I 所说的那样，马戏团又凭空出现了。小想认真去看，发现那些进出马戏团的人真的只是一些幻象，他们都是从黑暗中出现或者走到黑暗中去，这些人也只是梦境里存在的人。

小想深呼吸了几下，努力让自己平静下来，开始准备按照影子 I 教她的方法把 Z 从这个梦境里拉出来。此刻 Z 也正在这个梦境里挣扎。

这个梦境确实是小梦特意为 Z 构造的。她已经在这里找到了自己要找的人，也获知原来 Z 就是她一直想要找的提线木偶师。她原本想在这里等 Z 回来，她知道 Z 总有一天会回来的。她想和他真正告别。她知道 Z 喜欢自己，不忍心让他一直难受下去，只是她意料不到的是，在她找到 A 不久后，这座马戏团就被一场莫名其妙的大火给烧了。她构造了这样的一个梦境，为的是在 Z 有一天想要回到这里的时候，能够回到最初的平静生活里去，慢慢忘了她，安心生活。只是她没想到，Z 真的找到了小想和樱儿，并且和她们一路寻找自己。她没想到，Z 和小想之间也产生了说不清的情感。她只能按照自己来到这个马戏团之后所看到的一切构造了这个梦境，这并不是 Z 记忆里的那个马戏团，所以 Z 也无法真正沉陷进去。Z 由于害怕，也不敢明目张胆地走进这个马戏团，而是以钓梦师的身份飞了进来，所以她安排的很多东西都派不上用场。

　　Z 一直努力想要离开这个马戏团，而支撑着他不放弃的原因不是他找不到小梦，而是他知道小想在马戏团外面等着他。其实 Z 早已意识到这个马戏团有问题，不是小想不进来找他。想到小想焦急不安的样子，Z 就觉得无比难过。他很怕自己再也见不到她了，而自己明明知道她就在那里。

　　在马戏团的外面，影子 I 已经远离了小想。小想放下食梦狗。它慢慢地朝马戏团靠近，在射出的灯光所照到的边缘处停了下来，沿着那些光线的边缘嗅了嗅，然后绕着马戏团走了一整圈之后停了下来，回过头来对着小想叫了两声，小想郑重地点了点头，走到了它的身边。食梦狗张开嘴咬住了某处灯光的边缘开始慢慢往后退，它几乎把自己所有的力气都用了出来，身体里储存的那些梦也很快都被它吸收了，它的身体在慢慢变大。小想则是眼睛一眨不眨地站在边上看着，先是那些光被扯动了，如同一条光的河流，然后整座建筑也晃动起来，开始变形了，跟随着那条光河一起流动，紧接着，小想看到那些马戏团里的人影像是一条条小鱼从她的眼前游过。小想更加紧张了，她抬起了双手，悬浮在光河的上空，这次不容许小想有任何闪失。在她看到 Z 的一瞬间，她就要伸手拉住他，把他从光河里扯出来，不然 Z 就会跟着整个梦境一起消散。

　　Z 感觉到了马戏团的变化。他看到四周的一切都开始慢慢变形，朝一个方向涌去。他也跟随着其他东西一起朝那个光线流逝的方向涌过去,他觉得自己无法呼吸。就在这个时候,有一双手紧紧地抱住了他。

就在小想抱着Z一起摔倒在地上的时候,他们听到"啪"的一声,然后他们看到被食梦狗扯动的那条光河开始崩溃,变成一个个小小的光斑,不过它们并未像影子Ⅰ所说的那样彻底消散,而是飞向了坐在不远处的樱儿,钻进了她的眼里。

马戏团已经消失了,这里又变成了一片空地。Z和小想并排躺在地上,看着夜空中的满天繁星大口喘着气。食梦狗也在他们不远处大口地喘着气。而此刻,影子Ⅰ正对着樱儿喃喃自语"她果然已经长大了"。

Z扭头看着小想,"这是真的吗?我以为我再也出不来,再也看不到你了,这不是在做梦吧。"

"确实是在做梦。"小想看着Z笑了。

他们对视了很久,Z问小想:"之前发生了什么事?你知道吗?"

小想慢慢地把影子Ⅰ对她说的话说给Z听,然后问Z:"你怪我把你从那个马戏团里拉出来吗?你现在还记得你以前在马戏团里生活的场景吗?"

"不记得了。"Z摇摇头说道。不过他看着小想抱歉的神情后立马说道:"不过那已经不重要了,我记得我拼命想离开那里,因为我知道你就在外面等着我。你一定很着急吧?"

"你不怪我就好。"小想笑着说。

"谢谢你。"Z说。

28. 海螺

"现在没有任何线索了，"小想看着前方的空地对 Z 说，"还去找我姐姐吗？"

Z 也看着前方，片刻之后目光再次落回小想的眼睛上："我们先离开这里吧。"

小想点了点头，和他一起走出这片空地。她抱起了樱儿，准备回到落脚的地方驾上马车继续上路。

阳光再次洒到了这片空地上。食梦狗的鼻子在空气中嗅了嗅，然后跑向空地的中间位置用两只前爪从那里扒出了一个东西，叼着它跑回到小想和 Z 的身边。

这是一个海螺，纯白色的身子，缘口处却是粉红色的，看上去像是两片欲开欲合的嘴唇。Z 弯身拿起来，刚好能用一只手半握住。

"真是一个漂亮的海螺。"小想半蹲下去，摸了摸食梦狗的脑袋，之前可多亏了它，也累得它够呛，"你喜欢它是吧？我们会帮你好好收着它的。"

食梦狗用脑袋回蹭了下小想的手，然后抬起头对拿着海螺的 Z 轻轻叫了几声。

"你说你感觉这海螺上面有小梦的气息？" Z 惊讶地说。

"汪，汪。"食梦狗原地转了一圈，试图咬到自己的尾巴。

Z 和小想互相对视了一下，然后一起看向那个海螺。

"如果我没有猜错的话，这就是小梦用来构造这个马戏团梦境的容器了。"影子 I 的声音再次出现了。

"汪，汪，汪。"食梦狗的尾巴竖了起来，盯着不远处一块石头的影子。

那块石头的影子本来是在右侧的，后来马上缩到石头后面去了。小想摸了摸食梦狗的脑袋。

"梦境的容器？"Z 开口问它。

"要构造一个能长久保存的梦境必须要有一个容器，就像电影、音乐、文字一样。当然，构造梦境所需的容器更特别一点儿，应该是她很喜欢的一个东西，和她之间有一定的感情存在。这样她才能把自己的精神刻录在这上面，让它拥有生命的气息，更确切地说，这个东西更像是她的遗物。"

"遗物？"Z 和小想声音都很不安。

"精神，生命，或者灵魂，我也说不清楚是什么，总之，现在小梦的情况应该很不妙。她要构造出这样一个梦境，几乎是要用完她所有的精神。"影子 I 这次没有停顿太久，接着认真地问他们，"你们真的不打算再去找她了吗？"

小想刚要开口，Z 就已经急忙问出口了："我们要怎么找到她？"

他们彼此看了一眼，互相靠近了点。"你到底是谁，你有什么目的？"小想补问了一句。

"我？有什么目的？"影子 I 笑了笑，"因为我也想找到 A。"

"A"这个名字卡在了 Z 的喉咙里。

"你有什么线索吗？"小想问。

"你们可以尝试问下这个海螺，听听它会说点什么。"I说。

"海螺？"Z和小想迟疑地看着海螺，然后Z慢慢地把海螺贴在自己的耳朵上。

"要是你们发现了这个海螺，相信你们正在一起，我不知道你们会不会怨恨我做出这样的安排，"小梦的声音像是从大海的一艘小船上发出的声音，过了好一会儿，小梦的声音再次传出来，"其实，我不希望你们来找我。我构造这个马戏团的梦境，是希望Z能回到原来的生活中去。现在你们听我说话，说明你们两个在一起。Z，我很高兴，你带着食梦狗找到了小想她们。如果可以的话，请允许我自私地再次对你们做一个请求，"Z听到了里面发出的海浪声，"朝马戏团的南边一直走，你们会到海边，出海后一直往前，会看到一座小岛，小牧就在那岛上。带他离开，帮我照顾好他，"小梦的声音开始变得模糊，"我的声音只能在这海螺里重复两次，你们听完之后，把这个海螺给樱儿吧。"

Z听完之后默默地把手中的海螺递给了小想，小想也把这个海螺贴在自己的耳边静静地听着，眼里慢慢浮现出了泪花。

"这真是小梦留下来的。"小想听完之后咬着自己的下嘴唇对Z说。

"我们出发吧。"Z伸出手用大拇指抹去小想的泪。这是他第一次碰到别人的眼泪，这感觉比所有忧伤的梦都要忧伤。

"嗯。"小想点头。

他们当天就出发了。小想把海螺放在躺在车厢里的樱儿的耳边。

Z和小想并排坐在车厢前面，驾着马车一路向南而去。小想的脑袋慢慢地靠到了Z的肩膀上。他们没听到樱儿在车厢里张开嘴巴，轻轻喊了一声"妈妈"。

食梦狗抬起头亲切地看着樱儿，连呼吸都隐藏起来了。

他们到达海边后跟人打听到了那座小岛，刚好有其他人也要出海，就一起租了一条船，去往那座海岛。

当天晚上，看似平静的海面却一下子雷电交加，风急雨骤。他们租的这条船不大，好几次都被海浪高高地抛起，随时都有被吞没的危险。船上所有的人都躲在船舱里，每个人都像是一座随时会被淹没的岛屿。

"好像有谁不想让我们到达那里，"小想对 Z 说，"要是我们现在回头，肯定还来得及。听他们说，还要两天时间才能到达那里，不知道能不能挨到那时候。你想回头吗？"

"回头？其实我们也没地方可去了，不是吗？"Z 说。

小想笑了一下，脸色还是很苍白："从我看到笔记本里的那张图的时候，我就觉得那将会是我们的终点。"

"什么样才算是终点呢？"Z 轻声说，"你真的确定小梦也一定在那座岛上？要是在小岛上找到了小梦，你有什么打算？"

"我说过，我和她之间有一种说不清的联系存在。那天听到她留在海螺里的声音之后，我就感觉她就在那座岛上，但不知道她为什么不希望我们去找她。本来我一直想知道她为什么会离开，难道真的只是为了那个伤害她那么深的男人？可是现在我觉得不重要了。我现在只想见到她，好好再看她一眼。我没能照顾好樱儿，我很愧疚，不知道她到时候会不会恨我。你呢，你见到她之后会怎么样？你还是喜欢她，是不是？"

"我也不知道，我没办法忘记她，可能最大的原因就是她给予了我钓梦的能力。我想是不是要还给她。我不知道钓梦师是否有存在的必要。"Z回头看了看趴在地板上的食梦狗，整条船上估计就它和樱儿最安稳了，一动不动，"食梦狗也是想见到她的吧。"

"你不觉得，我们其实都挺残忍的吗？我想把这样的樱儿还给她，你想把不想继续拥有的钓梦师的技艺还给她。"

Z沉默了，不知道该说些什么。

船终于还是有惊无险地抵达了那座海岛。

这个小岛不算小，分散出好几个村落。他们在离海边最近的一个渔村里住了下来。这里的房子造型很特别，整栋房子都是用贝壳一片片垒起来的，整体像是一只只把手脚都缩进壳里的大海龟。门对着大海，仿佛随时都会露出头脚，爬到海里去。

他们借住的是一个老鳏夫的家，有昏暗的渔灯和温暖的鱼腥味。

小想和Z在这个渔村四周走了一圈，并没有发现有什么异常的东西，但是他们那种不安的感觉却越来越强烈，好像黑暗中有一只猛兽正慢慢向他们逼近。

食梦狗在到达这座小岛之后，突然也不辞而别了，怎么找也找不到。

这个渔村的村民都很淳朴，他们世代都没有离开过这座海岛。Z在晚上的时候也曾想去钓他们的梦，可是他发现，这里的每一个人都不会做梦。他们每天都那么有规律地活着，从未想过其他，就像大海的一阵阵浪潮，前赴后继。活着，像是没有变化的呼吸那般简单。

小想为了缓解一直压抑的心情，和Z商量在这个渔村里进行一次提线木偶表演。

表演在海边的晒网场举行，村里的人都来了，其实也就是十几户人家，三四十个人，但是却显得特别热闹。

大家都看得很开心，特别是那些小孩子，乐个不停。那些被小想放在一起的梦，在岛上的人看来是那么荒诞有趣。

突然，樱儿的表演停了下来。小想觉得很诧异，她在樱儿的眼睛里看到了光。小想顺着她的目光看过去，发现一个小男孩站在一块大礁石的阴影里，像影子一样贴在石壁上。散场后，那个小男孩就不见了。小想到处也找不到他。小想找到了老鳏夫，他正在礁石上晒鱼干。海风吹过的时候，那些腐烂的鱼腥味让小想差点吐了出来。

老鳏夫蹲在一艘倒扣的废弃的小木船上跟她说："他是个可怜的孩子。但他也很邪恶，这里的人都不让自己的孩子跟他玩。"

小想问他为什么，老鳏夫叹了口气："他本来也是个漂漂亮亮的孩子，五六年前他的妈妈失踪后他就变成这样了。"

"他的妈妈？"

"嗯。他的妈妈那时候看上去还只是一个女孩子，很年轻。对了，你来的时候我就觉得很奇怪，那个女孩子长得跟你一模一样，我差点以为是她回来了。"

小想吃了一惊："真的一样？"她在心里好像明白了什么。

"一模一样，"老鳏夫有点激动起来，不停地咳嗽，然后用那像烧焦的木炭一样的手锤自己的胸，"你们一定有什么关系吧？"

"没……"小想愣了一下，"我没有认识和我长得一模一样的人，这个世界上奇怪的事情真多。"

"那倒是真的奇怪了，难道是我记错了她的模样？可我明明记得她就是你这样子。对了，我还清楚地记得她的右眼睛下角有颗红色的痣，你没有。我还记得她失踪的前一天晚上有个男的来找她，半夜的时候听到她大叫了一声，然后第二天就失踪了，扔下那个小男孩在这边……"

"那你知道那个小男孩现在在哪里吗？"小想打断他的回忆急急地问道。

"你在这里等他吧，因为他每天会到这里偷我的鱼干吃。每个晚上他都会来，然后在那块礁石上站很久。你在这里就能等到他。"那个老鳏夫指着那块最大的礁石。小想无法想象小男孩是怎么样爬上去的，除非他是一只野兽。

在黄昏的时候，小想果然看见了他。他站在那个礁石的顶上，手里还抱着一个东西，小想不敢去叫他，怕他会掉下来。她就在下面安静地看着他，等他下来。

小想的眼睛被海风吹得难受，就闭上了眼睛，等她睁开的时候，她吓了一跳，那个小男孩就站在她的面前，眼睛直直地盯着她。他身上的衣服已经破烂不堪，鞋子也都破了，露出几个脚指头，指甲变得乌黑，皮肤被海风吹得很干燥，像是要裂开。他看上去跟樱儿一般大小，但却有一种无比沧桑的感觉。他的眼睛凹了进去，大得吓人，有一瞬间她想起了一个男人的模样。

她看清了他怀里抱的是什么，她很熟悉，那是一个木偶娃娃，奇怪的是，那个木偶的两只手已经烂掉了，可以看到木头渣子，像是被某种利器戳碎的。他直直地看着她，一动也不动。小想向他伸出手去，他就把手放到了她手里，像是一个爪子，轻到没有任何的分量和温度，这让小想感到很疼痛。

　　小想带着他回到了自己的住处。她没有想到，樱儿居然已经可以站立起来，这让小想感到无比的惊喜，她捂住自己的嘴有点不敢相信。她看看樱儿，再看看这个小男孩，突然明白小梦为什么要让他们来这里，关于樱儿的情况她一定是知道的。樱儿抱着海螺躲在一个角落里，偷偷地看他，不敢靠近。小想跟她说，"以后你就叫他哥哥，知道吗？"樱儿点了点头。

　　小想带他去洗澡，给他换了一套樱儿的衣服，看起来怪怪的，却很合身。但无论她怎么劝他，他都不肯放下自己手里的那个木偶人。

　　他不说话，不点头，不摇头，只是睁大眼睛看着她。

　　樱儿一直抱着海螺，躲在小想的背后看他。

　　晚上睡觉的时候，他一直不肯跟她们在床上睡觉，只是一个人蹲在角落里。这个时候樱儿走到他的身边，拉起他的手说："哥哥，我们一起睡觉。"奇怪的是，他竟然听她的话，乖乖地爬到床上。

　　小想帮他脱掉了衣服。她感觉到他在微微地颤抖。

　　在小渔村的这几天，小男孩天天和樱儿待在一起，但是他始终不说话，只是抱着那个木偶人。小想只能看到他们的影子。这里的人很高兴小想能收留那个小男孩，只有那个老鳏夫好像有什么话要对小想说，却始终没有说出来，只是叹着气，这让小想感觉到有不祥的事情要发生。

　　他们决定到岛的另一头去看看，听说那是个不错的小镇。他们在一家旅馆里住了下来，这里是一个小港口，比小渔村要繁华得多。

　　到了小镇，Z没有什么事情可干，就一个人去了附近逛逛。小想觉得心头不舒服就留在了旅馆里。小想和衣在床上躺着，看着墙壁，心里默念着。她感觉有一个黑影正向她慢慢地逼近。她刚要转过身的时候，已经被那个人捂住了嘴巴。她闻到了一股她很熟悉的男人的味道，她想要去看清他的脸。可虽然他的脸离她这么近，她却什么也看不清楚。

房门突然被打开了。小想和那个男人都吓了一跳。他们看见小男孩站在门口，男孩冲他们笑。这是小想第一次看到他的笑，没有任何的声音，但却像午夜里飞过的无数的吸血蝙蝠，阴森森地压过来。

那个男人大叫一声，夺门而出。

等 Z 回来的时候，看到小想抱着樱儿缩在床上，身体还在发抖。

"我知道他是谁。"小想跟 Z 说完之前发生的事后对 Z 说道。小想看了看身边的樱儿，犹豫了一下没有继续说下去。自从那个小男孩跑掉后，樱儿又变成了原来的模样，一动不动，只是睁着她的大眼睛。

小想带着 Z 走出房间。她看了看四周，静悄悄的，周围连一盏路灯也没有，有一大片的乌云掩盖住了整座小岛。小想跟 Z 说："他就是伤害我姐姐的那个男人。"

"A？"Z 在心里默念，等着她把话说下去。

"那个小男孩，应该就是小牧，他是樱儿的孪生哥哥，姐姐离开的时候带走了他和食梦狗。A 是在我们十六岁那年到我们剧团的，那时候我们大家都很喜欢他，他是我见过的最好的提线木偶师。"小想叹了口气，好像沉溺在往事里面，"他还是个木偶制造师，他做出来的每一个木偶好像都有生命。我姐姐就是在那个时候爱上了他。你要知道，我姐姐从小就接触过太多的梦，在现实里几乎很难会爱上谁。后来，他们在一起了，然后生了小牧和樱儿。可就在他们两岁多的时候，姐姐和 A 大吵了一架，A 离开了，姐姐也跟着离开。走的时候，她带走了小牧，留下了樱儿。"

"你相信小梦现在在这个岛上吗？"Z 问她。

"她一定在这个岛上。但是我有很不祥的感觉。"说完她抱住自己的身体不停地颤抖。

"她死了，她死了，一定是他杀了她……"

Z 过去抱住她，让她把头靠在自己的肩膀上："不要想那么多，她可能只是不想出现吧。"

"我们明天就离开这里好不好？"小想抬起头看 Z，"带樱儿和小牧一起走，回去后我们就找个地方好好生活吧，每天看别人不在乎的梦，编织别人的梦，表演别人的梦。我累了，真想好好睡一觉。"

"好。"Z 说，"我以前在书里看到有一个地方很不错，是一家客栈，在那里每个人都可以睡得很安稳。我们可以去那里。"

29. 变成木偶

这个晚上，Z 坐在小想的床边。小想把头靠在他的大腿上睡着了。Z 看着窗外的礁石，上面站着一个人影，一动不动。

第二天，小想和 Z 想要出去找小牧，小牧却自己回来了。他什么话也没说，定定地站在那边，然后转身往前走，走了一段又停下来回头看他们，再继续往前走。Z 觉得他这个样子和食梦狗当时在他前面领路时的样子一模一样。

"他是想让我们跟他走，"Z 对小想说，"会不会是他发现了什么？"

"我们还是跟上去看一看吧。"她叹了口气，知道自己放不下。

小牧一路带着他们回到了那个小渔村。村里人正在办丧事，是那个老鳏夫死了。村里人说，他是蹲在那艘渔船上死掉的，他在那上面蹲了两天，手里拿着大烟杆，一直看着前面的海。后来有个人想去和他打招呼，才发现他已经死了。

老鳏夫被人们安放在房子的门口处，头朝大海，一半身子在门外，一半身子在门内，这是他们这里的风俗。在 Z 他们哀悼的时候，就有人跑过来说，在老鳏夫死去的那艘渔船下发现了一具女人的尸体。

老鳏夫原本是打算把那艘渔船当自己的棺材的。他交代说自己死后就把他绑在那艘渔船上，一起沉到海底去。村里人去搬这艘渔船的时候，才发现了那具女尸。

小想和 Z 脸色顿时变得苍白。小想的身子控制不住地发抖，她拉住 Z 的手，无助地看着他，眼泪不停地滑落下来。Z 被她拉住的手也在微微地颤抖，但他努力让自己镇定下来，拍拍她的手背以示安慰，然后带着她到渔船所在的地方。

到了之后，发现船的周围挤满了人，小想没有勇气去看。

"你先在这里等着，我进去看看。" Z 说完后，用力地握了握小想的手。

Z 走进人群后不久，突然发声喊道："小想，你过来看看。"

小想克制住自己的害怕，也走进了人群。她一眼就认出那是小梦的尸体，悲痛取代了害怕。她跪在了 Z 的身边，伸出手想要去抚摸小梦的脸。

"有点不对，你再认真看看。" Z 对小想说。

听到 Z 这么冷静的语气，小想认真地去看躺在他们面前的这个女人。她发现，这是一具仿真人的木偶。小想惊异地扭过头去看 Z。Z 盯着木偶小梦的边上看，在木偶的身边有一个人形的沙坑。

Z 扭过头看着小想，嘴里发出艰涩的声音："你觉得她只是一具木偶，还是她就是小梦？"

"我能感觉到她就是姐姐。她的身上有我最熟悉的气息，不可能仅仅只是一具木偶。"小想看着木偶小梦，不知道自己现在期待她是一具木偶还是一具真正的尸体。

"姐姐为什么会变成这样？"小想低声问 Z。

"我也不知道，会不会是某种魔法？你还记得我被变成一个蜡像的事吗？"

小想摇摇头，不知道是她不记得，还是不相信。她抬头看了看围在他们边上的人，他们有掩藏不住的对死亡的恐惧。她看到了站在礁石上的小牧，看见了抱着木偶的樱儿，然后樱儿抱着自己的木偶人也爬到了那个礁石上。

周围人群越来越大的议论声让 Z 意识到现在不是去想小梦为什么会变成一具木偶的时候，Z 跟他们解释说这不是一具尸体，只是一个木偶，让他们不要害怕。他们一起把这具木偶抬到了小想的房间，小牧牵着樱儿的手一直站在小想的旁边。小想听到他们喉咙里有声音，很模糊，感觉好像是"妈妈，妈妈"。

樱儿和小牧躺到 Z 房间的床上睡去之后，小想和 Z 就一左一右待在木偶小梦的边上。这样过了大半夜，小想跟 Z 说："不知道为什么，我觉得自己并不悲伤，这样的结局好像在我梦里出现过，我唯一的一个梦。谜底一直在谜面之前。来到这里，找到小牧，看到樱儿重新拥有生命，这可能就是小梦引导我们来到这里的目的吧。"

Z 过去搂住她的肩膀说："现在什么都结束了，明天，我们就可以离开这里，忘记这一切。"

这个时候，平静的大海掀起了海浪，有一股巨大的海浪像是一只黑色的大手冲上天空，然后狠狠砸了下来。

隔壁传来了奇怪的声音，在 Z 和小想跑进那个房间的一瞬间，一道闪电劈了下来，整个房间都被照得亮堂堂的。他们看见房间的一切愣在了那里。樱儿躺在床上，小牧正浮在半空中，他的身体和樱儿的身体之间有一根根细长的丝线互相连接，他们都紧紧闭着眼睛，小小的身体不停地颤抖着。

慢慢地，从小牧和樱儿的身体里各自浮现出了光团，它们沿着那些丝线慢慢靠近，融合成一个更大的光团。Z 和小想看着飘浮在半空中的光团。

"这不是梦。"她对 Z 说。

"你能从里面提取出什么信息吗？"Z 说。

"我试一试。"说完，她让 Z 拿着那个光团，伸出双手，把那些细细的丝线垂进那个光团里面去。

小想操控的那些丝线下开始浮现出一个半透明的人影，是小梦。她看上去十分虚弱，随时都会消失掉。

小想闭上了眼睛，开始说话，发出的声音却是小梦的声音。

"我不知道该怎么说。"她说了一句话之后就停了下来。

她叹了一口气，接着说道："我不知道有谁能承受这样的一个真相。不过，既然你们能找到樱儿和小牧，我想，你们一定也是有很多疑惑希望得到解答。你们自己先考虑清楚，要不要听我说下去，这对任何人来说，都是一个不容易接受的事实。"

说完她又打住了。Z 望着她，心里一阵挣扎，他不知道自己要不要听下去，毕竟，他们已经打算离开这里，平静地生活下去。他知道小想也能听到小梦说的话，可是他无法得知她内心的想法。

"其实听完之后，你们还是可以做出选择的。这件事和 A 有关，都怪我太爱他。我一直为自己能够是个钓梦师而感到骄傲，以为自己可以轻易获取这个世界所有的秘密。可我现在宁愿自己去做一个最普通的人，一个做了梦就忘掉的人。"眼泪顺着小想的脸颊滑落下来，她深深吸进一口气，继续说，"我进入他的梦中，发现他在自己的梦里做的事情。他在自己的梦里藏着不可告人的秘密。他不仅是一个提线木偶师、一个木偶制造师，他更是一个牧梦师。而他自己的梦就是牧梦场。"

她又停了下来，沉默许久。"我们所在的这个世界就是他的牧梦场，这里的每一个人都是他的养梦体，我们这些造梦师、编梦师、钓梦师都是被他控制的木偶。我也曾自我安慰，假装不知道这件事，可是，后来我发现，我和他生下的樱儿是另一个牧梦场，小牧是另一个牧梦人，好像是他把自己解体了。他和我在一起为的就是诞生新的牧梦场，然后再诞生新的，无穷无尽……我当时想杀了他，可是他和我说，要是我杀了他，这个世界也会跟着他一起消亡，因为这是他的世界。

"这个世界上还有很多我舍不得的人。原本我以为每个人只要为自己负责就够了，可是当你认识的人越多，你在乎的人和在乎你的人也就越多，你就要为这些人负责。找到他之后，我发现他把自己也变成了一个木偶人。我突然意识到自己好像错了，要是我没有进入他的梦，我相信我会一直爱着他，而且他也会一直爱着我。可是，现在一切都太迟了。"

小想对着 Z 伸出了右手，轻轻抚摸着他的脸颊。Z 意识到这是她在对 A 说话。"幸好，我从他的梦里学会怎么把自己变成一具木偶。我想既然他能把自己变成一具木偶，为什么我不能呢？不过，Z，妹妹，我很高兴看到你们在一起，你们也就当是做了一场梦。醒来后，去过你们的生活吧。"

她开始停下不说话了，然后那道半透明的影子开始慢慢消散。

"可是，你为什么要把钓梦师的这个技艺传给我？"Z 问道，脸色苍白。

小想睁开眼睛，看着 Z，往后退了一步，滑坐到地上。"不，这不是真的，她为什么要告诉我们……"

Z看着她，一动不动。

Z看到樱儿睁开了眼睛，侧过脑袋看着他。

Z再次掉到樱儿的梦境里去了，等他从片刻的恍惚中清醒，发现自己正坐在一个摩天轮里，刚好升到了最高处，可以看见那座监狱。

"鸵鸟？樱儿？"Z看着坐在自己身边的小女孩，有点迟疑。

小女孩的手里拿着一个海螺，她朝Z眯起眼睛笑："我喜欢你叫我鸵鸟，我们又见面啦。"

"这真的是你的梦境吗？你一直生活在这里？"Z问。

"这里不是我的梦境，这里是我真实的世界。"说着小女孩往天空中挥挥手，天空变成了一个透明的罩子。Z看到了自己第二次进入樱儿梦中世界的时候所看到的场景——一片黑色的海洋，上面飘浮着一个个忽明忽暗的光团。

"那，外面的那个你呢？我是说，那个一直长不大的你。"Z再次问道。

"她活在你们的世界里。"她说。

"我们的世界？"Z很疑惑。

"嗯，你们的世界，你，还有我小姨，我哥哥的世界。"她说这句话的时候让Z依稀记得以前好像也有人跟自己说过类似的话——这个世界是由每个人自己的世界重合在一起的。

在Z试图去想清楚这句话的时候，小女孩轻轻叹了一口气，这个时候摩天轮正在缓缓向下转动。她要踮起脚尖才能看到那座监狱："我的爸爸真的把自己关在了监狱里，可是等我妈妈去监狱看他后，他越狱逃走了。"

Z 猛然意识到了一个问题，他想起在发现木偶小梦的时候，她身边的那个人形沙坑。

"以后你有空的时候，能经常到我的世界来陪我玩吗？"摩天轮停止了转动，他们到达了最靠近地面的位置。小女孩为 Z 打开了门，并轻轻摇着手中的海螺，"妈妈会一直在这里陪着我的。"

Z 走出摩天轮，回身看着她，点了点头。

小想看到 Z 正看着沉睡中的樱儿点头，有点诧异地问："你做梦了？"

Z 缓过神来，发现自己已经离开了樱儿的梦境。他继续看着沉睡中的樱儿，伸出手去把她额头上的几丝头发撩开："只要你愿意，我会经常去陪你玩的。"

Z 示意小想离开这个房间，在一起往外走的时候。他悄声对小想说，"你有没有发现，小梦当时身边还有一个人形的沙坑？"

被他这么一说，小想倒是想起了当时的场景，只是当时注意力不在沙坑上面："你的意思是？"

"我想，可能躺在小梦身边的就是 A。"

他们已经快走到房门前了，小想停了下来："难道是 A 骗了姐姐，他并没有把自己变成一个真正的木偶人？"

"我也不清楚，可能只有找到 A 才能知道真相。"

"你还想要去找到 A ？"

"你还记得小梦说过的那些话吗？我们只是活在 A 的梦境里。你愿意相信这个吗？"

"可要是真的，你打算怎么办？"小想说。

Z脑袋也一片混乱，他只能把双手放在小想的肩膀上，说道："我也不知道，而且，我们也不知道A究竟去了哪里。"

他们就保持着这个姿势站在门口处。时间好像停止了。

门外传来了狗叫声，是食梦狗。它的叫声越来越大，把Z和小想从失魂落魄中叫醒了。Z牵着小想，走了出去。

食梦狗在原来那条渔船的边上，它的身边还坐着一个人，看上去已经奄奄一息。食梦狗拼命地向一个黑色的影子叫着。

小想冲了过去，喊道："是你，我要杀了你。"

Z在看清他的模样后，瞬间呆住了，他觉得自己跟这个人很像。

"他就是A？"Z问小想。

"不，我不是A。"那个影子听到了Z的声音，赶忙喊出来，"我是I，我是影子I，你们赶紧让这只狗走开，我可以告诉你们想知道的秘密。"

"影子I？"Z和小想迅速地对视了一眼，他们安抚食梦狗让它停止叫声，不过还是叮咛它要继续盯紧着影子。

"你怎么证明自己是I而不是A？"Z问。

"我真的是I，确切地说，我只是A的影子。"影子I连忙说。果然，在它发出声音的时候，这个人的嘴巴并没有张开。

"那天是你想要来抢走樱儿？"小想突然问。

"是我，我本来以为，A跟樱儿一样，外表看上去是一个木偶。他把自己关在了自己的梦里，我想好好研究下樱儿，看能不能进入A的梦里去，可是后来我发现不是这样的，他现在彻底的是一具木偶。"影子I说。

"你只是他的一道影子，可是为什么你和我们所有人的影子都不一样？为什么你可以独立存在？"小想质疑道。

"我……"影子Ⅰ迟疑了下，"因为他让我离开他的时候，寄存了意识在我的身上。他要我时刻躲在小梦的身边，好好看护她，从那时候开始，我就是独立存在的。"

"你刚才说你可以告诉我们秘密，是哪些秘密？"小想看着变成木偶的A问它。

影子Ⅰ长叹了一口气，"我是A的影子，可我同时也是A的意识，从某一个方面来说，我是一小部分的A，你们不知道，我有多么的痛苦。我时刻守护在小梦的身边，我知道她对我来说很重要，可是我每天看着她，却不知道她为什么对我很重要，"影子Ⅰ的声音有点发抖，"我想要找回我所有的记忆。后来，小梦离开你们去寻找A，我也是从那时开始慢慢知道自己是A的影子，于是我也想找到A。你们能明白我说的吗？"

"A是怎么变成一具木偶的？"小想问。这个时候Z已经走到了A的身边，他蹲下去看着A，A给他的感觉是如此熟悉，可他无论如何也想不起自己在哪里见过他。

"我也不知道，除非所有的记忆都回到他的身体里，等他醒来的时候主动告诉我们。"影子Ⅰ说。

30. 海边的日出

"你知道他把自己的记忆都藏到哪里去了吗？"Z突然问影子I。

影子I好像一直在等Z问自己这段话，默默地点了点头："一部分在那条狗的身体里，一部分在你的身体里。我一直跟着你，知道那条狗和你的身体里都有一些光团存在，而你们都取不出来，没办法知道那里面隐藏了什么。"

"你知道怎么把这些属于他的记忆从我们的身体里取出来吗？"

"小牧可以。"影子I说。

Z扭头看小牧所在的房间。小想拉住他的手："你相信它的话？"

"我只能选择相信。"Z说，"确实在我和食梦狗的身体里都有它所说的那种光团，无论如何，我想知道真相。"

小想不再说话，但她也没放开Z的手。Z轻轻摸了摸她的手背，说："我们一起把A抬到房间里去吧。"

影子I说它可以控制A的身体，但是被他们拒绝了。在它的话未被完全证实之前，他们不想再出任何问题。

他们抬着A往那个房间走过去的时候发现樱儿和小牧打开门站在那里看着他们。他们把A放在了床上，小牧和樱儿都面无表情地看着他。

"先让小牧试试把食梦狗身体里的光团取出来吧。"小想对Z说。

Z 看了看食梦狗后摇摇头："不，还是我先来吧。"

小想有点担心，舍不得放开他的手，Z 微微笑了一下："有你在边上看着，不会有什么事的。"小想听他这么说，虽然有些勉强，但还是放开了他的手。

Z 在 A 的身边躺了下来。小想看着他们，真的就像一对兄弟一样。她过去跟小牧说了一些话，小牧点了点头后来到床边，慢慢地飘浮到 Z 身前的半空中，朝 Z 伸出了他的双手。

小牧很顺利地把光团从 Z 的脑海里钓取出来，小心地放进了 A 的身体里。

A 仍然没有醒来，但他开始拥有了呼吸和心跳。

"我没有骗你们。"影子 I 说，它的声音有点兴奋。

接下来，食梦狗也很乖巧地趴着，小牧把它身体里的那些光团也一一钓取出来，放进了 A 的身体。

这一切结束后，他们都忍不住往后退了两步，紧张地看着 A。A 的手指也开始动了，可是他依旧没醒过来。

"就差我了，"影子 I 像是在笑，可是声音又有点伤感，"从此以后，我也就真的只是一个影子了吧，一个完全没有意识的影子。"它自嘲地说完，然后转身跟 Z 说道，"谢谢你帮我找到 A，我知道，因为我的自私，给你带来了太多的困惑，对不起。"说着，它慢慢地走向了 A。

A 的身体开始有了动静，越来越大，像一条在岸上扑腾的鱼，最后终于坐了起来。A 看到他们四个人和一条狗都在看着他，忍不住摇了摇头，幽幽地叹了一口气，"唉，你们这是何必呢。"

他们都不说话，等着他再说点什么。

"能先带我去看看小梦吗？"

Z和小想同意了。

A坐在木偶小梦的身边，眼里含着泪花看着她："你这个傻瓜。"

说完这句话，他想起自己第一次走进梦想木偶剧团的时候开口和她说的第一句话也是"你这个傻瓜"。他忍不住哭了出来，眼泪掉在了小梦的脸上。"你知道很多事情，可是你并不知道我为什么会爱上自己的木偶。为了能和你在一起，我进入了自己的牧梦场，你要知道，我进来之后，就很难再离开了。你也不知道，我进来之后，就剪断了可以控制你的那些丝线。我给予你独立自由的生命，所以你会进入我的梦中，发现我的一切。可是我并不后悔让你成为一个独立的人，你要知道，我真的很爱你。"他低下头用自己的脸轻轻蹭着木偶小梦的脸。

"你能把小梦重新变成一个真正的人吗？你一定可以的，是不是？"小想在他身后问。

"没有意义了。"A说。

"你竟然说没有意义。你不是爱她吗？你把她变回来不就可以生活在一起了吗？"小想气得全身发抖。

"你这么爱她，为什么要离开她？"Z问。

"我只是不敢见她，我也解释不清小樱和小牧怎么会是那样。

"没有意义了，一切都没有意义了。一个人很清醒地活在自己的梦里，有多难受，你们知道吗？我明明知道，所有的一切都只是我虚构出来的梦境，可是即使这样，我还是愿意这样活着。只是，我也没想到，一个人即使是在自己的梦里也无法控制整个梦，依旧被自己的其他意识所操控着。我发现我的情绪也不受自己控制了，而当我情绪失控的时候，我虚构的梦境就会崩塌，我会从梦里醒过来。我不想醒，因为我一醒，这个世界就不存在了，小梦也就不存在了。做梦总有醒来的一天，所以，我唯一能做的就是不让自己醒来，让这个世界和小梦一直存在。于是我决定把自己变成一个完全没有意识的木偶。

"Z，接下来我要说的事和你有关，你愿意听吗？"

Z看着他，点了点头。

"你是我在离开小梦之后做的第一个木偶，我按照自己的样子做出了你。你的生命其实是在成为那个马戏团的提线木偶师之后才真正开始的，而那之前的记忆都是假的，都是我在你脑海里虚构出来的记忆。我之所以要把你制作出来，是因为我决定把自己最后的记忆都储存在你的脑海里，永远地封存起来。你就是我所希望的自己。我一直希望自己是一个普通人，和小梦相爱，然后平静地过一辈子。可是我又怕你永远无法遇见小梦，所以我就把部分意识留在影子的身上，让它设法让你们遇上。"

"我现在只有离开马戏团之后的记忆了。"Z冷静地说，没有说自己相不相信他说的。

"这样挺好的，不过，一切都不重要了，"A说，"一切都来不及了。当你们让我恢复所有记忆的时候，我就要从自己的梦境里醒过来，这个世界很快也就不会存在了。"

"你听过'嘀嘀咕'这个声音吗？"Z突然问道。

"这是什么声音？"A一脸疑惑。

Z看到他这个表情，笑了。

A疑惑地看着他，然后抱起木偶小梦朝漆黑的门外走去，向那片大海走去。一个浪潮完全吞没了他。

小想和 Z 突然间觉得自己的身体被什么狠狠扯了一下，然后全身有了一种从未有过的自由感。

"你说，这个世界上真的有真相吗？"小想说。

"你知道为什么我找到你们之后，知道了小梦和 A 的事情，还想要去找到小梦吗？" Z 说。

"为什么？"

"因为我一直在怀疑，A 会不会是躲在小梦的梦中，所以我们怎么也找不到她。"

小想说："你知道吗，我真害怕我只是活在自己的梦里。"

"如果你这么想的话，我们都是活在梦里的人，那我们现在就是活在彼此共同的梦里了。这也就够了吧。" Z 说。

"所以你说的真相是？"

"你越试图逼近真相，真相就离你越远，最后其实还是看你选择相信什么。比如，我相信我听到过的声音——嘀嘀咕。"

"最后你选择相信什么？"小想笑了，继续问。

"我曾听一个老人和我说过，世界不是任何人的梦境，而是我们每个人共同的梦境。每个人的生命都是一场梦。一个人以为他不在了，整个世界也就不存在了，这种认为对他来说是对的，只不过那只是属于他的那个世界消亡了。在他的那个世界里，我们都跟着他一起消亡了，而在我们的世界里，我们还活着，他只是从我们的世界里消亡的一个人。"

小想听他说完这段话后没有再追问。

Z 拉过小想的手，说道："陪我一起去看日出吧。当初离开马戏团的时候，我就是想到海边看一次日出。"

"嗯。"小想紧紧握着他的手。

他们一起朝海边走去，后面跟着樱儿和小牧，食梦狗欢乐地奔跑着。

海平线开始亮了起来，太阳慢慢升起。

"真美啊，海边的日出。"Z 对着前方说。

小想转过头看着 Z："你还没有回答我的问题呢。"

"什么问题？"Z 说。

"你喜欢我吗？"小想问。

Z 看着她，笑了，眼睛里都是光芒。

阳光落在了他们的身上，随着光线的移动，他们好像在慢慢地消失。放眼望去，周围都是白茫茫的虚无的一片，像是梦境，纯净得没有一丝杂质。

图书在版编目（CIP）数据

钓梦师 / 呢喃的火花著. — 北京： 北京联合出版公司，2016.5
ISBN 978-7-5502-7187-6

Ⅰ. ①钓… Ⅱ. ①呢… Ⅲ. ①长篇小说－中国－当代 Ⅳ.
①I247.5

中国版本图书馆CIP数据核字(2016)第036754号

钓梦师

作　　者：呢喃的火花
出版统筹：新华先锋
责任编辑：张　萌
策划编辑：张　斌
装帧设计：杨祎妹
封面绘图：司　南

北京联合出版公司出版
（北京市西城区德外大街83号楼9层　100088）
北京鹏润伟业印刷有限公司印刷　新华书店经销
字数142千字　620毫米×889毫米　1/16　17印张
2016年5月第1版　2016年5月第1次印刷
ISBN 978-7-5502-7187-6
定价：36.80元